dtv

Eingebettet in eine spannend zu lesende biographische und interpretierende Studie stellt Dieter Borchmeyer in diesem Buch alles Wesentliche aus dem Werk der größten deutschen Dichterin vor: ihre schönsten und bedeutendsten Gedichte und Balladen, ihre Versepen und schließlich auch ihr Meisterwerk ›Die Judenbuche‹. Mit wachsender Anteilnahme läßt sich in diesem außergewöhnlichen Droste-Lesebuch das Leben des adeligen Landfräuleins und ihre Entwicklung zur anerkannten Autorin verfolgen, die ihre unglückliche Liebe, ihre Gebundenheit an ihr Geschlecht und ihre Sehnsüchte nur in Worte, aber eben in grandiose Worte fassen kann: »Nun muß ich sitzen so fein und klar, / Gleich einem artigen Kinde, / Und darf nur heimlich lösen mein Haar, / Und lassen es flattern im Winde!«

Der Herausgeber *Prof. Dr. Dieter Borchmeyer*, Ordinarius an der Universität Heidelberg, Germanist und Theaterwissenschaftler, brilliert gleichermaßen durch fundiertes Wissen und als Geschichtenerzähler.

Annette von Droste-Hülshoff

Darf nur heimlich lösen mein Haar

Ein Lesebuch
von Dieter Borchmeyer

Deutscher Taschenbuch Verlag

Von Annette von Droste-Hülshoff
sind im Deutschen Taschenbuch Verlag erschienen:
Die Judenbuche 3-423-2607-3
Sämtliche Briefe 3-423-2416-X

Jörg Brosig
dem »Urfreund«
in Erinnerung an eine Reise
auf Annettes Spuren
vor vielen Jahren

März 2003
Deutscher Taschenbuch Verlag, GmbH & Co. KG,
München
www.dtv.de

Umschlagkonzept: Balk & Brumshagen
Umschlagbild: © AKG, Berlin
Satz: Libro, Kriftel
Druck und Bindung: Druckerei C. H. Beck, Nördlingen
Gedruckt auf säurefreiem, chlorfrei gebleichtem Papier
Printed in Germany · ISBN 3-423-13061-X

INHALTSVERZEICHNIS

ADLIGES LANDLEBEN

Zu den unverwechselbaren Reizen der westfälischen Landschaft gehören ihre Wasserburgen mit den Wäldern und Wiesen, die sie, wenn auch immer bedrohlicher eingeschnürt von Straßen und Siedlungen, immer noch umsäumen. Wer eines dieser Schlösser im Frühling oder Sommer aufsucht, erhält noch einen Eindruck vom schwermütig verhangenen Zauber des alten Westfalen, das die Heimat und Imaginationsquelle der Autorin ist, die seit dem späten 19. Jahrhundert »Deutschlands größte Dichterin« genannt wird.

In einer solchen Wasserburg: Schloß Hülshoff in der Gemeinde Roxel, zwölf Kilometer westlich von Münster wurde Anna Elisabeth Freiin von Droste zu Hülshoff vermutlich am 12. Januar 1797 geboren.

Auf meiner Heimat Grunde
Da steht ein Zinnenbau,
Schaut finster in die Runde
Aus Wimpern schwer und grau,
An seiner Fenster Gittern
Wimmert des Kauzes Schrei,
Und drüber siehst du wittern
Den sonnentrunknen Weih.

Ein Wächter, fest wie Klippen,
Von keinem Sturm bewegt,
Der in den harten Rippen
Gar manche Kugel trägt
. . .
(*Das erste Gedicht*, 1845)

Annette oder Nette, wie sie von der Familie zeitlebens genannt wurde, kam als kaum lebensfähiges Siebenmonatskind auf die Welt.

Ach, ein schwach, kaum atmend Kind
Sah ich das Licht, und nur voll Trauer schauten
Die Freunde mich, denn nicht, so wähnten sie,
Sei für das Leben ich geboren, nur
Durch schnellen Tod der Eltern kurze Lust
Zu stören . . .

So die Verse der Titelheldin von Annettes Jugenddrama *Bertha* (1813/14), die eine offenkundige Reminiszenz an die Umstände ihrer eigenen Geburt sind (Vs. 1925-1929).

Das genaue Geburtsdatum der Droste ist nicht bekannt, da der Eintrag im Taufregister der Roxeler Pfarrkirche nachträglich geändert wurde. Doch feierte die Familie ihren Geburtstag am 12. Januar, und an dieses Datum halten sich heute auch die Chronisten. Zu der Frühgeburt scheint es durch einen Sturz der Mutter auf der Eisfläche der Schloßgräfte gekommen zu sein. Um das kaum lebensfähige Kind ihrer Herrschaft zu retten, soll die »Plettendorfin«, die Amme Maria Catharina Plettendorf, ihr eigenes Kind zurückgesetzt haben, das bald verstarb. Annette hat das der Amme, die ihr im Grunde näher stand als ihre Mutter und die sie seit 1830 bei sich im Rüschhaus aufnahm, durch aufopferungsvolle Pflege und zärtliche Fürsorge bis zu ihrem Tode im Jahre 1845 gedankt.

»Früh morgens ging sie zur Kammer ihrer sehr alten Amme, mit der steten Furcht, sie nicht mehr am Leben zu finden. Sie zog ihr dann die Jacke an, denn die Amme behauptete, keiner könne das außer Fräulein Nette . . . An den langen Winterabenden pflegte die Amme in des Fräuleins Zimmer zu kommen und sich am Ofen niederzulassen; dann setzte sich das Fräulein auf einen Schemel neben sie und beide unterhielten sich in plattdeutscher Sprache traulich und lange, während der Schein des Ofens zwischen sie fiel, und die Alte hatte ihr Ergötzen daran, wie das Fräulein . . . so mancherlei so possierlich erzählen konnte.« So hat später Annettes Förderer und Freund Christoph Bernhard Schlüter berichtet. In der Gestalt der Katharine in ihrem Trauerspiel *Bertha* hat schon die sechzehnjährige Annette der Plettendorfin ein heimliches poetisches Denkmal gesetzt.

Zum Schloß Hülshoff – das wie die meisten westfälischen Adelssitze bis heute im Besitz der Familie ist – gehören immer noch ein üppiger Park, weite Wiesen und Rhododendron-Wälle, welche die verwunschen wirkende Wasserburg, die sich mit ihrem hohen münsterländischen Dreistaffelgiebel akkurat im Schloßteich spiegelt, im Mai und Juni farbenprächtig einrahmen. Bei den einleitenden Strophen ihrer Ballade *Der Schloßelf* (1840) hat Annette zweifellos das heimatliche Schloß vor Augen gestanden:

In monderhellten Weihers Glanz
Liegt brütend wie ein Wasserdrach'
Das Schloß mit seinem Zackenkranz,
Mit Zinnenmoos und Schuppendach.
Die alten Eichen stehn von fern,
Respektvoll flüsternd mit den Wellen,
Wie eine graue Garde gern
Sich mag um graue Herrscher stellen.

Die zweite Strophe der Ballade spielt auf das Relief an der Außenmauer des Turms von Hülshoff an, das Annette in ihrem Fragment *Bei uns zu Lande auf dem Lande*, einem fingierten Reisetagebuch auf autobiographischer Grundlage, beschreibt. Es zeigt Heinrich I. von Droste-Hülshoff (1500-1570) als Reiter mit der Kreuzesfahne und einem nach Wasser lechzenden Jagdhund: »Eques vexillum crucis sublevans cum molosso ad aquam hiante«, wie es der in *Bei uns zu Lande* zitierte Everwin (von Droste-Hülshoff) seinerzeit geschildert hat.

Am Tore schwenkt, ein Steinkoloß,
Der Pannerherr die Kreuzesfahn,
Und kurbettierend schnaubt sein Roß
Jahrhunderte schon himmelan;
Und neben ihm, ein Tantalus,
Lechzt seit Jahrhunderten sein Docke
Gesenkten Halses nach dem Fluß,
Im dürren Schlunde Mooses Flocke.

Den erstmals 1349 urkundlich erwähnten Herrensitz Hülshoff hatte ein Zweig der Familie 1417 erworben und ihm bis zum Jahre 1545 seine heutige Gestalt verliehen. Seit dem 15. Jahrhundert also ist Haus Hülshoff der Stammsitz des Geschlechts der Droste zu Hülshoff. (Der Name Droste bezieht sich auf die erbliche Funktion des Truchsesses im Dienste des Münsterschen Domkapitels.)

Annette hatte zwei Geschwister: die anderthalb Jahre ältere Jenny und die beiden ein und drei Jahre jüngeren Brüder Werner Constantin, den späteren Stammherrn der Familie, und den schon im Alter von neunundzwanzig Jahren verstorbenen Ferdinand. Der Vater Annettes: Freiherr Clemens August von Droste-Hülshoff (1760-1826) gehörte dem mittleren Adel an, dessen politischer Einfluß relativ gering war. Bei der Besetzung von Domherrenstellen, zentralen Verwaltungs- und Hofämtern, aber auch vom Einkommen her spielte die Familie von Droste-Hülshoff kaum eine bedeutende Rolle. Annettes Mutter hingegen, Freifrau Therese von Droste-Hülshoff entstammte dem wesentlich einflußreicheren Geschlecht von Haxthausen aus dem zum Hochstift Paderborn gehörenden Bökendorf. Der mütterliche Verwandtschaftszweig bildete eine der »quattuor nobiles columnae«, der vier adligen Säulen der Hoch- und Kathedralkirche zu Paderborn. Mehrere aus der Familie von Haxthausen, allesamt (Stief-)Onkel von Annette, hatten zu ihren Lebzeiten in Hildesheim, Corvey und Paderborn einträgliche Domherrenstellen und zeitweilig bedeutende Positionen im preußischen Staatsdienst inne, partizipierten also durchaus an der geistlichen und weltlichen Macht im Lande.

Das Leben der jungen Annette pendelte zwischen väterlichem und mütterlichem Herkunftsbereich, zwischen Hülshoff und Münster (wo die Familie bis 1818 ein Stadthaus besaß, später eine Wohnung mietete) sowie den Schlössern der benachbarten adligen Verwandtschaft auf der einen Seite und dem ostwestfälischen Bökendorf (in der Nähe von Höxter) mit seinem am Rande des Dorfes liegenden Herrenhaus Bökerhof, wo Annettes Mutter geboren war, auf der anderen Seite. In Bökendorf, auf dem zwei Kilometer entfernten Gut Abbenburg, dem Sitz ihres Onkels Friedrich von Haxthausen – wo sie einen Teil der *Judenbuche* und des *Geistlichen Jahres* (1839) verfaßte –, auf der Hinnenburg bei Brakel, wo ihre Cousine Franziska von Bocholt-Asseburg geb. von Haxthausen wohnte, und anderen Adelssitzen im näheren und weiteren Umkreis besuchte Annette zahllose Male ihre paderbornischen Verwandten. Der Kontrast zwischen dem Münsterland und dem

»Paderbörnischen« mit ihren als gegensätzlich empfundenen Lebensformen bildet bis in ihr novellistisches Meisterwerk *Die Judenbuche* hinein eines der wesentlichen Spannungsmomente in Werk und Lebensanschauung der Droste.

In *Bei uns zu Lande* hat Annette ihre Eltern und Geschwister so authentisch geschildert, daß es der Verfasserin selber bedenklich wurde und sie mit dem Werk, das aus aristokratisch-konservativer Rückschau das alte Westfalen vor der Revolution mit seinen Landschaften, Schlössern, Klöstern, Stiften und traditionellen Gebräuchen schildern sollte, nicht mehr an die Öffentlichkeit zu treten wagte. Über ihren Vater heißt es dort, er habe »sein reichliches Anteil an der stillnährenden Poesie dieses Landes, der den Mangel an eigentlichem Geiste fast ersetzt, dabei ein klares Judicium und jenes haarfeine Ahnen des Verdächtigen, was aus eigner Reinheit entspringt. ... Der Herr liest viel, täglich mehrere Stunden und immer Belehrendes, Sprachliches, Geschichtliches, zur Abwechslung Reisebeschreibungen, wo seine naive Phantasie immer den Autor überflügelt ...« Zu seiner Lektüre gehört auch »Hochbergs adliges Landleben« (des Freiherrn von Hochberg ›Adeliches Land- und Feld-Leben‹ mit dem Haupttitel ›Georgica curiosa‹, 1682), eine der wichtigsten Quellen für den Lebensstil des barocken Landadels. Die Mutter hingegen wird geschildert als »eine kluge, rasche, tüchtige Hausregentin, die dem Kühnsten wohl zu imponieren versteht und, was ihr zur Ehre gereicht, eine so warme, bis zu Begeisterung anerkennende Freundin des Mannes, der eigentlich keinen Willen hat als den ihrigen, ... ohne Frage steht diese Frau geistig höher als ihr Mann, aber selten ist das Gemüt so vom Verstande hochgeachtet worden ...« Annette hat sich ihr Leben lang dem Willen der dominanten Mutter unterworfen, selbst auf dem Feld der Poesie. Bis an ihr Lebensende unterzeichnete sie ihre Briefe an die Mutter mit »Deine gehorsame Tochter Nette«. Für den Druck ihrer ersten Gedichtausgabe 1838 erbat sie sich ihre förmliche Erlaubnis – nicht ohne Grund, verstieß es doch durchaus gegen die Konvention, daß ein lediges adliges Fräulein aus dem Schatten der Familie heraustrat und sich auf den literarischen Markt vorwagte (weshalb auf dem Titelblatt der Gedichtausgabe auch nur die Initialen ihres Nachnamens erschienen).

Die väterliche und noch mehr die mütterliche Familie waren ansonsten durchaus musenfreundlich und sogar im Rahmen eines hochkultivierten aristokratischen Dilettantismus künstlerisch aktiv. Die Eltern ließen Annette eine umfassende Bildung zuteil werden, sie lernte die alten Sprachen, zeichnete, malte und komponierte. An den ersten poetischen Gehversuchen von »Nette« nahm die Familie lebhaft-amüsiert Anteil.

Komm liebes Hähnchen komm heran
und friß aus meinen Händen.
Nun komm du lieber kleiner Mann
daß sie's dir nicht entwenden.

So klingen die ersten Verse der siebenjährigen Annette: »Von meinem Lorbeerreise / Das arme, erste Blatt«, erinnert sie sich 1845 wehmütig in *Das erste Gedicht*, wo sie erzählt, wie sie das Blatt mit jenen Versen heimlich zwischen den Dachsparren des Schloßturmes versteckte: »Das sollten Enkel finden, / Wenn einst der Turm zerbrach, / Es sollte etwas künden, / Das mir am Herzen lag«. In einer Variante des Erinnerungsgedichts steht folgende Strophe:

Mit einmal will mir's tagen!
Es war – ich irre nicht –
In Goldpapier geschlagen
Mein allererst Gedicht;
Mein Lied vom Hühnchen, was ich
So still gemacht, bei Seit',
Mich so geschämt, und das ich
Der Ewigkeit geweiht.

Vom Lebensstil auf Hülshoff geben Annettes dramatische Scherze *Das Rätsel* und *Szenen aus Hülshoff* (um 1817), die »Nette« selber bei ihrem ›Lever‹ zeigen – »auf einem scharmanten Zimmer in einem wohlkonditionierten Bett« –, einen liebenswerten Eindruck.

Blieb auf Hülshoff das musische Treiben in eher bescheidenen Grenzen, so nahm es in der näheren und weiteren Verwandtschaft mehr oder weniger professionelle Züge an. Maximilian von Droste-Hülshoff (1764-1840), der Bruder des Vaters, war freischaffender Komponist, mit Joseph Haydn befreundet, der seine C-Dur-Messe, das Tedeum und die Vierte Symphonie in Wien aufführte und 1821 eine Generalbaßlehre (›Einige Erklärungen über den Generalbaß und die Tonsetzkunst überhaupt‹) verfaßte, die er seiner Nichte schenkte und die sie in ihren eigenen Kompositionen nachhaltig prägte. Ein beachtlicher, wenn auch nicht immer willkommener künstlerischer Einfluß ging auf Annette auch von ihren bildungsbeflissen-dominanten Onkeln aus. Werner von Haxthausen (1780-1842) – ein homme de lettres wie er im Buche steht – war in Münster von Graf Friedrich Leopold von Stolberg erzogen worden. Dieser hatte zum Umkreis des jungen Goethe und des »Göttinger Hains« gehört und war unter dem Einfluß der »familia sacra« um die Fürstin Amalie von Gallitzin, mit der auch die Familie Droste-Hülshoff verkehrte, Pfingsten 1800 zum Katholizismus konvertiert. (Er mischte sich später auch noch in die Erziehung Annettes ein und kritisierte in einem bigotten Brief an ihre Mutter vom 25. März 1810, »daß Nette in gesellschaftlichen Kreisen Komödie spiele«.) Werner von Haxthausen löste nach einem bewegten Leben, das ihn unter anderem nach Paris, London und Wien führte, 1826 seinen Bruder August in der Verwaltung der Familiengüter in Bökendorf ab und wurde später von dem bayerischen König Ludwig I. in den Grafenstand erhoben. Er war ein leidenschaftlicher Sammler, so von neugriechischen Volksliedern, zu deren Herausgabe ihn Goethe mehrfach ermunterte, befreundet mit den Brüdern Sulpiz und Melchior Boisserée, die auch Annette in seinem Hause kennenlernte.

Der kaum weniger dominierende, weltmännische und viel in der Welt herumgekommene August von Haxthausen (1792-1866) war seit 1810 mit den Brüdern Grimm befreundet, Mitbegründer des spätromantischen Dichterkreises »Die poetische Schusterinnung an der Leine« und durch seine Sammlungen literarischen Volksgutes das Haupt des »Bökendorfer Märchenkreises«. In der Gestalt des Baron von Bellesheim in Levin Schückings Roman ›Die Herberge der Gerechtigkeit‹ (1879) sollte August von Haxthausen später zur literarischen Gestalt, in Karl Gutzkows ›Der Zauberer von Rom‹ als Baron von Hülleshoven freilich zur Spott-Figur werden. Wiederholt weilte Wilhelm Grimm zu Besuch auf Bökerhof und wurde von dem dortigen Romantikkreis bei seiner Märchen- und Volksliedsuche unterstützt. Auch Annette beteiligte sich, wenngleich nicht besonders engagiert, an den Sammelbestrebungen des Bökendorfer Kreises, vertrug sie sich doch nicht recht mit Wilhelm Grimm, der 1813 über sie an seinen Bruder Jacob schrieb, sie habe »etwas Vordringliches und Unangenehmes in ihrem Wesen«; es sei »nicht gut mit ihr fertig zu werden«. Seit 1995 hat die Familie von Haxthausen, in deren Besitz das Haus Bökerhof bis heute geblieben ist, das Schlößchen als Museum zur Verfügung gestellt, das jene Periode des Bökendorfer Märchenkreises anschaulich dokumentiert.

Nach dem plötzlichen Tod ihres innig geliebten Vaters im Jahre 1826 zog Annette mit Mutter und Schwester in das knapp fünf Kilometer entfernte Rüschhaus vor den westlichen Toren Münsters, das der Vater ein Jahr davor als Witwensitz erworben hatte. Werner von Droste-Hülshoff übernahm nun in Hülshoff die Bewirtschaftung des Familienbesitzes. Um diesen zu schützen, verzichteten Annette, ihre Mutter und ihre Schwester auf ihr Erbteil. Erstere begnügte sich mit einer bescheidenen Leibrente von 300 Talern, die ungefähr dem Gehalt eines Gymnasiallehrers entsprach. (Anspruchslos, wie sie war, empfand sie diese Rente als so üppig, daß sie damit noch zwei Theologiestudenten und die Familie des verarmten Malers Johannes Sprick unterstützte.)

Das Rüschhaus war von dem westfälischen Barockbaumeister Johann Conrad Schlaun seit 1745 als Sommersitz umgebaut worden – ein reizvoller Zwitter von bäuerlichem Gräftenhof und adligem Wasserschlößchen, eine typisch westfälische »maison de plaisance«. Zu Lebzeiten Annettes wurde das Rüschhaus, zu dem ein Grundbesitz von 220 Morgen gehörte, auch landwirtschaftlich genutzt, Getreide, Flachs und Kartoffeln wurden angebaut, Kühe, Schweine und Pferde gehalten. Aus dem von Schlaun entworfenen Ziergarten war ein verwilderter Nutzgarten geworden. Levin Schücking hat in seinem »Lebensbild« der Droste (1860/62) das Rüschhaus und seine Umgebung als weltverlorene Idylle geschildert:

»Das Gebäude hatte wenig gemein mit den anderen adeligen Häusern, wie sie gewöhnlich in unserem Lande aussehen; es war ein Bau, vollständig wie das echte altherkömmliche sächsische Bauernhaus, nur mit dem Unterschiede, daß es ... an seinem Ende zu einer sehr hübschen, wenn auch kleinen herrschaftlichen Wohnung ausgebaut war. Dieser Seite schloß sich ein Garten von mäßigem Umfange an, den einige alte Steinfiguren schmückten ... Eine eigentümliche Ruhe und Stille herrschte rings um denselben. Gehölze, Wallhecken und Baumreihen begrenzten überall ganz dicht und nahe den Blick. Nur hier und dort ist ein Ausblick auf ein umwalltes Ackerstück, einen Wiesenfleck und auf eine blaue Hügelreihe jenseits derselben gelassen. Kein Geräusch als höchstens das Wiehern eines Pferdes, das im Viergespann den Pflug durch die Schollen des schweren lehmigen Bodens auf dem nächsten Kamp zieht, unterbricht diese Stille; oder das Schnattern der Enten, die auf dem schmalen Graben die Wasserlinsen schlukken, das Gegacker eines Huhns, das mit schief gehaltenem Kopf den Habicht erspäht, der hoch über den Eichenwipfeln stumm seine Kreise zieht. Man könnte vergessen in dieser stillen Ländlichkeit, daß es draußen, jenseits der Büsche, noch eine Welt, noch Lärmen und Aufregung gebe.«

Was ist aus dem Rüschhaus heute geworden? Seit es die Stadt Münster von der Familie Droste-Hülshoff erworben hat, ist der von Annette so geliebte versponnen-heimelige Garten in den barocken Ziergarten Schlauns zurückverwandelt worden. Selbst der alte Apfelbaum, der dem Garten sein träumerisches Gepräge gab, mußte sein Leben lassen. Die Gräfte ist begradigt und ›saniert‹, und die vier stämmigen Manskirchschen Putten – Jäger, Schmied, Fischer und Gärtner als Allegorien der Elemente – stehen nun in gewiß vornehmerer und dem rationalen Geist des Schlaunschen Edelhofs gemäßerer Umgebung, lassen aber von der dunklen Phantasie Annettes, welche durch die von Schlaun in seinem Anwesen aufgestellten Putti zu ihrem lyrischen Zyklus *Die Elemente* (1834) angeregt worden sein soll, wenig mehr spüren. Man kann sich ohnehin kaum vorstellen, daß z. B. Manskirchs kesser Putto mit dem Feuerwehrhelm etwas mit dem unheimlichen »Feuer«-Gedicht der Droste (»Die Nacht, der Hammerschmied«) zu tun haben soll, das mit der Strophe beginnt:

> Dunkel! All Dunkel schwer!
> Wie Riesen schreiten Wolken her –
> Über Gras und Laub,
> Wirbelt's wie schwarzer Staub;
> Hier und dort ein grauer Stamm;
> Am Horizont des Berges Kamm
> Hält die gespenstige Wacht,
> Sonst Alles Nacht – Nacht – nur Nacht.

Im Rüschhaus richtete Annette sich ein Wohn- und Arbeitszimmer ein, das sie ihr »Schneckenhäuschen« nannte und das nach den Worten von Levin Schücking »so bürgerlich schlicht eingerichtet war wie möglich«. Elise Rüdiger, eine der vertrautesten Freundinnen der Droste, hat das »Schneckenhäuschen« und die Dichterinnenwerkstatt später stimmungsvoll beschrieben:

»Klein, schmal und niedrig, lag es im Entresol wie ein Versteck, an dem man auf der breiten Treppe ahnungslos vorüberging, wenn man nicht in seine Geheimnisse eingeweiht war. Vier kleine Fenster öffneten sich nach dem Waldrevier; es war die Westseite, und die Dichterin liebte es besonders, allabendlich den Sonnenuntergang durch die Bäume schimmern zu sehen. Die Schwalben nisteten an den Fenstern und flogen im Zimmer frei umher, als gehörte es zu ihrem Neste; sie wußten, daß sie hochwillkommene Gäste waren. Eine Reihe von Bildnissen hing an den Wänden, lauter befreundete Gesichter; . . . Glasmalereien, Wappenschilder und Heiligenbilder zierten die Stube, aber die sonstigen Geräte waren ärmlich und alt. Ein winzig kleiner Flügel, noch aus der Frühzeit der Klaviatur stammend, der wegen seines leisen Harfentones sich besonders zur Begleitung des Gesanges eignete und deshalb von der Dichterin geliebt wurde, stand neben einem großen häßlichen Sofa und einem unpolierten Tische, auf demselben befanden sich stets mehrere Porzellanschalen mit frisch gepflückten Feldblumen und Heidekräutern. Ein Schreibzeug hatte kümmerlich zwischen ihnen Raum; Briefcouverts und Papierschnitzel lagen daneben, um zu Konzepten für die herrlichen tiefsinnigen Gedichte verwendet zu werden. Mit völlig unleserlichen kleinen eigensinnigen Buchstaben wurden diese niedergekritzelt, eine Runenschrift, die von der Schreiberin selbst kaum entziffert werden konnte. Auf dem großen schwarzen Sofa pflegte sie mit untergeschlagenen Füßen zu sitzen, um abwechselnd zu träumen, zu dichten und zu schreiben.«

Durch ein winziges Fenster, das »Auge Gottes«, konnte sie in die Küche mit dem behäbigen Kamin hinabblicken, unter dessen Rauchfang, dem »westfälischen Himmel«, bis heute Schinken und Würste baumeln. Während Gäste reichlich bedient wurden, waren Annettes Mahlzeiten sehr karg. Tag für Tag aß sie Kartoffeln und Leber, ohne zu wissen, daß durch eine derart einseitige Ernährung ihre angegriffene Gesundheit noch weiter geschwächt wurde. Anders als das »Schneckenhäuschen« waren die anderen Räume des Rüschhauses teilweise kostbar ausgestattet, so das »Italienische Zimmer« mit seinen 1825 angebrachten französischen Tapeten, auf denen Italienmotive dargestellt sind, oder der »Gartensaal«, an dessen Rückwand, hinter einer großen Doppeltür verborgen, ein aufklappbarer Hausaltar eingelassen ist, an dem der Hausgeistliche Caspar Wilmsen die Messe las und dem Besitzer des Schlößchens den Kirchgang ins benachbarte Dorf Nienberge ersparte. Heute noch bildet es einen Höhepunkt der Führungen durch das Rüschhaus, wenn der Hausaltar vor den verblüfften Besuchern aufgeklappt wird.

Seit langem ist das Rüschhaus Museum – im Innern eines der ganz wenigen fast originalgetreu erhaltenen deutschen Dichtermuseen. Tritt der Besucher freilich aus dem Haus in den Ziergarten hinaus, wird er aus der Zeit der Droste um ein Jahrhundert zurück und dann durch den Lärm der nahe vorbeiführenden Autobahn in eine ziemlich triste Gegenwart versetzt: von Gievenbeck mit seinen Wohnsilos, Großmärkten und Finanzschultürmen her rückt sie dem einst so abgelegenen Rüschhaus, dessen »eigentümliche Ruhe und Stille« Levin Schücking bestrickte, bedrohlich auf den Leib. Der Lebensrhythmus Annettes wäre wohl immer von ihrem Wechsel zwischen Münsterland und Paderborner Landschaft sowie gelegentlichen Reisen ins Rheinland geprägt geblieben, hätte ihre Schwester Jenny nicht 1834 den Privatgelehrten Joseph Freiherr von Laßberg (1770-1855) geheiratet, der in Eppishausen im Schweizer Kanton Thurgau lebte und 1834 nach Schloß Meersburg am Bodensee übersiedelte. 1835/36 besuchte Annette Jenny und ihren Mann in Eppishausen, Ende September 1841 bis Ende Juli 1842 weilt sie auf der Meersburg, wo auf ihre Vermittlung hin Levin Schücking als Bibliothekar für Laßberg tätig ist. Diese Meersburger Monate sind, beflügelt durch die Liebe zu dem siebzehn Jahre jüngeren Schücking, die poetisch produktivste Zeit ihres Lebens gewesen. Bezeichnenderweise ist es die Folge der räumlichen Distanz zu ihrer Heimat, daß ihr nun, in einer vollkommen anderen Welt, die bedeutendste poetische Beschwörung der westfälischen Landschaft gelingt, zumal in den »Heidebildern«, welche in ihre Gedichtausgabe von 1844 aufgenommen werden, oder in den *Westfälischen Schilderungen* (die 1845 erscheinen werden). Auch ihr zweiter Aufenthalt auf der Meersburg vom September 1843 bis September 1844 ist durch eine qualitativ reiche, wenn auch weniger überquellende Lyrikproduktion geprägt. Im November 1843 ersteigert sie in Erwartung des Honorars der Gedichtausgabe, die im folgenden Jahr erscheinen soll, für vierhundert Reichstaler das »Fürstenhäusle« oberhalb von Meersburg mit dem umliegenden Rebgelände. Ein anderes Rüschhaus sollte hier jedoch nicht entstehen; das Fürstenhäuschen bewohnbar zu machen war Annette nicht mehr beschieden. Ihr letzter Meersburger Aufenthalt fällt in die Zeit von Oktober 1846 bis zu ihrem Tod am 24. Mai 1848.

So wohl Annette die Meersburger Aufenthalte in vielfacher Hinsicht getan haben, ihre Imagination blieb doch geprägt durch die Eindrücke der heimatlichen Landschaft. Die Sehnsucht nach ihr – und gerade als Sehnsuchtsbild wurde sie ihr erst bedeutendste poetische Gestalt – drückt sich ergreifend in ihrem Heimweh-Gedicht aus Meersburg vom Sommer 1844 aus: *Grüße* an das »Vaterland«, seine Wälder und Heiden, an das »Vaterhaus« – Schloß Hülshoff –, an das »Dach, wo nimmer / Die treuste Seele mein vergißt« – das Rüschhaus, wo die Plettendorfin lebt und ihrer harrt –, an die geliebten Lebenden und auch an die Toten, die ihr immer fortwirkender Teil der Familie und ihres Geschlechts sind.

Grüße

Steigt mir in diesem fremden Lande
Die altbekannte Nacht empor,
Klatscht es wie Hufesschlag vom Strande,
Rollt sich die Dämmerung hervor
Gleich Staubeswolken mir entgegen
Von meinem lieben starken Nord,
Und fühl' ich meine Locken regen
Der Luft geheimnisvolles Wort:

Dann ist es mir, als hör' ich reiten
Und klirren und entgegenziehn
Mein Vaterland von allen Seiten,
Und seine Küsse fühl' ich glühn;
Dann wird des Windes leises Munkeln
Mir zu verworr'nen Stimmen bald,
Und jede schwache Form im Dunkeln
Zur tiefvertrautesten Gestalt.

Und meine Arme muß ich strecken,
Muß Küsse, Küsse hauchen aus,
Wie sie die Leiber könnten wecken,
Die modernden im grünen Haus;
Muß jeden Waldeswipfel grüßen
Und jede Heid' und jeden Bach,
Und alle Tropfen, die da fließen,
Und jedes Hälmchen, das noch wach.

Du Vaterhaus mit deinen Türmen,
Vom stillen Weiher eingewiegt,
Wo ich in meines Lebens Stürmen
So oft erlegen und gesiegt, –
Ihr breiten laubgewölbten Hallen,
Die jung und fröhlich mich gesehn,
Wo ewig meine Seufzer wallen
Und meines Fußes Spuren stehn!

Du feuchter Wind von meinen Heiden,
Der wie verschämte Klage weint, –
Du Sonnenstrahl, der so bescheiden
Auf ihre Kräuter niederscheint, –
Ihr Gleise, die mich fortgetragen,
Ihr Augen, die mir nachgeblinkt,
Ihr Herzen, die mir nachgeschlagen,
Ihr Hände, die mir nachgewinkt!

Und Grüße, Grüße, Dach, wo nimmer
Die treuste Seele mein vergißt
Und jetzt bei ihres Lämpchens Schimmer
Für mich den Abendsegen liest,
Wo bei des Hahnes erstem Krähen
Sie matt die graue Wimper streicht
Und einmal noch vor Schlafengehen
An mein verlaßnes Lager schleicht!

Ich möcht' euch alle an mich schließen,
Ich fühl' euch alle um mich her,
Ich möchte mich in euch ergießen
Gleich siechem Bache in das Meer;
O, wüßtet ihr, wie krankgerötet,
Wie fieberhaft ein Äther brennt,
Wo keine Seele für uns betet
Und keiner unsre Toten kennt!

STANDESETHOS UND LITERARISCHE EXISTENZ

Annette von Droste-Hülshoff wurde in eine bewegte Epoche der Geschichte Westfalens hineingeboren. Seit dem Ende des 17. Jahrhunderts war im Hoch- und Niederstift Münster und im Stift Paderborn die Einheit der Religion wiederhergestellt. Zwei Drittel des Landes standen unter geistlicher Herrschaft, Politik und Religion waren untrennbar verbunden, und die geistlich-weltliche Macht lag weitgehend in den Händen des katholischen Adels. Kein Wunder, daß Westfalen deshalb für aufgeklärte Kritiker – das Musterbeispiel ist die satirische Darstellung in Voltaires ›Candide‹ (1759) – der Hort der Reaktion gewesen ist.

Die Säkularisation von 1802/03 und der Übergang Westfalens an Preußen in ihrem Gefolge – unterbrochen durch die napoleonische Besetzung seit 1806, endgültig mit der Gründung der Provinz Westfalen 1815 – bedeutete einen radikalen Umbruch in den Machtverhältnissen. Der entmachtete katholische Adel und die Kirche bereiteten der preußischen Regierung deshalb einen jahrzehntelangen Widerstand, der in dem sogenannten »Kölner Ereignis« von 1837/38 gipfelte: Der mit der Familie Droste-Hülshoff weitläufig verwandte Kölner Erzbischof Clemens August von Droste-Vischering, der heftig gegen den preußischen Versuch opponierte, die Geistlichen zu staatlichen Beamten zu machen sowie Schulen und Universitäten dem kirchlichen Einfluß zu entziehen, wurde schließlich wegen seiner Mißachtung der preußischen Konvention in der Mischehenfrage, der zufolge Kinder der Konfession des Vaters zu folgen hatten, am 20. November 1837 arretiert.

Das Kölner Ereignis und der nun ausbrechende Sturm der Entrüstung unter der katholischen Bevölkerung sind ein zentrales Ereignis in der Geschichte Westfalens, von weitreichenden Folgen für dessen religiöse Erneuerung. Die Welle der Solidarisierung mit dem Kölner Erzbischof erfaßte auch diejenigen aufgeklärten Gemüter unter dem katholischen Adel, die – wie auch die Droste – dem extrem konservativen Droste-Vischering zumal wegen seiner

Ablehnung der aufgeklärten Theologie von Georg Hermes (1775-1831) skeptisch gegenüberstanden. Annette hatte Hermes anläßlich seiner Besuche in Hülshoff 1806/07 schon mit zwanzig Jahren persönlich kennengelernt, ihr Lieblingsvetter Clemens von Droste-Hülshoff war ein Schüler und Freund des umstrittenen Theologen und lehrte in seinem Geiste seit 1822 an der Universität Bonn Rechtsphilosophie und Kirchenrecht. Welche Rolle der Hermesianismus und die vom Gallitzin-Kreis (»Kreis von Münster«) ausgehende katholische Erneuerungsbewegung für Annettes religiöses Denken und Dichten spielten, davon wird noch im Zusammenhang mit dem *Geistlichen Jahr* die Rede sein. Mit ihrer eher distanzierten Haltung anläßlich des Kölner Kirchenstreits stand sie in der teilweise hysterisch aufgebrachten Familie weitgehend allein, hütete sich freilich, eine oppositionelle Äußerung zu tun.

Hier wie in ihrem ganzen Leben zeigt sich, daß die Loyalität mit ihrer Familie für sie unantastbar war. Die Traditionen und Konventionen des Adels bildeten den nie gesprengten, wenn auch oft genug als schmerzlich beengend empfundenen Lebensrahmen der Droste. Das zeigt besonders deutlich ihre Korrespondenz, bei der immer der jeweilige Adressat und die Situation zu berücksichtigen sind, in welcher der Brief geschrieben worden ist. Was gegenüber dem einen betont, kann gegenüber dem anderen bagatellisiert werden. Der Brief ist Teil des Rollen- und Disputierspiels der adligen Gesellschaft, ihrer Konversationskunst, bei der nicht immer mit ›Aufrichtigkeit‹ zu rechnen ist.

Nie hat Annette ernsthaft erwogen, die verpflichtende Bürde der Standesüberlieferung abzuwerfen, stets empfand sie sich als Glied in der Kette der jahrhundertealten Geschichte ihres Geschlechts. Nicht allein dessen lebenden Gliedern – auch den toten Ahnen fühlte sie sich im Gewissen verpflichtet: »Ihr meine Richter, die allein / In treuer Hand die Waage halten«, heißt es in ihrem Gedicht *Meine Toten* (1843). Wie ihre adlige Herkunft hat sie trotz tiefer religiöser Zweifel, ja Verzweiflung nie ihren katholischen Glauben verleugnet und ging regelmäßig zu den Sakramenten. Der oft unerträgliche Zwang der Konvention bedeutete der fast ständig kranken, psychisch labilen und von tiefem Pessimismus heimgesuchten Melancholikerin zugleich eine Stütze ihrer auf der Kippe stehenden Existenz. Besonders bewegend hat sie das in dem Gedicht *Am sechsundzwanzigsten Sonntage nach Pfingsten* im *Geistlichen Jahr* zum Ausdruck gebracht, wo sie den Zustand ihres Inneren in das Bild bringt, »daß immer wie zum Sturz die Mauer hängt«; vor diesem Sturz vermag sie allein das in der Kindheit um ihre Seele gelegte »fromme Band« zu retten. Ihr katholischer Aristokratismus und Konservatismus ist der – stets bedrohte – Halt gegen den nihilistischen Sog der Moderne.

Selbst das Ritual der ewigen »Rundtour bei allen Verwandten« (an Levin und Louise Schücking, 20. Juni 1844) hat Annette bis an ihr Lebensende gewissenhaft, wenngleich nicht klaglos absolviert. Der eminente Familiensinn der westfälischen Adelssippen machte ein ständiges Sich-Besuchen und Miteinander-Korrespondieren zur selbstverständlichen Pflicht. Freilich, so gesteht Annette in späteren Jahren: »fängt man erst an, so hängen die Visiten aneinander wie Kälbergekröse, und ich bin ihrer auch ebenso satt« (an Elise Rüdiger, 24. Juli 1843). Diese Visiten schnürten den zeitlichen Spielraum der Schriftstellerei der Droste ebenso ein wie die karitativen Verpflichtungen, die auf eine ledige Adlige unweigerlich zukamen. Einen großen Teil ihres Lebens verbrachte sie an Krankenbetten und Sterbelagern. Das Beispiel ihrer innigen Beziehung zu der Plettendorfin, mit der sie nur Plattdeutsch redete, zeigt, daß sie sich in die einfachsten, geistig anspruchslosesten Menschen hineinzufühlen, alles heimliche Elend und kreatürliche Leid mitzuleiden vermochte. Kaum ein Dichter der Weltliteratur ist so dem Leiden, dem Sterben vertraut gewesen wie sie, die selbst stets an der Schwelle des Todes stand. Immer wieder kreist ihre Dichtung um das Mysterium des Sterbens, das Antlitz des Todes, das vertraute Grauen der Leichen und Grüfte. Die Hellsicht des Mitleidens galt nicht nur den Menschen, sondern, wie noch eines ihrer letzten und bedeutendsten Gedichte: *Die ächzende Kreatur* zeigt, auch der außermenschlichen Schöpfung.

Trotz der Bemühung, sich den Verhaltensnormen ihres Standes anzupassen, sind die Jugendjahre der Droste nach den Worten Emil Staigers »eine einzige Geschichte der Entfremdung« gewesen – eine Geschichte der Fremdheit in ihrer traditionell ritualisierten Umwelt. Als junges Mädchen mußte sie oft genug erfahren, daß es sich in der vornehmen Gesellschaft, zu deren Habitus eine strenge Affektkontrolle gehörte, kaum schickte, sich seinen Eindrücken so heftig hinzugeben, wie sie es tat.

Fesseln will man uns am eignen Herde!
Unsre Sehnsucht nennt man Wahn und Traum
Und das Herz, dies kleine Klümpchen Erde
Hat doch für die ganze Schöpfung Raum!

So lautet die Schlußstrophe des Gedichts *Unruhe* aus der Feder der Zwanzigjährigen. In der Titelgestalt ihres ausufernden Trauerspiels *Bertha*, eines Intrigendramas auf der überständigen Folie des moralischen Kontrastes von korruptem Hof und integrem Landleben, das sie nach fast 4000 Versen (bereits in der sechsten Szene des zweiten Aufzugs – Goethes ganze ›Iphigenie‹ ist nur halb so lang!) schließlich abbrach, hat sie spürbar ein Portrait ihrer selbst skizziert: eines hochsensiblen, unverstandenen elbischen Wesens. (»Diese wie ganz durchgeistigte, leicht dahin schwebende, bis zur Unkörperlichkeit zarte Gestalt hatte etwas Fremdartiges, Elfenhaftes«, wird Levin Schücking 1860 in seinem »Lebensbild« Annettes schreiben.) Ihrem lebenstüchtigen Bruder bleibt Bertha fremd und unheimlich:

Solch einen Unglücksraben, einen Leichenvogel,
Wie du bist, trägt der Erdrund ferner nicht.
Wenn glühend dein Gehirn Phantome dir
Vorüberführt in gräßlichem Gemisch
Und du mit tiefem Blick und leisem Ton
Es aussprichst, einem körperlosen Geist
Vergleichbar, wunderbar dann wird
Es mir im Busen, säh ich nicht zugleich
An dir die holde, liebliche Gestalt,
Du wärst mir oftmals recht zum Grausen.
(Vs. 1457-1466)

Auch Berthas Schwester Cordelia sucht sie mit dem hier negativ konnotierten alten heroisch-emblematischen Bild des in die Sonne fliegenden Adlers in die Schranken ihres Geschlechts (in doppelter Bedeutung) zu verweisen:

Zu männlich ist dein Geist, strebt viel zu hoch
Hinauf, wo dir kein Weiberauge folgt;
Das ists, was ängstlich dir den Busen engt
Und dir die jugendliche Wange bleicht.
Wenn Weiber über ihre Sphäre steigen,
Entfliehn sie ihrem eignen bessern Selbst;
Sie möchten aufwärts sich zur Sonne schwingen
Und mit dem Aar durch duftge Wolken dringen,
Und stehn allein im nebelichten Tal.

Wenn Weiber wollen sich mit Männern messen,
So sind sie Zwitter und nicht Weiber mehr.
(Vs. 108-118)

Wenn Cordelia den poetischen Sinn der Schwester nun auf die Reize weiblicher Kunststickerei abzulenken sucht, entgegnet Bertha:

Sind deine seidnen Fäden stark genug,
Um aus dem finstern Bergschacht die Versunkene
Hinauf ins helle Tageslicht zu ziehn?
O Cordchen, was dem einen wohltut, senkt
Den andern tiefer in die Schwermut hin.
Bei deinem farbigen Gewebe kann
Ich keine Ruhe finden; ganz allein
In meinen stillen Träumen liegt mein Glück.
Ich hab auch meine schönen zarten Bilder,
Doch trag ich in dem vollen Herzen sie
Und nicht auf Schirme und buntfarbge Kleider.
Bei meiner Harfe leisen süßen Tönen
Dann ziehen sie in langer Reih vorüber
Und laben mir das Aug des innern Sinns.
(Vs. 151-164)

Der »Harfe süßer Trost, / Die leise Sprache meiner Silbersaiten« ist es allein, die ihre Schwermut lindert und sie den weiblichen Tätigkeiten »entfremdete«,

Mit süßem Zauber meinen Geist entführend
Der kalten Wirklichkeit beengten Schranken
Ins helle Reich der goldnen Phantasie
Und dorthin, wo uns ewger Lichtglanz glühet.
(Vs. 385-388)

Noch einmal beschwört sie die alte Rolle der Musik, besonders des Harfenspiels, als des Heilmittels gegen die Melancholie (David vor Goliath):

Ja, meine Harfe ist mir jetzt mein Alles,
In Lust und Trauer treue Freundin mir.
Wenn dann der Schmerz die Seele mir durchzittert,
Dann spielt mein Finger in der Harfe Saiten,
Und ihr entschwebt ein klagender Gesang,
In Tränen löst sich auf der tiefe Schmerz,
Und lispelnd hallt ihr silberheller Klang
Mir sanften Frieden in das kranke Herz.

(Vs. 463-470)

Diese kathartische Wirkung hat die Musik zweifellos auch auf Annette gehabt. Sie spielte nicht nur Klavier und sang mit geschulter Stimme, sondern verfaßte auch eine Reihe von Kompositionen, die den ganzen Band XIII der Historisch-kritischen Ausgabe ihrer Werke (1986/88) füllen. Annettes Musizieren bewegte sich freilich weitgehend im Rahmen des standesüblichen Dilettantismus, Pflege des Gesangs und die Beherrschung von Instrumenten war in Adelskreisen eine Selbstverständlichkeit. (Auch Annettes Vater war ein trefflicher Geiger und komponierte bisweilen – wenngleich nicht mit der Professionalität seines Bruders Maximilian.)

Von Annette gibt es zahlreiche – ausschließlich für den Kreis der Familie und Freunde bestimmte – Liedvertonungen auf eigene (*Am Grünendonnerstage, Der Venuswagen, Der weiße Aar*) und fremde Texte (Goethe, Byron, Brentano, englische Balladen, Lochamer Liederbuch usw.), ferner Kompositionsskizzen für geplante Opern und mehr oder weniger ausgeführte Libretti (*Babylon, Der blaue Cherub*). Diese Opernpläne hatte sie längst aufgegeben, als Clara Wieck sie um ein Libretto für Robert Schumann bat. Daß sie sich »nicht dazu entschließen« konnte, wie sie ihrem Bruder Werner am 5. Juli 1845 schreibt (»das Opernschreiben ist etwas gar zu Klägliches und Handwerksmäßiges«), gehört – zusammen mit Goethes Opernprojekten und der von Beethoven nicht vertonten ›Melusine‹ Grillparzers – zu den verlorenen Chancen eines Zusammenwirkens von Dichter und Musiker in der Geschichte der deutschen Oper.

Annettes Liedkompositionen sind ganz auf die Geselligkeit bezogen, daher nicht mit den (durchkomponierten) Sololiedern Schuberts oder Schumanns und ihrer selbständigen Klavierbegleitung zu vergleichen, sondern fast ausschließlich ›kunstlose‹ Strophenlieder mit einfach-funktionaler akkordischer Begleitung – in

Übereinstimmung mit der Liedästhetik der Zeit. Noch in der zweiten Auflage von Heinrich Christoph Kochs ›Musikalischem Lexikon‹ aus dem Jahre 1865 heißt es, infolge des »engen Anschlusses an den Strophen- und Versbau der Dichtung« entbehre »das Lied einer selbständigen musikalischen Kunstform noch gänzlich, die poetische Form ist zugleich die musikalische.« (Auf ein instrumentales Vor- oder Nachspiel wurde – auch bei der Droste – deshalb noch meist verzichtet.)

Auch Annettes Poesie war anfänglich adlige Liebhaberei und wurde von der Familie so bewertet und gefördert – solange eben sie und nicht die ›Öffentlichkeit‹ deren Adressat war. Als jedoch 1838 in der Aschendorffschen Buchhandlung zu Münster halb anonym die *Gedichte von Annette Elisabeth v. D. . . . H. . . .* erscheinen, ist das Befremden über diese unstandesgemäße Publikation im Verwandtenkreis groß. Annettes Mutter berichtet Jenny am 11. November 1838, zwar seien der »Gelehrte Stand« und die »gebildete Bürgerwelt« für die Gedichte eingenommen – »aber der Adel ist allgemein dagegen, . . . ich glaube es verdrießt sie, daß ein adliges Fräulein sich so öffentlichen Meinungen aussetzt . . .« Und Levin Schücking schreibt noch fünf Jahre später, am 29. Januar 1843, an Louise von Gall: »Bei uns hält man es . . . für unanständig für eine Dame von Stande, wenn sie schriftstellert, und mein gutes Dröstchen hat viele Kämpfe darum auszustehen gehabt«. In einem Brief an ihre Schwester vom 29. Januar 1839 berichtet Annette selber:

Mit meinem Buche ging es mir zuerst ganz schlecht, ich war in Bökendorf mit Sophie und Fritz allein, als es herauskam, hörte nichts darüber, und wollte absichtlich mich auch nicht erkundigen, – da kömmt, mit einem Male, ein ganzer Brast Exemplare, von der Fürstenberg, an alles was in Hinnenburg lebt, an Frenzchen, Asseburg, Diderich, Mimy, Anna und Ferdinand, Thereschen, Sophie – Ferdinand (Galen) gibt die erste Stimme, erklärt alles für reinen Plunder, für unverständlich, konfus, und *begreift* nicht, wie eine, scheinbar vernünftige, Person solches Zeug habe schreiben können, nun tun alle die Mäuler auf, und *begreifen alle miteinander nicht,* wie ich mich habe so blamieren können.

Die unfreiwillig komische Galerie von Namen deutet an, welch übermächtiger und unerbittlicher Chor alle Entscheidungen Annettes kommentierte, bekrittelte und verurteilte – ein Chor von weit über hundert Stimmen. Annette hatte neben ihren drei Geschwistern von der Vaterseite her zwölf Neffen und Nichten, fünfzehn Vettern und Cousinen sowie acht Neffen und Nichten zweiten Grades – von der Mutterseite her vierzehn Stiefonkel und -tanten, einunddreißig Vettern und Basen, einundvierzig Neffen und Nichten zweiten Grades – ein gewaltiger Clan, der ständig mit seinem Urteil zugegen war. Man kann sich vorstellen, daß sich Annette »wie auf der Heerstraße fühlte« (an Schlüter, 19. Juli 1938), wenn sie alle diese Verwandten bei der periodisch wiederkehrenden Rundreise besuchte: »es ist wirklich, wo nicht unangenehm, doch mindestens sehr angreifend, allzuviel Verwandte zu haben, die alle gleiche Ansprüche machen« – ohne sich für ihre eigentliche Berufung zu interessieren.

Nicht die adlige Verwandtschaft war es, welche positiven Anteil an Annettes poetischer Laufbahn nahm, sondern eben ihre Mentoren, Gönner und Freunde aus dem »Gelehrten Stand« und der »gebildeten Bürgerwelt«, die oft unter sozial anders gelagerten, doch verwandten Konfliktspannungen zwischen literarischer und bürgerlicher Existenz wie die Droste zu leiden hatten. 1812 machte sie die Bekanntschaft von Anton Mathias Sprickmann (1749-1833), der mit Klopstock und den Autoren des »Göttinger Hains« befreundet gewesen war und als Dramatiker in seinen besten Jahren beträchtliche Erfolge erzielt hatte. Sein Lustspiel ›Der Schmuck‹ (1779) war sogar von Goethe in Weimar aufgeführt worden. In Münster freilich ernteten seine literarischen Ambitionen nur Geringschätzung. Zur Zeit, da er der erste Mentor der Droste wurde, hatte er seinem eigenen schriftstellerischen Ehrgeiz längst zugunsten einer erfolgreichen juristischen Laufbahn entsagt. 1813 lernte Annette die fünf Jahre ältere Catharina Busch (1791-1831), die spätere Mutter von Levin Schücking (1814-1883), kennen, die ihr Dichterinnen-Idol wurde und auf deren Sohn sie nach dem frühen Tod der Freundin ihre Liebe übertrug. Auch Catharina Busch bekam in Münster den Spott ihrer Mitbürger zu spüren, als sie wagte, ihre Gedichte unter ihrem vollen Namen zu veröffentlichen. In einem Brief an Sprickmann schreibt sie 1809: »Wär ich doch kein Weib geworden, das sich so geduldig in all die Fesseln und Einschränkungen des bürgerlichen Lebens schmiegen muß, und das, so verschieden auch sein Charakter und seine Geisteskräfte sein mögen, doch immer derselben Bestimmung folgen muß . . .«

Die wichtigsten späteren literarischen Freunde der Droste waren

Amalie Hassenpflug (1800-1871), die zum Bökendorfer Märchenkreis gehörte und für sie eine literarische Bezugsperson blieb, auch wenn sie nach Annettes Urteil zu sehr in »Traum und Romantick« befangen war, die Bonner Bankiersgattin und Mäzenin Sibylle Mertens-Schaaffhausen (1797-1857), in deren Haus sie namhafte Gelehrte der jungen Bonner Universität, zumal aus dem Umkreis des Reformtheologen Hermes kennenlernte, der fast blinde Philosoph Christoph Bernhard Schlüter (1801-1884), der wesentlichen Anteil daran hatte, daß die Droste nach fast zwanzigjähriger Unterbrechung 1839 die Arbeit am *Geistlichen Jahr* wiederaufnahm – zusammen mit Levin Schücking und Elise Rüdiger wurde er nach ihrem Tode zum wichtigsten Vermittler ihres Werks –, ferner der ihm befreundete Schriftsteller und Historiker Wilhelm Junkmann (1811-1886), die schon erwähnte Elise Rüdiger geb. von Hohenhausen (1812-1899), Gründerin der von der Droste so genannten »Hekkenschriftsteller-Gesellschaft« in Münster, und vor allem Adele Schopenhauer (1797-1849), welche für sie zugleich eine Brücke zur Kultur von Weimar bildete; ihre eminente Wirkung auf die Droste wird immer noch unterschätzt, da deren sämtliche Briefe an die Freundin verschollen sind. Ihre wichtigste und folgenreichste literarische Beziehung aber ist zweifellos diejenige zu Levin Schükking gewesen, der ein eigenes Kapitel vorbehalten sein soll.

Es waren also fast sämtlich bürgerliche oder verbürgerlichte gelehrte und schriftstellernde Freunde – zumal Autorinnen, welche selber immer wieder zu spüren bekamen, daß eine Frau auf dem literarischen Markt nichts zu suchen hatte –, die sich nachhaltig für das Werk der Droste engagierten. Die adlige Verwandtschaft hingegen, so kultiviert und bildungsbeflissen sie sich auch gab, maß Annette nur mit Standesnormen, überhäufte sie, da sie ja unverheiratet war und ›Zeit hatte‹, mit gesellschaftlichen Verpflichtungen, bürdete ihr den Privatunterricht der Cousinen und ständige Krankenpflege auf und raubte ihr so die schöpferische Muße. Sie komme, schreibt sie am 2. August 1845 aus Abbenburg an Elise Rüdiger, »zu gar nichts . . ., ich muß völlige Ruhe und Sammlung haben, und die wird mir nie . . ., aber ich meine mich ganz besonders zum Produzieren aufgelegt, und träume à la Tantalus von dicken Bänden voll Erzählungen, Gedichten etc., die mir alle wie Wasser aus der Feder fließen würden.« Nur einmal war ihr das beschieden: im Meersburger Winter 1841/42, als sie ohne Standesverpflichtungen, inspiriert durch die Liebesfreundschaft mit Levin Schücking, Tag für Tag die Poesie »herbei zu kommandieren« vermochte, wie Schücking später in seinem »Lebensbild« Annettes schreibt. Ihr Schwager Freiherr von Laßberg freilich, ein hochgelehrter Mann, der aber Frauen offenbar lieber bei häuslichen Verrichtungen antraf und Annette als »entsetzlich gelehrtes Frauenzimmer« empfand (an Leonhard Hug, 6. Dezember 1837), wußte über ihre lyrische Produktivität in jenem Meersburger Winter nichts Besseres zu sagen, als daß sie sich, »da sie keinen Mann gefunden, . . . dem Apollo und den Musen in die Arme geworfen hat« (an Hug, 26. November 1841). Dichtung von Frauen scheint aus seiner männlichen Perspektive eben nichts als Ausgleich für fehlenden Sexualkontakt zu sein.

Schlimmer noch als die fehlende Zeit zum Dichten war die Tatsache, daß die Verwandtschaft, vor allem »die Oncles« mütterlicherseits, Annettes literarische Existenz argwöhnisch beaufsichtigte. Das hatte 1820 in einer Affaire tragische Folgen, die Annettes Jugend ein Ende machte und ihr ganzes Leben überschatten sollte. Im Haus Bökerhof lernte sie 1818 den zwei Jahre älteren Heinrich Straube kennen, einen Göttinger Kommilitonen von August von Haxthausen, der wie dieser Kameralistik studierte, aber, poetisch ambitioniert, auch Mitglied der von August gegründeten »Poetischen Schusterinnung an der Leine« und Mitarbeiter ihrer Zeitschrift ›Die Wünschelrute‹ war. In diesen offenbar lebensfrohen Kameraden verliebte sich Annette bald, obwohl er nicht von Stande und zudem nach der Schilderung von Zeitgenossen ein »grundhäßlicher Kerl« war, der ständig lachte, dem aber »jedermann gut« war. Unter seinem Einfluß scheint Annette auch die Konzeption des *Geistlichen Jahrs* geändert zu haben, das ursprünglich als Festtags-Liedzyklus geplant war, nun aber auf alle Sonn- und Feiertage ausgedehnt wurde.

Die Liebesbeziehung wurde indessen durch eine Liebesprobe zerstört, die an Mozarts ›Così fan tutte‹ gemahnt und in der auch August von Haxthausen eine intrigante Rolle spielte. 1820 kam ein anderer Göttinger Kommilitone: August von Arnswaldt nach Bökendorf, um im Einvernehmen mit seinem Freund Straube die Liebe der Droste auf die Probe zu stellen, denn dem Charakter einer schriftstellernden Frau war wohl nicht zu trauen. Zudem galt sie in ihren Kreisen – bis ins Alter – als kokett, nachdem sie einmal »lediglich des Reims wegen« (an Elise Rüdiger, 5. Januar 1844) in den *Szenen aus Hülshoff* »Nette« auf »Kokette« gereimt hatte. Arnswaldt gelang es, ihr Vertrauen zu erschleichen und sie in eine verhängnisvolle Doppelneigung zu verstricken. In ihrem Brief an

Anna von Haxthausen – welche freilich selbst, ohne daß Annette das zunächst ahnte, in dem Intrigengewirr eine ungute Rolle spielte – hat sie diese Doppelneigung und die ihre Person spaltende Gefühlsverwirrung bewegend beschrieben:

Ich hatte Arnswaldt sehr lieb, auf eine andere Art wie Straube. Straubens Liebe verstand ich lange nicht, und dann rührte sie mich unbeschreiblich und ich hatte ihn wieder so lieb, daß ich ihn hätte aufessen mögen, aber wenn Arnswaldt mich nur berührte, so fuhr ich zusammen, ich glaube ich war in Arnswaldt verliebt, und in Straube wenigstens nicht recht, aber das erste ist vergangen, noch eh er abreiste . . .

Dieses Liebesdementi (»ich habe mich getäuscht und Straube jetzt wieder viel lieber wie Sie«) sei auch noch der Gegenstand ihres letzten Gesprächs vor seiner Abreise gewesen, und sie habe ihn gebeten, von weiteren Kontakten mit ihr Abstand zu nehmen. »Hätte das Arnswaldt nicht an Straube sagen müssen?« Er hat es offensichtlich nicht getan und sie bei Straube wegen ihres trügerischen Weiberherzens angeschwärzt, um nach seinen Worten »meinen Freund zu retten« – eine bigotte Schmierenkomödie. »Arnswaldt muß mich von Anfang an gehaßt haben, denn er hat mich behandelt wie eine Hülse, die man nur auf alle Art drücken und brechen darf, um zum Kern zu gelangen . . .« Von Göttingen aus sagten sich Straube und Arnswaldt in einem gemeinsamen Brief am 6. August 1820 von Annette los. Diesen Brief richteten sie nicht an sie selber, sondern an August von Haxthausen, der ihn über Caroline von Haxthausen der Droste zukommen lassen sollte. Als rechte Kavaliere verstanden sie es so, die ganze Bökendorfer Sippe von dem Fall in Kenntnis zu setzen. Zur dramatischen Liebesprobe und der Entlarvung der treulosen Frau gehört nun einmal ein Publikum. Einhellig war das Entsetzen des Chors der Familie über die ›kokette‹ Person, die sich so vergaß. Als sich auch noch die zwielichtige Rolle von Anna von Haxthausen in der Affaire herausstellte, betrat Annette Haus Bökerhof achtzehn Jahre lang nicht mehr.

Straube trat bald in kurfürstlich-hessische Dienste. Heinrich Heine, locker mit ihm befreundet, hat ihn mehrfach in Kassel besucht, schildert ihn aber schon 1825 in einem Brief an Rudolf

Christiani vom 26. Mai als einen in seinem Amte »versauerten« Beamten; »die Blüten, die einst so viel versprachen, sind niedergedrückt unter Aktenstößen und Faulheit«. Auch in der Liebe hat er wohl nicht mehr allzu viel Glück gehabt; im ›Buch der Lieder‹ hat Heine an ihn die Verse gerichtet:

»Sag, wo ist dein schönes Liebchen,
Das du einst so schön besungen,
Als die schmerzlich süßen Flammen
Wunderbar Dein Herz durchdrungen?«

Ein Jahr vor der Droste ist Straube 1847 als Oberappellationsrat in Kassel gestorben. In ihrem Bekenntnisbrief an Anna von Haxthausen hatte Annette geschrieben: »Ach könnte ich Straube nur noch einmal sehen, oder auch nur eine freundliche vergebende Zeile von seiner Hand. – Soll er meine Locke wohl fortgeworfen haben? –« Nein, diese Locke fand sich noch im Nachlaß Straubes, übrigens auch der Brief an Anna von Haxthausen. Eine »freundliche vergebende Zeile« hat sie gleichwohl nie von ihm erhalten.

In der schweren Krise, in die Annette durch die Straube-Arnswaldt-Affaire gestürzt wurde, verwandelte sich die Arbeit am *Geistlichen Jahr* für sie in eine poetische Beichte, die der Bewältigung dieses erschütternden, sie bis an den Rand des Selbstmordes treibenden Erlebnisses diente. Die verstärkt auftretende Schuldthematik, die gegenüber den ersten Liedern unverkennbare bohrend-existentielle Ausrichtung der seit dem Sommer 1820 entstehenden Gedichte und deren oft abgründige Schwermut lassen das deutlich spüren.

Auf der Rückseite des Blattes, mit dem der erste Teil des *Geistlichen Jahres* endet und die poetische Produktivität der Droste für Jahre fast verlischt (die Arbeit am *Geistlichen Jahr* wird erst neunzehn Jahre später wieder aufgenommen) – nach dem Lied auf den Ostermontag also, in dem die Verse stehen: »Herr, ich habe viel geweint; / Daß ich oft wie zu zergehen, / In der Seelennot gemeint«, folgt das Gedicht *Not* wie eine letzte poetische Äußerung vor dem Verstummen. In diesem weltlichen Gedicht spiegelt sich die seelische Zerrüttung Annettes, das dunkle Geheimnis, das sich hinter der erschütternden Subjektivität der zuletzt entstandenen Gedichte des geistlichen Zyklus verbirgt. Die Saturiertheit der »frommen Leute« in ihrem »tadellosen Treiben« und ihrem Gerede über »Angst und Not«, welche ihnen doch ganz fern (»nur wie der

Tropfen an des Trinkers Hand«) sind, wohingegen dem wahrhaft von Sorge und Schuld Belasteten – dem sich nicht zu erkennen gebenden lyrischen Ich – die »dunkle Flut . . . bis an der Seele Rand« steht, läßt an das selbstgerechte Urteil der Bökendorfer Verwandtschaft über die ›gefallene‹ Annette denken, wenngleich das abgründige Bild natürlich nicht auf das biographische Ereignis reduziert werden darf. Der von der zweiten Strophe gebildete Satz bricht jäh ab und wird auch in den folgenden Versen nicht zu Ende geführt. Ein Verstummen mitten im Gedicht, als sei es der Dichterin unmöglich, von dieser Grenzerfahrung der »dunklen Flut« weiter zu reden. Das lyrische Ich, das sich hinter der Anrede an die »frommen Leute« und dem »sie« der elften Zeile verbirgt, blickt gewissermaßen aus der Perspektive der »dunklen Geier« auf die »still im Tal« wohnenden Menschen in ihrer glücklich-affirmativen Lebenshaltung (»Gesang und Loben«) hinab, wissend, daß dieses Leben »grauenvolle Höhn« hat, von denen die in seinen harmonischen Niederungen Lebenden keine Ahnung haben.

Not

Was redet ihr so viel von Angst und Not,
In eurem tadellosen Treiben?
Ihr frommen Leute, schlagt die Sorge tot,
Sie will ja doch nicht bei Euch bleiben!

Doch wo die Not, um die das Mitleid weint,
Nur wie der Tropfen an des Trinkers Hand,
Indes die dunkle Flut, die Keiner meint,
Verborgen steht bis an der Seele Rand –

Ihr frommen Leute wollt' die Sorge kennen,
Und habt doch nie die Schuld gesehn!
Doch sie, sie dürfen schon das Leben nennen,
Und seine grauenvollen Höhn;

Hinauf schallt's wie Gesang und Loben,
Und um die Blumen spielt der Strahl,
Die Menschen wohnen still im Tal,
Die dunklen Geier horsten droben.

1837 besuchte Annette Bökendorf nach achtzehn Jahren zum erstenmal wieder. Diese Wiederbegegnung mit dem Ort ihrer unglücklichen Liebe zu Heinrich Straube vergegenwärtigte sie in ihrem Ende 1841 niedergeschriebenen Gedicht *Die Taxuswand*, einem der großen Meersburger Gedichte der Droste, dessen verschlüsselte Bildlichkeit nie ganz aufzuhellen ist. Die Taxuswand im Bökendorfer Garten, einst Projektionsfläche königlicher Liebesträume, wird ihr zum nunmehr für immer verschlossenen »Paradiesestor« – »Dahinter Alles Blume, / Und Alles Dorn davor« –, zum Visier vor dem Antlitz des Geliebten, der ihr das verlorene Paradies bedeutet. (Dieser aber versauert, als sie das Gedicht schreibt, in Kassel unter Aktenstößen, während Annettes Liebespfand, ihre Locke, in seinem Schreibtisch verstaubt.) Die verlorene Liebe ist Annettes Lebenswunde. Die Schlußverse sind eine Reminiszenz an Hamlets Verse in seinem Monolog III,1: »Sterben – schlafen – / Nichts weiter! – und zu wissen, daß ein Schlaf / das Herzweh und die tausend Stöße endet«.

Die Taxuswand

Ich stehe gern vor dir,
Du Fläche schwarz und rauh,
Du schartiges Visier
Vor meines Liebsten Brau',
Gern mag ich vor dir stehen,
Wie vor grundiertem Tuch,
Und drüber gleiten sehen
Den bleichen Krönungszug;

Als mein die Krone hier,
Von Händen die nun kalt;
Als man gesungen mir
In Weisen die nun alt;
Vorhang am Heiligtum,
Mein Paradiesestor,
Dahinter Alles Blume,
Und Alles Dorn davor.

Denn jenseits weiß ich sie,
Die grüne Gartenbank,
Wo ich das Leben früh
Mit glühen Lippen trank,
Als mich mein Haar umwallte
Noch golden wie ein Strahl,
Als noch mein Ruf erschallte,
Ein Hornstoß, durch das Tal.

Das zarte Efeureis,
So Liebe pflegte dort,
Sechs Schritte, – und ich weiß,
Ich weiß dann, daß es fort.
So will ich immer schleichen
Nur an dein dunkles Tuch,
Und achtzehn Jahre streichen
Aus meinem Lebensbuch.

Du starrtest damals schon
So düster treu wie heut',
Du, unsrer Liebe Thron
Und Wächter manche Zeit;
Man sagt, daß Schlaf, ein schlimmer,
Dir aus den Nadeln raucht, –
Ach, wacher war ich nimmer,
Als rings von dir umhaucht!

Nun aber bin ich matt,
Und möcht an deinem Saum
Vergleiten, wie ein Blatt
Geweht vom nächsten Baum;
Du lockst mich wie ein Hafen,
Wo alle Stürme stumm,
O, schlafen möcht ich, schlafen,
Bis meine Zeit herum!

MODERNITÄT WIDER WILLEN – ROMAN UND EPOS DER DROSTE

Bis heute ist immer wieder zu lesen, daß die Droste »innerhalb ihres wahren schöpferischen Bereichs ... so unberaten und allein« gewesen sei, »wie selten ein Dichter allein geblieben ist« (Emil Staiger). Die neuere Droste-Forschung hat dokumentiert, daß sich dieser Einsamkeitsmythos schwerlich so rigoros aufrechterhalten läßt. Außer ihren Begegnungen mit den Brüdern Grimm und Boisserée, August Wilhelm Schlegel (1825) oder einer Reihe von namhaften Gelehrten der Bonner Universität (im Salon von Sibylle Mertens-Schaaffhausen) nahm sie als Leserin und im Gespräch mit ihren Mentoren und Freunden weit mehr am literarischen Leben der Zeit Anteil und ist seinen Tendenzen weit stärker verpflichtet, als man lange wahrhaben wollte.

Annettes Jugendlyrik bleibt bis zum ersten Teil des *Geistlichen Jahrs* durchaus konventionell. Das gilt auch für ihr Erstlingsdrama *Bertha* und das Versepos *Walther* (1818). Dieses »Gedicht in sechs Gesängen«, ein tragisches Ritterepos, kommt der Vorliebe der Restaurationsepoche für die – von der Spätromantik als »poetischere« Gattung gegenüber der Erzählprosa favorisierte – Verserzählung und ihrem Lieblingsthema entgegen: der ritterlichen Welt des Mittelalters. Bezeichnend für die durchaus restaurativen Gattungsvorstellungen der Droste, die eben noch am traditionellen Primat des Versepos vor dem Roman festhielt und in seinen klaren formalen Konturen eine Affinität zum erstrebten geschlossenen Weltbild sah, daß sie vier Epen fertiggestellt hat, während ihre Prosaversuche mit Ausnahme der *Judenbuche* – die sie ebenfalls zeitweilig in eine Verserzählung umschreiben wollte – über den Fragmentstatus nicht hinausgelangt sind. Daß freilich die spätere Versepik der Droste: *Das Hospiz auf dem großen St. Bernhard* (1827-33), *Die Schlacht im Loener Bruch* (1834-37), vor allem aber die psychopathologische Studie *Des Arztes Vermächtnis* (1833/34) die traditionalistische Gattung von innen – von Struktur und Gehalt her – immer wieder konterkarieren, zeigt, wie sehr die Droste eine wider Willen moderne Dichterin ist.

Das manifestiert sich besonders deutlich bereits in ihrem ersten und einzigen Romanversuch: dem später von Theodor Fontane wegen der »wunderbaren Charakterzeichnung« der Hauptfigur gerühmten Fragment *Ledwina,* das in der Zeit ihres poetischen Verstummens nach der Straube-Arnswaldt-Affaire und dem Abschluß des ersten Teils des *Geistlichen Jahrs* bis 1826 ihre nahezu einzige schriftstellerische Arbeit bildete. Im Vergleich mit ihrer frühen Lyrik, Dramatik und Versepik erklingt da sofort ein neuer, von den rhetorischen und poetischen Gattungskonventionen der Restaurationspoetik kaum mehr geprägter Ton – bezeichnenderweise eben in der von dieser Poetik ins zweite Glied gerückten Erzählprosa. Die Zentralfigur des zunächst als Novelle geplanten Werks hat Annette Anna von Haxthausen gegenüber am 4. Februar 1819 folgendermaßen charakterisiert: »meine Heldin trug schon zu Anfang der Geschichte den Tod und die Schwindsucht in sich, und löschte so nach und nach aus . . .« In diesem Brief behauptet Annette freilich auch, sie habe den Plan aufgegeben, als sie in der »Lesebibliothek« vier – offenkundig trivialliterarische – Geschichten entdeckt habe, »wo in jeder die Heldin eine solche zarte überspannte Zehrungsperson ist«. Die Droste konnte nicht ahnen, daß die schwindsüchtige Frau eine Lieblingsgestalt der Literatur – und Oper – des 19. Jahrhunderts sowie der Décadence der Jahrhundertwende werden sollte (es sei nur an Dumas' ›Kameliendame‹ und Murgers ›Szenen aus dem Leben der Boheme‹ und ihre Opernadaptationen: Verdis ›La Traviata‹ und Puccinis ›La Bohème‹ oder Thomas Manns ›Tristan‹-Novelle mit der schwindsüchtigen Gabriele Klöterjahn erinnert), sonst hätte sie den Plan in den zwanziger Jahren nicht doch wieder aufgegriffen.

In *Ledwina* hat die Droste wie in *Bertha* eine übersensible Außenseiterin nach dem Modell ihres eigenen Charakters gestaltet, die an der prosaischen Gegenwart leidet und von einer »grauenhaften Traumwelt« angezogen wird, so in ihrem Kirchhof-Traum und der zwanghaften Vorstellung des Unter-Wasser-Seins, allmählicher Auflösung ins Element. Die Undinen-Thematik, überhaupt die Welt der Elementarwesen, für die Romantik weithin rein poetisch-fiktionale Wirklichkeit, drängt sich Ledwina, wie allzu oft auch ihrer Dichterin, ins Grauenhafte verkehrt, geradezu halluzinatorisch auf. Das Wunderbare, der Romantik noch Gegenstand künstlerischen Experiments, materialisiert sich bedrohlich. So wie der »Zwang des Traums« Ledwina nicht losläßt, so hält seine poetische Darstellung den Leser syntaktisch in Bann, indem sie ihn aus den drei riesigen Sätzen, deren erste sich jeweils über eine ganze Seite erstrecken, förmlich nicht mehr herausläßt:

Es war tief in der Nacht, als Ledwina aus ihrem langen Schlummer erwachte, sie hatte äußerlich tief geruht, und Therese war unbemerkt vor eingen Stunden noch einmal an ihrem Lager gewesen, wo sie die Schwester, die ihr nun erleichtert schien, beruhigt verlassen hatte, aber in Ledwinas Innren hatte sich eine grauenvolle Traumwelt aufgeschlossen, und es war ihr, als gehe sie zu Fuße mit einer großen Gesellschaft, worunter alle die ihrigen und eine Menge Bekannter waren, um einer theatralischen Vorstellung beizuwohnen, es war sehr finster, und die ganze Gesellschaft trug Fackeln, was einen gelben Brandschein auf alles warf, besonders erschienen die Gesichter übel verändert, Ledwinens Führer, ein alter aber unbedeutender Bekannter, war sehr sorgsam und warnte sie vor jedem Stein, »jetzt sind wir auf dem Kirchhof«, sagte er, »nehmen Sie sich in Acht, es sind einge frische Gräber«, zugleich flammten alle Fackeln hoch auf, und Lewina wurde ein großer Kirchhof mit einer zahllosen Menge weißer Leichensteine und schwarzer Grabhügel sichtbar, die immer regelmäßig eins ums andre wechselten, daß ihr das Ganze wie ein Schachbrett vorkam, und sie laut lachte, als ihr plötzlich einfiel, daß hier ja ihr Liebstes auf der Welt begraben liege, sie wußte keine Namen, und hatte keine genauere Form dafür, als überhaupt die menschliche, aber es war gewiß ihr Liebstes, und sie riß sich mit einem furchtbar zerrissenen Angstgewimmer los, und begann zwischen den Gräbern zu suchen, und mit einem kleinen Spaten, die Erde hier und dort aufzugraben, nun war sie plötzlich die Zuschauende, und sah ihre eigne Gestalt totenbleich mit wild im Winde flatternden Haaren, an den Gräbern wühlen, mit einem Ausdrucke in den verstörten Zügen, der sie mit Entsetzen füllte, nun war sie wieder die Suchende selber, sie legte sich über die Leichensteine, um die Inschriften zu lesen, und konnte keine herausbringen, aber das sah sie, keiner war der rechte, vor den Erdhügeln fing sie an sich zu hüten, denn der Gedanke des Einsinkens begann sich zu erzeugen, dennoch ward sie im Zwang des Traumes zu einem wie hingestoßen, und kaum betrat sie ihn, so stürzte er zusammen, sie fühlte ordentlich den Schwung im Fallen und hörte die Bretter des Sarges krachend brechen, in dem sie jetzt neben einem Gerippe lag. Ach es war ja ihr Liebstes, das wußte sie sogleich, sie umfaßte es fester wie wir Gedanken fassen können, dann richtete sie sich auf, und suchte in dem grinsenden Totenkopfe nach Zügen, für die sie selbst keine Norm hatte, es war aber nichts, und zudem konnte sie nicht recht sehen, denn es fielen Schneeflocken, obschon die Luft schwül war, übrigens war es jetzt am Tage, sie faßte eine der noch frischen Totenhände, die vom Gerippe los ließ, das schreckte sie gar nicht, sie preßte die Hand glühend an ihre Lippen, legte sie dann an die vorige Stelle, und drückte das Gesicht fest ein in den modrichten Staub, nach einer Weile sah sie auf, es war wieder Nacht, und ihr voriger Begleiter stand sehr hoch am Grabe mit einer Laterne, und bat sie mitzugehn, sie antwortete, sie werde immer hier liegen bleiben, bis sie tot sei, er möge gehn, und die Laterne dalassen, was er auch sogleich tat, und sie sah wieder eine Weile nichts als das Gerippe, dem sie mit einer herzzerreißenden Zärtlichkeit liebkoste, plötzlich stand ein Kind neben dem Grabe, mit einem Korbe voll Blumen und Früchten, und sie besann sich, daß es eins derer sei, die im Theater Erfrischungen umherbieten, sie kaufte ihm seine Blumen ab, um den Toten damit zu schmücken, wobei sie ganz ordentlich und ruhig die Früchte auslas und zurückgab, da sie den Korb umschüttete, wurden der Blumen so viele, daß sie das ganze Grab füllten, des freute sie sich sehr, und wie ihr Blut milder floß, formte sich die Idee, als könne sie den verweseten Leib wieder aus Blumen zusammensetzen, daß er lebe und mit ihr gehe, über dem Aussuchen und Ordnen der Blumen erwachte sie, und wie bei Träumen immer nur der allerletzte Eindruck in das wache Leben übergeht, ziemlich frei, aber ihr war unerträglich heiß, sie richtete sich auf, und sah noch etwas verstört im Zimmer umher. Das Mondlicht stand auf den Vorhängen eins der Fenster, und da der Fluß unter ihm zog, schienen sie zu wallen, wie das Gewässer, der Schatten fiel auf ihr Bett und teilte der weißen Decke dieselbe Eigenschaft mit, daß sie sich wie unter Wasser vorkam, sie betrachtete dies eine Weile, und es wurde ihr je länger je grauenhafter, die Idee einer Ondine ward zu der einer im Fluß versunknen Leiche, die das Wasser langsam zerfrißt, während die trostlosen Eltern vergebens ihre Netze in das unzugängliche Reich des Elementes senden, ihr ward so schauerlich, daß sie sich nach eingen Skrupeln wegen der Glut in ihrem Körper entschloß, aufzustehn, und die Vorhänge loszuziehn.

Die Träumende sieht sich selber, aber im Traum ist sie noch einmal die »Zuschauende« ihrer selbst. Diese doppelte Spiegelung des Ich – Spiegel im Spiegel – ist ein typisches Droste-Motiv. Traum – Doppelgänger – Spiegel, diese drei Weisen des Sich-selbst-Gegenübertretens und Vor-sich-selbst-Schauderns ziehen sich durch das ganze Werk Annettes bis hin zu ihren späten Gedichten *Das Spiegelbild* (1841/42) und *Doppeltgänger* (1844). In einer Strophe des Gedichts *Im Moose* (1841/42) sieht sie sich selber »plötzlich in der Zukunft Land«: »Ich sah mich selber, gar gebückt und klein, / Geschwächten Auges, am ererbten Schrein / Sorgfältig ordnen staub'ge Liebespfande.« Immer wieder verbindet sich das Motiv des Spiegelbildes, des im Traum oder in halluzinatorischen Momenten Sich-selbst-Sehens mit dem Bild des Todes: »Ist mir selber oft nicht deutlich, / Ob ich lebend, ob begraben« (*Das alte Schloß*, 1841/42). In antiken Traumbüchern bedeutet: sich spiegeln = Tod. Darauf führt man auch den Tod des Narziß nach der Betrachtung des eigenen Spiegelbildes zurück – ein in der europäischen Poesie häufig wiederkehrendes Motiv, vor allem in Verbindung mit dem Spiegelbild im Wasser (wie in Annettes Ballade *Die Schwestern*, Vs. 195-200): das Wasser wird für den Betrachter die »Einladung zum Sterben« (Gaston Bachelard: ›L'eau et les rêves‹, 1942).

Tod und Spiegelbild verbinden sich auch in einem der Gedichte der Droste aus dem Meersburger Winter 1841/42:

Der Todesengel

's gibt eine Sage, daß wenn plötzlich matt'
Unheimlich Schaudern einen übergleite,
Daß dann ob seiner künft'gen Grabesstatt
Der Todesengel schreite.

Ich hörte sie, und malte mir ein Bild
Mit Trauerlocken, mondbeglänzter Stirne,
So schaurig schön, wie's wohl zuweilen quillt
Im schwimmenden Gehirne.

In seiner Hand sah ich den Ebenstab
Mit leisem Strich des Bettes Lage messen,
– So weit das Haupt – so weit der Fuß – hinab!
Verschüttet und vergessen!

Mich graute, doch ich sprach dem Grauen Hohn,
Ich hielt das Bild in Reimes Netz gefangen,
Und frevelnd wagt' ich aus der Totenkron'
Ein Lorbeerblatt zu langen.

O, manche Stunde denk ich jetzt daran,
Fühl' ich mein Blut so matt und stockend schleichen,
Schaut aus dem Spiegel mich ein Antlitz an –
Ich mag es nicht vergleichen; –

Als ich zuerst dich auf dem Friedhof fand,
Tiefsinnig um die Monumente streifend,
Den schwarzen Ebenstab in deiner Hand
Entlang die Hügel schleifend;

Als du das Auge hobst, so scharf und nah,
Ein leises Schaudern plötzlich mich befangen,
O wohl, wohl ist der Todesengel da
Über mein Grab gegangen!

»Und frevelnd wagt' ich aus der Totenkron' / Ein Lorbeerblatt zu langen.« Nichts ist für das Selbstverständnis der Droste als Dichterin bezeichnender denn diese Verse: ihre Dichtung ist – und das empfindet sie selbst als gefährliche Grenzüberschreitung – eine Poesie vom Tode und zum Tode.

Eine solche Poesie aber ist auch schon *Ledwina*. Die von Fontane gerühmte Charakterzeichnung der Titelfigur wirkt vor allem dadurch besonders zwingend, daß sie weithin aus der Perspektive der Zentralfigur erfolgt. Die Ledwina-Passagen kontrastieren erzähltechnisch mit den Familienszenen, die nach dem Modell des englischen Familien- und Gesellschaftsromans ein vor allem in Dialogen gezeichnetes Gesellschaftsbild des westfälischen Landadels bieten. In der Dialogführung spiegelt sich der typische Konversationsstil der adligen Gesellschaft, die Causerie mit ihren Höhen und Tiefen, mit der Suche nach der Pointe und dem ständigen Aneinander-Vorbeireden der Konversationspartner. Gesellschaft im Spiegel der Konversation, das wird es in dieser Leichtigkeit, Grazie und verhaltenen Mokerie fast erst wieder bei Fontane geben. In ihrer glücklichen Verbindung von Psychogramm und Gesellschaftsportrait hätte *Ledwina* einer der originellsten Familienromane der deutschen Literatur, die Autorin eine deutsche Jane Austen werden können.

Sie ist es nicht geworden, die Droste wandte sich 1827 vielmehr von dem unkonventionellen Romanexperiment ab und erneut der Gattung zu, die vermeintlich poetisch höher stand und dem restaurativen Ordnungsdenken eher entsprach: dem Epos. Man darf an Goethe denken, der sich seinerzeit nach der Vollendung des Romans ›Wilhelm Meisters Lehrjahre‹ mit Schiller darüber einig war, daß er sich mit dem Epos ›Hermann und Dorothea‹ auf eine wesentlich höhere poetische Stufe begeben hatte (denn »die Form des Meisters, wie überhaupt jede Romanform, ist schlechterdings nicht poetisch«; Schiller an Goethe, 20. Oktober 1797). Das aber war dreißig Jahre her, die Frühromantik hatte den Roman inzwischen zur modernen Literaturgattung schlechthin nobilitiert, das Romanschaffen des späten Goethe, der Siegeszug des europäischen Romans seit Beginn des 19. Jahrhunderts hatten sich über die traditionelle poetologische Degradierung der Gattung längst hinweggesetzt.

Das Hospiz auf dem großen St. Bernhard, an dem die Droste seit 1827 arbeitete, handelt in seinen beiden ersten Gesängen, die allein 1838 veröffentlicht worden sind, von der Wanderung eines greisen Senners mit seinem Enkel durch das Hochgebirge, wo sie – eine thematische Parallele zu Adalbert Stifters Erzählung ›Bergkristall‹

– in einem Schneesturm die Orientierung verlieren. Nach langen Irrwegen bricht der Alte erschöpft zusammen und erfriert, während der Knabe noch durch einen Bernhardinerhund gerettet wird, der von den Mönchen des Hospizes auf dem Sankt Bernhard auf einen Suchgang ausgeschickt worden ist. Den dritten Gesang, welcher der Erzählung ein allzu erbauliches Happy ending gibt – der alte Senner war nur scheinbar tot, kann von den Mönchen wiederbelebt werden –, hat die Verfasserin aus begreiflichen Qualitätsgründen nicht publizieren wollen; er erschien erst nach ihrem Tode. Die Verserzählung ist – ganz anders als der abgebrochene Roman – in einen religiösen Sinnhorizont hineingestellt, der vom Doppelantlitz der Natur geprägt ist: während im Tal von St. Remy die Natur noch in ihrer ursprünglichen göttlichen Integrität waltet, ist die Hochgebirgsregion die Sphäre der gefallenen, von den Mächten des Bösen heimgesuchten Schöpfung, Ort des Grauens, das die Dichterin, zumal in der ausufernden Schilderung der Toten in einer Gruft, in der Großvater und Enkel Zuflucht suchen, nicht ohne Einsatz schauerromantischer Mittel förmlich auskostet – »Wollüstig saugend an des Grauens Süße«, mit einem Vers aus ihrem Gedicht *Der Hünenstein* (Vs. 33) zu reden. Gerade hier trennt die Droste eine Welt von Stifter; auch er beschwört häufig das Katastrophale der Natur, aber es wird aus ihr selbst heraus – als einer im Grunde guten und wohltätigen Macht – schließlich wieder besänftigt und geheilt. Die Natur selbst hat die bedrohten Kinder in ›Bergkristall‹ schon wieder freigegeben, als sie von den Dorfbewohnern entdeckt werden, während es im *Hospiz* erst die Mönche sind, welche in ihrer Gottgeborgenheit den Menschen dem Verhängnis entreißen, das ihm die Unheilsnatur zugedacht hat.

Trotz aller restaurativen Tendenzen des Epos – das in seinem dritten Gesang schließlich eine in den Werken der Droste eher seltene Kirchlichkeit atmet, die wohl nur vor dem Hintergrund des Kölner Kirchenstreits im Jahre 1837 zu verstehen ist – bricht sich die Eigenwilligkeit ihrer Sprache immer wieder Bahn durch die zum Klischee erstarrte Stiltradition und den oft konventionellen rhetorischen Duktus des Epos. Das geschieht vor allem da, wo die gefallene, die feindliche Natur dargestellt ist, wie in den Versen über eine Lawine, die scharf an dem Alten und seinem Enkel vorbeistürzt. Die folgende Passage zeigt schon den unverkennbaren Drosteschen Sprachduktus, freilich an einigen Stellen untermischt mit konventionellen, das Triviale streifenden Floskeln:

Schon fühlt er, wie, vom Froste laß,
Der steife Arm zu gleiten droht;
Und ohne Ende scheint der Paß!
Ein Turm ragt an dem andern her,
Es ist, als würden's immer mehr.
Dem Himmel Dank, die letzte Klippe!
Und als, mit angestrengtem Fleiß,
Sich immer näher treibt der Greis,
Was knistert überm Steingerippe?
Am Rande schiebt sich's, zittert, blinkt,
Langsam ein weißer Klumpen sinkt;
Dann schneller, dann mit jähem Fall,
Entlang die Klüfte tost der Schall.
Und zu des Alten Füßen rollen
Schneetrümmer und gesprengte Schollen.

Und dieser einen Augenblick
Steht regungslos, mit Schwindel ringt; –
So scharf vorüber zog der Tod!
Gefaßt er dann zusammenrafft,
Was ihm von Wollen bleibt und Kraft.
Und vorwärts nun, mit harter Not,
Er in den Trümmerhaufen dringt.
Doch neben, vor und um ihn stemmt
Die Masse sich, zum Wall gedämmt.
Mitunter eine Scholle auch
In schwachem Gleichgewichte steht,
Nur wartend auf den nächsten Hauch,
Und aufwärts ihre Kante dreht.

Wenn das Geschiebe sich belebt,
Ein Sarkophag, der ihn begräbt!
Horch! wie er durch die Zacken irrt,
Zuweilen eine Scheibe klirrt;
Ein feines Schwirren – schwaches Rucken –
Vor seinen Augen Blitze zucken;
Doch immer wieder fügt sich's ein,
Und starr die Mauer steht wie Stein.

So muß er, fast in Todesbanden,
Wie durch ein Labyrinth sich schmiegen.
Es ist vorüber, ist bestanden,
Und hinter ihm die Trümmer liegen.

Die Schlacht im Loener Bruch 1623, wie das *Hospiz* in der Gedicht-Ausgabe von 1838 veröffentlicht, führt – nach der für die Dichterin exotischen, ihr von eigener Anschauung her nicht bekannten Hochgebirgswelt der Alpen – wieder in die heimische Landschaft zurück: in das Westfalen des Dreißigjährigen Kriegs, dessen Natur den Hintergrund der historischen Handlung bildet, eine Natur, die ähnlich doppelgesichtig ist wie im *Hospiz*, deren Sünden- und Todesverfallenheit hier freilich deutlicher als in dem früheren Epos – schon vorausweisend auf *Die ächzende Kreatur* – Spiegel und Auswirkung der menschlichen Schuldhaftigkeit, der Erbsünde und des als ihre Folge auf der Welt lastenden Gottesfluchs ist. Ihn enthüllt zumal der Krieg mit seiner Entfesselung der Triebkräfte des Bösen, wo homo homini lupus ist, selbst wenn es um die christliche Liebesreligion geht: »Da, ach! um Lehren, liebereich, / Gefochten ward den Wölfen gleich« (I, Vs. 76 f.).

Eines der nächtlichen Heidebilder des Epos, die bis in Sprache und Bildlichkeit hinein an den berühmten Zyklus in der Gedichtausgabe von 1844 gemahnen, offenbart diese Nähe von Krieg und gefallener Schöpfung besonders eindrucksvoll; es bildet den Hintergrund eines nächtlichen Rittes des jungen Tilly:

Vom Glockenturme dröhnte just
Die Mitternacht, und jede Lust,
So Schauer nur gewähren mag,
Schwerhauchend auf der Landschaft lag.
Die Sterne standen kalt und klar,
Kein Lüftchen hob des Mooses Haar,
Das Taugeperl' am Flechtenring
Wie Feilstaub am Magneten hing.
Weit, weit das Feld, ein graues Tuch,
Johanniswürmchen hier und dort
Das matte Silberfunken trug,
Wie Schlangenauge überm Hort;
Ein Knistern durch die Heide fort,

Ein leises Brodeln unterm Moos,
Ein Quitschern in der Kräuter Schoß;
Mit Hügelchen der Grund belegt,
Wo's drunter gärt und Dämpfe regt,
Wie Elfenkirchhof, Geisterherd;
Und drüber her das schwarze Pferd
Mit grauem Reiter, dessen Schritt
Treibt Brodem auf bei jedem Tritt:
So durch die Heide zieht der Tod.

Dieses Textbeispiel zeigt, wie viel sicherer und origineller die Droste den Sprachstil des Epos nun im Vergleich mit dem *Hospiz* beherrscht, wie viel dichter der bildliche Ausdruck der *Schlacht im Loener Bruch* wirkt. Die Natur, einst Szenerie des Dreißigjährigen Kriegs, zeigt sich am Ende des Epos als die geschichtsüberlegene Macht, welche die Eitelkeit der einst so leidenschaftlich und wolfsartig verfolgten Kriegsziele offenbart, die selbst dem Vergessen der Nachgeborenen anheimfallen. Ein barockes Vanitas-Bild beschließt die epische Dichtung mit desillusionierender Ironie:

Zweihundert Jahre sind dahin:
Und alle, die der Sang umfaßt,
Sie gingen längst zur tiefen Rast.
Der Tilly schläft so fest und schwer,
Als gäb' es keinen Lorbeer mehr;
Und Christians verstörter Sinn
Ging endlich wohl in Klarheit auf.
Wie trübt die Zeit der Kunde Lauf!
An seiner Krieger moos'gem Grab
Beugt weidend sich das Rind herab,
Und schreiend fliegt der Kiebitz auf.
. . .
Am Moore nur trifft wohl einmal
Der Gräber noch auf rost'gen Stahl,
Auf einen Schädel; und mit Graus
Ihn seitwärts rollend, ruft er aus:
»Ein Heidenknochen! Schau, hier schlug
Der Türke sich im Loener Bruch!«

PATHOGRAPHIE EINER GESTÖRTEN SEELE: DES ARZTES VERMÄCHTNIS

Die bedeutendste Verserzählung der Droste ist zweifellos die zwischen dem *Hospiz* und der *Schlacht im Loener Bruch* entstandene Dichtung *Des Arztes Vermächtnis* (1833/34), auch sie zum erstenmal in der Gedichtausgabe von 1838 veröffentlicht. In der Rahmenhandlung öffnet der Sohn eine Schriftrolle mit dem als »Geheimnis« gehüteten »Vermächtnis« des Arztes, seines Vaters. Ihr Inhalt: »Vertraut gestörter Seele Leiden, / Die Wahr und Falsch nicht konnte scheiden.« In einer eigenen Prosazusammenfassung der Verserzählung redet Annette von »fixen Ideen« des Arztes. Die Begebenheit, die er in seinem »Vermächtnis« nun berichtet, habe »seinem ohnehin überspannten Kopf den eigentlichen Stoß gegeben«.

Als junger Mann ist er, der sich zum Studium in eine Klause im Hochwald zurückgezogen hat, des Nachts von zwei Unbekannten zu einem Verwundeten gerufen worden. Sie legen ihm eine Binde um die Augen und führen ihn auf einem unheimlichen nächtlichen Ritt in eine Grotte, offenbar eine Räuberhöhle. Dort liegt der zu Tode Verwundete, anscheinend das Opfer eines mörderischen Anschlags. Neben dem Sterbenden bemerkt der Arzt eine bleiche Frau von seltener Schönheit, die er von einem Maskenball in Wien her wiedererkennt. In einer leisen Unterhaltung des Verwundeten mit einem jungen Mann, der ihm offenbar nahesteht, fallen dessen unheilvolle Worte: »Sie folgt dir!« Bei seinem Erscheinen hat dieser junge Mann – der »Dunkle«, dessen Bild den Arzt seither allnächtlich verfolgt, ja der ihm in seiner Halluzination immer wieder leibhaft erscheint – den Arzt durch eine Handauflegung, die eine immer erneute Zwangsvorstellung des Ich-Erzählers sein wird, mit einer »heißen Stelle« am Kopf gezeichnet, die Signatur seelischer Verstörung und eines zunehmenden Wahns. Der Sterbende entscheidet mit einer letzten Geste, daß der von Todesangst erfüllte und nur auf seine Rettung sinnende Arzt entlassen werden soll.

Der junge Mann läßt ihn unter Androhung eines Fluchs, der sein Leben zerstören soll, einen Eid schwören, daß er das Gesehene stets verschweigen wird, und bringt ihn auf einem zweiten, nicht weniger unheimlichen Nachtritt in die Freiheit zurück, rettet ihn vor den anderen Räubern, die ihn mit Sicherheit als Augenzeugen getötet hätten. In einer Mischung aus Wahrnehmung und Halluzination (Annettes Prosazusammenfassung redet von einer »Art Starrsucht oder magnetischen Schlafs«) glaubt er noch zu hören, wie die schöne Geliebte des Verstorbenen über eine Klippe in einen Abgrund gestürzt wird. »Der nächste Morgen zeigt mancherlei Spuren des Geschehenen, zwar so, daß man jede noch anders auslegen könnte, doch bleibt dem Leser die Überzeugung der Wirklichkeit« (Prosazusammenfassung).

In der Folgezeit sucht der Arzt das Geschehen als Alptraum zu verdrängen. Doch »am Kopf die heiße Stelle«, das körperliche Symptom seines Traumas, läßt das Verdrängte immer wieder auftauchen, stürzt den Arzt schließlich in Wahnvorstellungen und läßt ihn zerrüttet enden. Mit der Vision des »Dunklen«: »Da kömmt er – kömmt er – kömmt!« bricht des Arztes Vermächtnis ab. »Das Blatt ist leer; hier hat die Schrift ein Ende.« Sein Sohn zieht sich – bedeutungsvoll seine Hand an die Stirn gelegt, welche beim Vater durch die heiße Stelle gezeichnet war – in die Einsamkeit des Waldes zurück.

Die Zusammenhänge der hier wiedergegebenen Handlung, deren wichtigste Quelle Schellings Verserzählung ›Die letzten Worte des Pfarrers zu Drottning auf Seeland‹ (1802) ist, bleiben in der Erzählung weithin im dunkeln, da eine Exposition der Personen und ihrer Beziehungen nicht geboten wird. In ihrer eigenen Zusammenfassung betont die Verfasserin, daß es ihr nicht um den »Stoff« selber – dessen Motive Byron und der Schauerromantik entlehnt scheinen –, sondern um die Art seiner »Darstellung« gegangen ist. Die trivialliterarische Gruselgeschichte ist als solche gleichgültig und wird denn auch bis an oder über den Rand der Unverständlichkeit verdunkelt (die Darstellung dürfe »wenigstens nicht durchgängig klar sein«, so Annette selber). Die schauerromantischen Motive dienen dazu, dem Geschehen etwas Alptraumhaftes zu verleihen und den Leser – wie den rückschauenden Arzt selber – grübeln zu lassen, was hier Traum, Halluzination oder zwanghafte Wahnvorstellung und was Realität ist. »Ob Traum, ob Wirklichkeit, das fragt sich hier.« Und auch die Droste selber hat sich die Frage »Wo sind des Traumes wo des Lebens Grenzen?« (aus dem späten Gedichtfragment vom April 1846: »Im Keim des Daseins . . .«) immer wieder gestellt. Der barocke Topos vom Leben als Traum – »O Leben, Leben! bist du nur ein Traum?« lautet in unverkennbarer Anspielung auf Calderóns Lehrstück ›La vida es sueño‹ der letzte Vers von *Des Arztes Vermächtnis* – verbindet sich bei ihr mit der modernen Erfahrung der Bodenlosigkeit und Zweideutigkeit der Existenz, der Verwischung der Grenzen von Innen und Außen. Die halluzinatorische Projektion von inneren Gesichten in die Außenwelt ist zudem westfälisches Erbteil Annettes. Das zweite Gesicht der Spökenkieker oder Vorkieker ist das Thema des ›Liber mirabilis‹ ihres eigenen Vaters gewesen: einer »Sammlung alter prophetischer Träume und Gesichte, von denen dieses Land wie mit einem Flor überzogen ist« (*Bei uns zu Lande*). Von diesen Gesichten sind auch Annettes Gedichte, zumal die Balladen, motivisch immer wieder geprägt. Im Falle des Arztes der Drosteschen Verserzählung sind die fratzenhaften Gesichte eine Folge seiner zunehmenden Verstandestrübung, der ›Umdunklung‹ seines Geistes: ›El sueño de la razón produce monstruos‹ (Der Traum bzw. Schlaf der Vernunft erzeugt Ungeheuer), so lautet der berühmte Titel von Goyas Radierung aus dem Zyklus ›Los caprichos‹ (1797).

Die »Sonderung des Wahren vom Eingebildeten« läßt sich in *Des Arztes Vermächtnis* keineswegs so »leicht« beantworten, wie Annette in ihrer Zusammenfassung behauptet, da die grausigen Ereignisse nur aus der subjektiven Perspektive des Ich-Erzählers berichtet – oder imaginiert – sind, der hier zum erstenmal in einem Werk der Droste auftaucht. Die nächtlichen Erscheinungen des »Dunklen«, von denen er sogar vorgibt, daß sie seinen Sohn gequält haben (»Du willst mir's hehlen, Sohn! doch sahst du ihn, / Als lang und bleich zu deinem Bett er trat; / Er rührte dich, du zucktest wie gebrannt«), zeigen jedenfalls, daß Zwangsvorstellungen seine Realitätswahrnehmung überlagern. *Des Arztes Vermächtnis* ist die Darstellung eines psychopathologischen Falls (schon Schücking redete von einer »psychologischen Studie«), die dem zeitgenössischen Interesse an den 1808 von Gotthilf Heinrich Schubert beschriebenen ›Nachtseiten der Natur‹: den psychischen Anomalien des Magnetismus, Mesmerismus, Somnambulismus, Hellsehens und Wahnsinns entgegenkommt. Nicht zuletzt resultiert die »psychologische Studie« aus der Selbstbeobachtung der immer wieder von Krankheit und psychischer Verstörung gezeichneten Annette sowie den Konsultationen ihres Homöopathen Clemens Maria von Bönninghausen, der sie seit 1829 bis an ihr Lebensende behandelt und in seinen Aufzeichnungen ihr Krankheitsbild geschildert hat. Schon Christoph Bernhard Schlüter hat in einem Brief an Wilhelm Junkmann vom 8. November 1834 die Verserzählung mit Annettes eigener Krankheitsgeschichte in Verbindung gebracht und Junkmanns Vermutung bestätigt, daß »des Arztes Vermächtnis auf vulkanischem Boden aufstieg und Auctor operis, ein edleres Gegenstück zu Lord Byron, wohl selbst eines Arztes bedürfe, wenn anders ein gewöhnlicher Arzt so tiefe Wunden heilen kann«.

Freilich läßt sich die Erzählung nicht ausschließlich im Blick auf die Krankheit der Droste pathologisch deuten. Der im wahrsten Sinne kryptische, ja änigmatische Charakter der Versdichtung, die Mittel der Kolportage einsetzt, ohne doch mit ihnen das erzielen zu wollen, wozu diese Motive eigentlich gedacht sind, nämlich Effekt, verweist den Leser auf einen allegorischen Hintersinn des Geschehens, eine Art Subtext, auf den nur wenige Signale unmittelbar hindeuten und der sich weithin nur spekulativ erschließen läßt. Die Klause »auf Waldeshöhn«, in die sich der Arzt vor der verhängnisvollen Nacht, »wo das Geschick mich traf«, zurückgezogen hat, läßt an die beschauliche Existenz eines Eremiten denken, der von einer noch göttlich durchwirkten Natur umgeben ist. Der Grund dafür, daß er »jener Hütte Frieden« verläßt und sich durch die Nacht zu dem Verwundeten bringen läßt, ist nicht das Gefühl ärztlicher Verpflichtung, sondern Abenteuergeist, »nur Neugier und verwegne Glut«. Faustische curiositas zerstört den Zustand natürlicher Unschuld, schafft den status corruptionis. Die Binde, die ihm vor die Augen gelegt wird, ist die Chiffre seiner geistigen Verblendung.

Zweimal redet der Arzt zu Beginn seines Vermächtnisses von »Sünde«, klagt im Rückblick auf seine Klausnerexistenz: »Ach! damals hatte fremde Sünde nicht / Gelegt auf meinen Nacken ihr Gewicht«. Nun aber entreißt ihn seine curiositas dem Gottesfrieden seiner Hütte, und er gerät in den Bann des Bösen. Und sofort wandelt die Natur ihr Gesicht. Die friedliche Waldeslandschaft verzerrt sich wie im *Hospiz* und der *Schlacht im Loener Bruch* ins Grauenhafte, ins Bild der gefallenen Schöpfung. Der Arzt, der am Lager des Sterbenden nicht an dessen Rettung, sondern nur an die Möglichkeit der Flucht denkt, wird als Zeuge dunkler Verbrechen mitschuldig, da er sich nicht um ihre Aufklärung kümmert, sondern sie aus seinem Gedächtnis zu verdrängen sucht. Der Fluch des Räubers ereilt ihn, obwohl er das Geheimnis der Bande nicht verrät. Dieser junge Räuber, der »Dunkle«, hat wahrhaft luziferische Züge: »Ob nicht ein Sternbild seine Augen scheinen, / Das über Klippen steht und dürren Hainen?« Es sei daran erinnert, daß Lucifer in der Antike als Sohn der Eos (Morgenröte) galt, der er als Morgenstern vorausging; daher sein Name »Lichtbringer«. Das Buch Jesaja verwendet diese Mythe für den Sturz des Königs von Babel: »Wie bist du vom Himmel gefallen, du Glanzstern, Sohn der Morgenröte!« (Jes 14, 12-15) Eine Art gefallener Stern ist auch der junge Räuber, des Arztes Bündnis mit ihm, das ihm sein Leben rettet, eine Teufelsverschreibung, die schon an Annettes Großballade *Der spiritus familiaris des Roßtäuschers* denken läßt. Die heiße Stelle an der Stirn des Arztes wird zu einer Art Kainszeichen, Stigma der Sündenverfallenheit. Nach der Schreckensnacht findet er sich in der reinen Natur des Anfangs, gewissermaßen in ihrem Zustand vor der Erschaffung des Menschen wieder: »So ruhig wohl am dritten Schöpfungstag / In ihrem ersten Schlaf die Erde lag, / Wo Leben nur in Kräutern noch und Gras«. Indessen bleibt diese Natur, die als neues Arkadien, als traditioneller locus amoenus – mit Vogelgesang, von Weiden umstandener Quelle und Hirtenidylle – geschildert ist, von dem nun in den Bannkreis des Bösen getretenen Arzt durch eine Kluft geschieden. Der verbleichende Morgenstern wird ihm zum Bild der verlorenen Unschuld: »Als scheide etwas das mir teuer war«.

Die Geschichte des Arztes ist eine Parabel des infolge der Erbsünde verlorenen Paradieses. Erbsünde: der »Dunkle« tritt nicht nur an das Bett des Arztes, sondern, wie der traumatisch Verstörte wähnt, auch an das seines Sohnes, diesen berührt ebensowohl die »heiße Hand«, so daß er »wie gebrannt« zuckt; »Du zucktest, ja du zucktest in der Tat, / Und seufzen hört ich dich in jener Nacht«. Der Sohn, der am Ende der Rahmenerzählung die Hand an seine Stirn legt und schon die heiße Stelle zu spüren scheint, wird zum Erben der Sünde des Vaters. Wenn er sich, wie einst der junge Arzt, in die Einsamkeit des Waldes zurückzieht, scheint die Geschichte des letzteren sich zu wiederholen, und es ist zu ahnen, daß auch das Böse in ihr wiederkehrt.

Des Arztes Vermächtnis

So mild die Landschaft und so kühn,
Aus Felsenritzen Ranken blühn;
So wild das Wasser stürmt und rauscht,
Und drüber Soldanella* lauscht!
Nichts was ein wundes Herz so kühlt
Als Bergesluft die einsam spielt,
Wenn Maienmorgens frische Rosen
Mit Fichtendunkel flüsternd kosen.
Wo überm Wipfelmeer das Riff
Im Äther steht, ein flaggend Schiff,
Um seinen Mast der Geier schweift:
Tief im Gebüsch das Berghuhn läuft,
Es stutzt – es kauert sich – es pfeift
Und flattert auf – ein Blättchen streift
Die Rolle in des Jünglings Hand.
Der schaut, versunken, über Land,
Wie einer, so in Stromes Rauschen
Will längst verklungner Stimme lauschen.
Er ruht am feuchten Uferrand. –
In seinem Auge Einklang liegt
Mit dem, was über ihm sich wiegt,
Mit Windgestöhn' und linden Zweigen:
Was ist ihm fremd, und was sein eigen?
Gedankenvoll dem Boden ein
Gräbt Zeichen er mit spitzem Stein,
Und löst gedankenvoll das Band
Am Blatt, wo, regelloser Spur,
Ach! eine Hand, zu teuer nur,
Vertraut gestörter Seele Leiden,
Die Wahr und Falsch nicht konnte scheiden.
Und will er – soll er – dringen ein
In ein Geheimnis das nicht sein?

* Soldanella alpina, Alpendrottelblume

Es sei! es sei! die Hand ist Staub,
Und ein Vermächtnis ja kein Raub!
Dann – Wasser, Felsen, Alles schwand.

»Ich war noch jung; o Zeit, entfloh'ne Zeit!
Wohl vierzig Jahre hin, mir ist's wie heut.
Ein frisches Wasserreis war ich, im Traume
Von Blüte, Frucht und tausendjähr'gem Baume.
Ein Flämmchen war ich, lustig angebrannt,
Mein Sohn, nicht Schlacke wie du mich gekannt.
Ach! damals hatte fremde Sünde nicht
Gelegt auf meinen Nacken ihr Gewicht.
Klar war mein Hirn, die Seufzer durften ruhn:
So war's, so war's, und anders ist es nun.
Der dunkle Mann – das Bild das mich umkreist –
Ich sage nichts, mein Sohn, was du nicht weißt.
Zu Nacht mein Auge fand das deine offen,
Dein sorglich Ohr mein Ächzen hat getroffen,
Wenn Mißgeschick in Sünde mir zerfleußt,
Zur Gegenwart wird die Erinnerung.
Alt bin ich, krank, umdunkelt oft mein Geist,
Das kennst du nicht, du bist gesund und jung.

Am zwölften Mai, bei einsam tiefer Nacht,
Nach einem Tag, ich hatt' ihn froh verbracht
Auf Waldeshöh'n, die wimmelnd von Gesindel
Zum Äther strecken ihrer Fichten Spindel,
An Böhmens Grenze eine starre Wacht:
Dort nahm, der Wissenschaft und Armut Sohn,
Ein kleines Haus mich auf seit Wochen schon,
Wo Kräuter suchend zwischen Fels und Gründen
Die Einsamkeit ich traulich konnte finden.
Am zwölften Mai, wo das Geschick mich traf –
Auf meinen Wimpern lag der Jugend Schlaf,
Doch ruhig nicht, mein Traum war wie im Fieber –
Auf Felsen stand ich, Adler kreisten drüber;
Mir näher, näher aus dem tiefen Grau,

Der Flügel Schlag ich hört' ihn ganz genau,
Und hört' es immer, als der Traum zerrann.
Vernahm ich's wirklich? Und was war es dann?
Den Atem haltend lausch' ich vorgebeugt,
Und wahrlich – zweimal – dreimal – nah der Wand
Pocht es vernehmlich an des Fensters Rand.
Dann Schatten seh' ich vor der Scheibe schwanken,
Ein langer Arm, ein dunkler Finger steigt;
Ich war noch jung, wie Pulver die Gedanken,
Wenn aufgeregt, erkannten keine Schranken.
Man weckt den Arzt um Mitternacht so leicht:
Gewöhnlich fänd' ich's jetzt, dort wunderbar;
Doch Jugend schäumt entgegen der Gefahr
Und ohne Sprudel ist kein Trank ihr klar.

So war's nur Neugier und verwegne Glut,
Was durch die Adern trieb das üpp'ge Blut,
Als ich verlassen jener Hütte Frieden
Um einen Wunden, wie man mich beschieden,
In jener Nacht so schwarz und schauerlich,
Daß nicht ein Glühwurm durch die Kräuter schlich;
Des Grases Knistern nur, der schwache Hauch
Des eignen Atems brach die Stille auch.
Vor ging ein Mann, und einer *nach* mir schritt.
Ich sah nur Grau in Grau und tappte mit,
Als wir dem Bergwald zogen stumm entgegen,
Gleich Kohlenstämmen unter Aschenregen.
Zuerst ein Weiher kam, und dann ein Steg,
Dann ging es aufwärts halb verwachsnen Weg;
Im tiefern Grau verschwammen die Gestalten;
Nur selten zeigten mir des Waldes Spalten
Noch meines Vormanns untersetzten Bau.
An einer Klippe meine Führer halten,
Und ich mich wende zu verstohlner Schau.
Nur dunkle Massen rings – wo mag ich sein?
Da über mir hört' ich die Eule schrei'n
Und dachte noch, ihr Nest liegt im Gestein.

Doch dort und dort und dorten überall,
Entlang die Waldung, gellt's im Widerhall,
Ringsum die Zweige knistern wie im Brand,
Vor mir ein Mantel, drüben eine Hand,
Dann über meine Schulter es sich stemmt,
Und eine Binde hat den Blick gehemmt.
Der Boden schwindet; eh ich mich gefaßt,
Ein Roß trägt schnaubend fürder seine Last.

Mir war doch schwül, als ich zum Zügel griff;
Seekranken war mir's gleich auf leckem Schiff.
Verwirrung hatte mich betäubt, zum Heil,
Sonst hätt' ich mich gefürchtet, als so steil
Pfadlosen Weg betrat des Tieres Fuß,
Wo ich nur klammernd mich erhalten muß,
An seine Mähne mein Gesicht gelegt,
Daß mir des Tieres Schweiß vom Kinne rann.
Ich hörte wie, von seinem Huf geregt,
Des Weges Steine langsam rollten, dann
Von Klipp' zu Klippe sprangen, bis zuletzt
Der Schall im Nachhall schwand. Ich hörte jetzt
Ob meinem Haupt die Wasser niederrauschen,
Daß zarter Regen mein Gesicht benetzt.
Oft warnte eine Stimme mich in Hast:
»Dich vorgebückt!« und über meinen Nacken
Strich sich ein breiter Ast mit trägem Knacken.
Entferntem Knalle glaubt' ich oft zu lauschen,
Der Boden einmal klang wie Estrich fast;
Was weiß ich, meine Phantasie war reg' –
Doch immer seltsam blieb und schlimm der Weg.
So öde war mein Hirn, gedankenleer,
Die Zügel ließ ich, oft dem Falle nah,
Dann wieder kehrte das Bewußtsein schwer.
Mit angeklemmten Gliedern saß ich da
Und log, von Sorge überschlau gemacht,
Ein heitres Angesicht der finstern Nacht.
Wie lange so, vermag ich nicht zu sagen.

Mir ist wie dem der aus dem Schlaf erwacht:
Ihm scheint's vom Abend ein Moment zum Tagen,
Doch blieb ihm das Gefühl entschwundner Zeit,
Und öfters übers Ziel ihn führend weit,
Daß er die Sonne sucht um Mitternacht.
Ja! sinn' ich, was noch all sich zugetragen
Bevor es tagte, hat die Fahrt wohl kaum
Gefüllt aufs längste einer Stunde Raum.
Dann stand das Tier, und Arme fühlt' ich wieder;
Nun schwebt' ich in der Luft, nun ließ mich's nieder;
Und tiefer in die Brust der Atem glitt,
Als Grund, als festen Grund mein Fuß beschritt.

Voll Schwindel war ich, halb bewußtlos noch,
So griff ich nach der Binde; hastig doch
Mich faßte eine Hand, die war so stark,
Der leichte Druck mir rieselte ins Mark.
Und weiter, weiter durch betautes Kraut;
Man wandte rechts und links und sucht' zu meiden,
Was, weiß ich nicht; doch konnt' ich unterscheiden
Im Gras verstreuten Schutt, hier ward gebaut.
Dann Stufen ging's hinunter, seltsam hallend,
Und immer tiefer, ein lange Reih'.
Ich stütze mich auf Mauern, morsch, zerfallend,
Hier klang der Atemzug, ein halber Schrei;
Zur Seite hör' ich's tröpfeln, wie vom Regen –
Ich räuspre – und es schmettert mir entgegen –
Des Kleides Reibung flüstert am Gestein –
Dies mußt' ein lang und tief Gewölbe sein.
Vor allem seltsam war's, als, unterm Grund
Auftauchend, Schritte rechts sich gaben kund.
Wie Schmiedehämmer pocht es um und neben;
Die eingepreßte Luft, es trog mich nicht,
Ich fühlte um Gesicht und Brust sie beben.
Doch ferner, schwächer schon der Schall sich bricht.
Nur immer weiter, wie die Wege drehn,
Und bald verschwimmt das Klirren, Rufen, Gehn

In ein Geschwirr, dem Hall des Wassers gleich,
Wenn's niederrauscht in einer Grotte Reich.

Oft sinn' ich wie mir alles noch so klar;
Ich war betäubt, drum scheint mir's sonderbar.
Ja, Angst ist fein, und schier bewußtlos doch,
Mechanisch sammeln ein die Sinne noch.
Nun stand mein Führer: schwere Riegel klirrten,
Schnell schwand das Tuch, und schneller vor's Gesicht
Schlug ich die Hand, mich blendete das Licht,
Man sprach zu mir, ich sah und hörte nicht;
Von allen Seiten bunte Flügel flirrten:
Es tat der Binde Druck, denn da's zerging,
Ein einsam Lämpchen nur im Winkel hing,
Wo einer Scheibe vieldurchlöchert Ziel
Das erste war was mir ins Auge fiel.
Und, als ich noch dem Schwindel kaum entrann,
Zu einer Wölbung zieht man mich hinan,
Bis dicht vor meinen Füßen liegt ein Mann.
Und dieser ist's? vom groben Pelz bedeckt?
So ausgespannt wie sich die Leiche streckt?
Und diesem soll ich helfen? Wenn ich kann.
Ich sah den halbentblößten Fuß, die Hand,
Kalt, totenfahl, erschlafft der Muskeln Band;
Ich sah recht um der Lunge Sitz das Tuch,
Wodurch ein Streif sich naß und dunkel wand;
Ich sah das schwarze Blut am Boden hier,
Und weiß nicht wo ich die Gedanken trug.
Gleich einer fremden Stimme sprach's aus mir:
»Bei Gott! bei Gott! bei Gott! der hat genug.«
Ob man's vernommen hat? ich glaub' es kaum;
Mich dünkt, gemurmelt hab' ich wie im Traum.

Ein Schimmer jetzt auf den Enthüllten fällt,
Auf Züge, edel doch gefällig nicht.
Dies Auge kalt und unbezwungen bricht
Da sich dem Tod zum Kampf die Seele stellt.

Vor Grimm dies Antlitz schien mir zu erbleichen
Um einen Gegner dem es jetzt muß weichen.
Kraftsammlung, tiefes Brüten, sollt' man glauben,
Bewegung ihm und Sprache müsse rauben;
Und drüber, wahrlich, noch ein Hauch sich rührt
Von dem was Herzen anlockt und verführt.
Ich sah wohl wie es mit uns zweien stand,
Mit mir und ihm, wir beid' an Grabes Rand,
Da hab' ich auch gefühlt zu diesem Mal,
Wie Todesangst in vollem Laube tut.
Man meint, am besten sei's so kurz und gut,
Bevor uns Krankheit Zoll um Zoll verzehrt;
Glaub mir, es ist 'ne wunderliche Wahl,
So um sich, neben sich kein Fußbreit Raum,
Und überm Haupt an Einem Haar das Schwert,
Fürwahr die Zunge klebte mir am Gaum!
Vielleicht dem Fischer mag ich mich vergleichen,
Der sonder Nahrung im verschlagnen Boot
Die Möwe streifen sieht und an dem bleichen
Gewölk aufzucken ferner Blitze Rot,
Gleich nah dem Abgrund und dem Hungertod.

Doch die Besinnung kehrte mir zum Heil,
Auch etwas Mut und eben List genug;
Ich konnte fragen in geschäft'ger Eil'
Nach jener Waffe so die Wunde schlug.
Der Führer sprach – fürwahr, ich weiß nicht was.
Mein Blick hing an des Kranken Muskelspiel
Die Lippe bebt, das Auge hat kein Ziel.
Auf seinen Busen legt' ich meine Hand,
Und fühlte wie der Herzschlag kam und schwand,
In Stößen bald, dann wieder träg und laß;
Da grade ward das Eisen mir gereicht,
Ein Messer aus dem Küchenschrank vielleicht,
Mit einer Schling', es an die Wand zu hängen;
Das Ansehn einer Waffe hat's zumal,
Die man ergreift in Angst und Todesqual.

Ich fühlte wohl wie mein Gesicht erblich.
Und als der Klinge blutgefärbte Längen
Am Ärmel auf und ab der Führer strich,
Und recht als ob ihn wilde Lust beschlich,
Nun spielend zuckt und ausholt gegen mich:
Es war mir doch als dringe ein der Stich.
Verbergen wollt' ich meiner Kniee Schwanken,
Und suchte nach des nächsten Schemels Halt,
Man sollte wähnen, sorglos, in Gedanken:
Da traf ich eine Hand, so feucht und kalt;
Doch jene nicht der kämpfenden Gestalt,
Nein, neben mir, daß Arm an Arm sich drücken,
Sitzt eine Frau, das Auge wie von Stein,
Auf den gewendet, der dem öden Sein,
Es scheint, mit sich zugleich sie wird entrücken.
Im Antlitz lag so tiefer Seelenschlaf
Wie nie bei Kranken ich noch Irren traf;
Die Stirn – ein Gletscher klar im Alpental,
Durchkältend uns mit dem gefrornen Strahl;
Dies Auge, seltsam regungslos und doch,
Erloschen gleich, voll toten Lichtes noch.
Nicht Wahnsinn war's, doch Schlimmres was ich sah;
Und mich bezwang's, daß ich vergaß was nah.
Zudem da dämmernd, dämmernd, halb gefühlt,
Wie Wetterleuchten die Erinnrung spielt.
Dies Antlitz ist's – und doch ein andres ganz,
Ich hab's gesehn, es war im höchsten Glanz.
Und wo? Und wo? Halt an! Wie fuhr ich auf!
Mein Führer zupfte an der Binde Knoten.
Ward der gelöst und frei des Blutes Lauf,
Gewiß nichts Gutes ward mir dann geboten!
Was wär' ich jetzt? Ein Schattenbild des dann
Gedenkt noch hier und dort ein alter Mann.
Und du mein Sohn? Was die Atome sind;
Sonst andrer Mann, und andren Mannes Kind. –
Ach, alles Leben ist wie Schaum und Duft!
Und doch hat jede Stunde ihre Pein.

Die Enkel treten meiner Freunde Gruft;
Wo bist du, Eduard? ich bin allein –
Ach Gott! mich quälen meine Träumerei'n.«

Hier folgt ein Blatt, bekritzelt und zerpflückt,
Quer übern Raum die wilden Schnörkel fahren,
Mitunter Striche, durchs Papier gedrückt,
Gepreßter Finger Zucken offenbaren.
Der Jüngling seufzt, und wendet rasch das Blatt.

Hier steht's: »Mir war nicht wohl, nun bin ich matt,
Fürwahr, fürwahr, und auch des Lebens satt.
Doch weiter – da du's wissen mußt, mein Sohn –
Naphta bekam der Kranke, sagt' ich schon;
Was soll man sonst in solcher Not verschreiben?
Noch einmal wollt' ich künstlich Feuer treiben
Durch seine Adern, ob sich mir vielleicht
Indes der Himmel weiß welch' Ausweg zeigt:
So jung noch sollt' ich in der Schlinge bleiben?
Ein junges Blut ist hoffnungsreich und leicht;
Ich gab ihm Naphta; bis die Wirkung kömmt
Laß ich verstohlen meine Blicke streifen;
Die Dämmrung ferner nicht das Auge hemmt,
Es möchte jeden Gegenstand ergreifen.
Ich war in einem dunstigen Gemach,
Langsame Tropfen glitten von den Wänden;
Aufrecht gestellt träf' ich der Wölbung Dach;
Ob dies die Werke sind von Menschenhänden?
Zu schlecht zum Keller, und zu gut zum Stollen:
Was mögen diese langen Zapfen sollen?
Ich meinte Stalaktiten; in der Tat,
Die erste Höhle war's so ich betrat.
Und rings, wie zu gemeiner Maskerade,
Hing's überall in schmutziger Parade:
Ein Bauernkittel und ein Mönchsgewand,
Soldatenkleider, Roßkamms langer Rock,
Beim Judenbart des Älplers Hakenstock,

Und gleich am Lager mir zur rechten Hand
Hier ein Gewehr von Damaszierung falb,
Ein andres dort, beschmutzt, zertrümmert halb.
Auch nicht zu fern auf rohbehau'nen Stein
Die Lampe warf den halbentschlafnen Schein
Aus einer Schale wie mich dünkte reich
Mit Wappen oder Bildern ausgeziert.
O, daß man mich an diesen Ort geführt,
Von übler Vorbedeutung schien mir's gleich!
Denn wie man die Umgebung so vergaß,
Nachlässig war es über alles Maß!

So irrend trifft mein Aug' auf jene Frau;
Sie ist verwandelt, in den schönen Bau
Kam Leben, aber erst wie Dämmerlicht
Sich mählig, mählig durch die Nebel bricht.
Sie sitzt nicht mehr, sie hat sich aufgerichtet,
Hält mit der Hand des Kranken Haupt gelichtet,
Sie blickt wie ein vom Schlaf erwachtes Reh.
Auf ihre Wange zog ein zarter Schein,
Wie Morgenhimmel wogend übern Schnee
Ihm seine lichte Spuren drückte ein.
Nun hebt den Arm sie, rückt die Locken, ja!
Da plötzlich tritt mir die Erinnrung nah,
Wien, Karneval, der Maskenball sind da.
Um diesen Nacken Perlenschnüre spielten,
In diesen dunklen Locken lag ein Kranz,
Es war als ob auf sie die Fackeln zielten,
Wenn sie vorüberglitt, ein Lichtstrom ganz.
Noch seh ich wie der milde Kerzenschein
In Atlasfalten schlüpfte aus und ein,
Wie eine Rose sich, gelöst vom Band,
Ob ihrer Augen Bronnen schien zu bücken.
Sie war das schönste Grafenkind im Land:
Dennoch ein etwas lag in ihren Blicken,
Als ob sie alle dulde, achte keinen,
Der schöne Mund geformt schien zum Verneinen:

Nicht Härte hab' ich's und nicht Hohn genannt,
Jedoch zu allernächst es beidem stand.
Man sagte mir, dies wunderschöne Bild,
– Vertraute Stimmen wurden drüber laut,
Für Herzensschwächen ist die Menge mild –
Man nannt' es eine unglücksel'ge Braut.
Der Mann, dem Elternwille sie versprach,
Er legte selbst den Grundstein seiner Schmach,
Als er mit ungestümer Grille Hang,
Wie Schwache gerne keck und seltsam scheinen,
Dem Fremdling auf sich zum Genossen drang,
Der sich am mindesten ihm mochte einen,
Der zehnfach schöner, tausendfach so kühn,
Mit Sitten die beleid'gen und verführen,
Genau gemacht ein starkes Herz zu rühren,
Geheim, man wußt' es, ließ die Braut erglühn;
Der folgt sein Blick, wie dem Kometen klar
Die Seuche und das segenlose Jahr.
Von beiden Männern dort ich keinen sah,
Gefährlich war der Fremde, oder nah,
Von ihm man flüsterte; mit offnem Hohne
Den Grafen macht' zum albernen Patrone.
Parteiisch man des Weibes Fehl vergaß,
Nur Männer wurden laut dort wo ich saß.
Mir schien sie stolz, weit über Ziel und Maß,
Und minder trauernd auch als still entbrannt,
Dem Himmel zürnend, andern, ihm und sich
Daß er's gewagt, daß er den Schlüssel fand,
Zum mindesten so wirkte sie auf mich.
Doch all mein Sinnen hielt sie so gebannt,
Um sie das Fest vor meinem Auge schwand;
Und als sie zeitig ging, da ging auch ich.
Drei Jahre waren hin seit dies geschah,
Und jetzt an sie mich mahnte was ich sah,
Wie Steingebilde übers Grab gestellt
An jenes mahnt was unter ihm zerfällt,
Wenn Seele fordernd stehn die Formen da.

– Es pickt der Fink am Auge regungslos,
Und ruhig wächst auf ihrem Haupt das Moos
Nur wenig minder Totes war mir nah.
Im dunklen Blick, so überreich gewesen,
Doch Eins noch war aus jener Zeit zu lesen:
Verhärtet Dulden – ob von Haß getrennt?
Zu tief versenkt lag's in dem tiefen Blau.
Ich sann, und daß ich's tat in *dem* Moment,
Bezeugt wie seltsam fesselnd diese Frau.

Des Kranken Muskeln totenbleich erschlafft
Indes hat aufgespannt des Äthers Kraft;
Nicht all so stier das Auge glänzte mehr,
Den Arm sah ich ihn heben minder fahl,
Das Haupt verrücken auch nach eigner Wahl,
Und Zeichen geben wie ihn dürste sehr.
»Wird's besser?« sprach mein Führer, »kömmt er auf?«
Ich nickt'. Er gähnte, dehnte sich, stand auf
Und stapfte fort; die Freude schien nur klein,
Und locker hier der Schlimmen Band zu sein.
Mir war's wie ein Gewitter das verzog,
Als er so langsam um die Ecke bog
Und träge schob die langen Glieder vor.
Ich hört' ihn rauschen durch Gerüll und Sand,
Dann seitwärts, ferner dann, dann ging ein Tor;
Ich lauschte, lauschte, lauschte – alles schwand.

Und Mut nun, Mut! der Augenblick ist mein:
Ich muß ihn halten oder gehn verloren;
Noch einmal flammt, dann lischt das Meteor!
Ich war allein, mit jener Frau allein.
Sprach ich zu ihr? Sie blickte nicht empor,
Ihr Auge will sich in den Estrich bohren,
Kaum atmet sie; mir alles deuten muß
Auf Schweigens tief verhärteten Entschluß.
Ob sie mich sieht? Sie scheint betäubt zu sein,
Und »Hört mich schöne Frau!« Sie regt sich – nein.

Und wieder »Hört mich schöne Frau!« Sie schweigt.
Ganz sacht erheb' ich mich – was rauscht, was steigt
Im Winkel dort? Ein Fleck, ein Schatten, ha!
Nun rückt es vor – und nun, nun steht es da!

Ungern gedenk' ich des, den du wohl weißt,
Des Dunklen, der allnächtlich mich umkreist,
Auf meine Scheitel legt die heiße Hand,
Ungern gedenk' ich des, der vor mir stand.
Ihn zu beschreiben, unnütz wär's und kühn.
Du willst mir's hehlen, Sohn! doch sahst du ihn,
Als lang und bleich zu deinem Bett er trat;
Er rührte dich, du zucktest wie gebrannt,
Du zucktest, ja du zucktest in der Tat,
Und seufzen hört' ich dich in jener Nacht;
Mich schlafend meintest du? Ich hab' gewacht!
Ob nicht ein Sternbild seine Augen scheinen,
Das über Klippen steht und dürren Hainen?
Die Wimper schattet seiner Züge Bau,
Wie übers Leichenfeld sich senkt der Tau:
Was er verbrach, Gott mög' ihm gnädig sein!
Und *eine* Tat, der mög' er ledig sein!
In dieser Brust wohl keimte gute Saat,
Ob mir's verborgen blieb was sie zertrat.
Ich sprach zu ihm, nicht nur was ich beschloß,
Geheimes selbst mir von den Lippen floß:
Ein Pilger, der, in Räuberhand gefallen,
Hört plötzlich nahe Wanderlieder schallen,
Dünkt minder sich des Nahenden Genoß.
Seltsam gewiß, wie ich so ganz vergaß
Daß er im blut'gen Rat mit jenen saß.
Ich ward gehört, und ob kein Wort er sprach,
Nur tiefer legte seiner Wimper Hag:
Sein Schweigen selber meine Zweifel brach.

Was dann dem Kranken er geflüstert hat,
Erwidert dieser auch mit Zeichen matt:

Nur wenig Laute kamen an mein Ohr;
Einmal der Wunde zuckte doch empor.
Die wilde Fassung, so sein Antlitz sprach,
Doch unwillkürlich sich in Schauder brach,
Und noch zu bergen sah ich ihn bedacht,
Was selbst den Wurm im Staub sich krümmen macht:
Ich wußte daß der Tod ihm angesagt.
Den Namen jener Frau dann hört' ich nennen,
Und einen Laut sich von der Kehle trennen,
Gewaltsam zwar, so hohl und heiser doch,
Wie ihn die Woge ächzt im Klippenloch.
Mit raschem Flüstern ein der andre fällt,
Was Wildes seiner Stimme war gesellt;
»Sie folgt dir!« Ein dann eine Pause trat,
Und dann, und dann – hält um den Arzt man Rat.
Alsbald der Jüngre hatte sich gewandt,
Daß beider Antlitz mir in Schatten stand.

Was meinst du was durch meine Adern bebte,
Als überm Haupt des Richters Stäbchen schwebte?
Nur Lispeln hört' ich, wie die Pappel rauscht,
Doch Angst dem Lispeln selber Deutung gab;
So feinen Ohres hab' ich nie gelauscht.
Es stieg und sank, mit einem Mal brach's ab,
Und plötzlich eine Hand sich aufwärts ruckt,
Die winkt und winkt und nach der Pforte zuckt.
Dann fiel sie schlaff hinab – es war vorbei –
Gott lösche ihm die Schuld! er gab mich frei!

Der Jüngling blickte auf den toten Mann,
Wie sehr er ihn geliebt, man sah's ihm an.
Doch etwas lag im Auge offenbar,
Was dämpfen mochte allzu herbe Glut;
Mich dünkt so blickt man auf verwandtes Blut,
Des Schmach uns bittrer als die eigne war,
Wenn's endlich ruht im Sarge, schandebar.
Nur ein Moment noch wo er stand und sann,

Und einen Eid ließ er mich schwören dann,
Des Räubers Fluch, daß, sinne ich Verrat,
Geschick mich treiben soll' zu gleicher Tat,
Und diese Höhle sei mein letzter Rat;
Ich soll' den Wald mich drin zu bergen suchen,
Den Menschen nahn, damit sie mich verfluchen,
Am schrecklichsten mir sei der Heimat Licht,
Und tötend meiner Mutter Angesicht. –
Matt war sein Ton, das Ende hört' ich nicht.

Und fort nun, fort! Was ward aus jener Frau?
Sie ruhte jetzt, gleich Schlummernden genau,
Das Haupt im Schoß, mehr ist mir nicht bewußt,
Die Eil den Atem schnürte in der Brust;
Und fort nun, fort! Geblendet wie zuvor,
Durch manche Krümmung ging's und manch ein Tor
Voran der Jüngling zog in Hast mich nach,
Einmal nur Bretterwand uns schien zu scheiden,
Von Gläserklang und ausgelaßnen Freuden.
War etwas minder tobend das Gelag,
Ich hätte wohl verstanden was man sprach.
Hier war von einem Quell der Weg durchschnitten,
Geräusch zu meiden wir behutsam schritten;
Und nun hinauf, die Hand dort angeklemmt,
Den Kopf gebückt, und hier den Fuß gestemmt.
Die Mauern bröckeln, rieseln uns entgegen;
Wir rutschen lang', oft an den Grund uns legen,
Mein letzter Griff in Kräuter war und Gras.
Nun noch ein Schwung: ich stand in freier Luft.
Noch wenig Schritt', hier wehte Fliederduft:
Auf meines Führers Ruck ich niedersaß,
Zwei Worte sprach er, die ich nicht verstand.
Dann plötzlich schwand aus meiner seine Hand,
Mir war nicht wohl zu Mut, ich war allein!

Vor Einer Stunde hätt' ich nicht gedacht,
Als jedes Auge schien 'ne grimme Wacht,

Daß Einsamkeit mir peinlich könnte sein.
Ich saß am Grund wie ein verspätet Kind,
Das rispeln hört den Wolf, die böse Fee
In jedem Strauch. Wenn reger strich der Wind,
Ein Halm mich rührte, wenn in meiner Näh'
Ein Vogel rückt' im Nest, die Brut zu decken:
Zusammen fuhr ich in geheimen Schrecken.
Doch alles ruhig, nur die Fichten rauschen,
Und eine nahe Quelle murmelt drein.
Die Zeit verrinnt, es wächst, es wächst die Pein.
Was knistert dort? Ein Hirsch vielleicht, ein Reh,
Das nächtlich Nahrung sucht, so mußt es sein.
Am Zweige hört' ich's nagen, schnauben, lauschen,
Dann sprang es fort; – gekauert saß ich da,
Denn plötzlich waren Männertritte nah.
Und vor mir im Gesträuch es knackt und bricht,
Die Zweige schlagen feucht an mein Gesicht.
»Ist's hier? Nein dort, es ist die Stelle nicht.«
Kaum hielt ich mich, daß nicht ein Schrei entfuhr,
Ja mühsam ich des Atems Keuchen zwang.
Sie stöbern, wie der Hund auf Wildes Spur,
Um manchen Baum und das Gebüsch entlang;
Dann endlich gehn sie, schleifen etwas nach,
Das dicht vor mir im Strauch verborgen lag.
Dem Himmel Dank! mir ward die Seele wach;
Es war gewiß, sie wußten nichts von mir.
Was sie gesucht, nie hab' ich dran gedacht;
Vielleicht ein Raub hier ins Versteck gebracht.
Ich dacht' und wünschte Eins, den Jüngling hier
Der mich geleitet, und er war mir nah;
Kaum sind die andern fort, so steht er da.

»Zu Pferd'! zu Pferd'! es ist die höchste Zeit!«
An mir gewiß nicht lag's, ich war bereit,
Saß auf; und über Stock und Stein wir traben
Wie solche, die den Feind im Nacken haben;
Nie macht' ich gleichen Ritt. So Nebel fliehn,

Wenn Stürme über braune Heiden ziehn,
So Schwalben, wenn die Wolke murrt und droht;
Am Sattel mich zu halten tat wohl Not,
Da wahrlich schlimmer als zuvor der Weg,
Wenn ich so nennen soll, wo weder Steg,
Noch Hag uns Hemmung schien: dies Wege waren,
Die heute wohl und nimmermehr befahren.
Bald rechts, bald links; bald offen schien das Land,
Bald peitschten Zweige mir Gesicht und Hand.
Den Führer nur verriet des Hufes Ton;
Zuweilen doch, wenn stutzt das Roß im Trab,
Macht Sätze gleich dem Hirsch, und wenn's bergab
Sich kunstreich stemmend gleitet auf den Eisen,
Ist ihm ein kurzer Warnungsruf entflohn.
Der Lärm bringt alle Vögel aus den Gleisen:
Das flattert, zirpt, mich Äste blutig färben,
Fürwahr! ich dachte auf dem Tier zu sterben!
Es war ein Hexenritt. Doch lange nicht,
So stand das Roß: mein Führer sprach: »Steig ab,
Der Mond ist auf, wir müssen Bahn uns brechen.«
Die Binde fiel, ich sah ein sanftes Licht;
Doch jener trieb: »Voran! voran! voran!«
Und drängte ins Gebüsch so schwarz und dicht,
Wo Dorn und Ginster uns die Fersen stechen.
Doch endlich dämmert's, und nun kam heran
Zuerst ein Strahl, und dann durch Waldeslücke
Der ganze Mond auf seiner Wolkenbrücke.
Dann standen wir am Hange, wo ein Tal
Tief unten breitet seinen grünen Saal.
Der Jüngling sprach: »Halt dich am Waldessaum
Und spute dich, wir beide haben Eil.
Leb wohl! An deinen Schwur ich mahne kaum,
Du wirst verschwiegen sein zu eignem Heil.«
Und auf mein Haupt legt' er die Hände heiß
Und blickte tief mir in die Augen ein;
Noch einmal sah ich in des Mondes Schein
Sein Angesicht, die Züge blaß und rein,

Ich sah noch zucken seine Wimper leis';
Dann schnell gewendet, eh' ich mich verwahrt,
Behend umfaßt er, wirbelt mich im Kreis.
Fort war er, hin. Vollendet war die Fahrt!

Ich streckte mich auf grünen Teppich nieder
Zum Tod erschöpft, es schütterten die Glieder,
Und kann nicht sagen, wie so wohl mir war.
Der wüste Ritt, entschwundene Gefahr,
Ließ doppelt noch den Augenblick empfinden,
Nachdenken konnte keine Stelle finden,
Da sich in Taumel herbe Spannung brach.
Halbschlummernd sah ich in den grünen Hag:
Die Nacht war jetzt so milde, lichtbewegt
Als sie begonnen schwarz und schauerlich.
Ein jedes Kräutchen Taugeflitter trägt,
Es schläft der Klee, die Blumen bücken sich,
Im Traume lächelnd scheint der Mond zu beben,
Wenn linde Nebelstreifen drüber schweben.
So ruhig wohl am dritten Schöpfungstag
In ihrem ersten Schlaf die Erde lag,
Wo Leben nur in Kräutern noch und Gras.
Ganz heimisch war die Scholle wo ich saß;
Denn tausend Schritt von dieser Stelle noch
Barg meine Klause jenes Klippenjoch:
Dies Wasser rauscht' an ihren Bretterwänden,
Ihr Gärtchen lag an jenes Waldes Enden,
Dies ist der Baum, wo ich im Schatten lag,
Und dies die Höhe, wo ich Kräuter brach.
Ob wohl die Quelle drunten wacht im Tal?
Ein Glitzern nur verrät das klare Naß.
So sinnend wär' entschlummert ich zumal,
Wenn nicht der Tau sich durch den Mantel stahl.
Die Kälte weckte mich, es war im Mai,
Es war wohl schön, doch frisch die Nacht dabei.
Nicht fern mehr schien der Tag: so stand ich auf
Und dämmerte gemach den Wald hinauf,

Durchaus nicht, wie du denken magst, erschüttert,
Nein, gleich dem Kranken, wenn nach Fiebers Wut
Ihm schlafend durch die Adern schleicht das Blut,
Nur vor Ermattung jede Muskel zittert.
So träumte und so schlief ich halb voran,
Folgt' einem Pfade, einem andern dann,
Sah endlich auf und stand in Waldes Bann.

Ob schon so weit ich mich bereits verirrt,
So stumpf mein Sinn in diesem Augenblick?
Genug, ich ging und ging, und immer wirrt
Der Pfad sich tiefer in den Hain zurück.
Wie lang' ich so getappt die Kreuz und Quer,
Durch Dornen mich und durch Gestrippe schlug,
Bald Pfaden folgte, bald dem Ungefähr,
Und jeder Schritt mir üble Früchte trug:
Nicht meld' ich's lang, der Weg war schlimm genug,
Von oben dunkel und am Grunde wüst.
Manch' Vogel strich vom Lager mit Geschwirr,
Unsichtbar aus der Luft die Eule grüßt,
Doch ließ mich träg' und dämmrig das Gewirr,
Ich ging ja ungefährdet, ob auch irr.
Mich dünkt in dieser Stunde litt mein Hirn,
Brand und Gekrimmel fühlt' ich in der Stirn.
Gesumme hört' ich wie von fernen Glocken,
Und mir am Auge schossen Feuerflocken;
Einmal gefallen, blieb ich liegen gar,
Ließ mich geduldig von den Ranken tragen
Und mein Gesicht Gezweig' und Blätter schlagen
Und nahm von allem dem nur wenig wahr.
Die Ranken lösten sich, ich rutschte nach,
Geblieben wär' ich sonst bis an den Tag.
Als ich zuletzt der Wildnis doch entkam,
Nichts mehr um mich den Sinn in Anspruch nahm;
Daß frei die Luft, daß moosbedeckt der Grund,
Daß süß die Ruh', dies war allein mir kund.
So lag ich nieder unter Kraut und Steinen,

Und ließ den Mond mir in den Nacken scheinen;
Noch zuckten Funken, Sterne rot und grün,
Und dann – und dann – das Auge langsam bricht.
Die Glocken läuten – bimmeln – weiter ziehn –
Wie hoch es an der Zeit, ich weiß es nicht.

In Tönen kehrte das Bewußtsein mir;
So lieblich aus der Luft die Wirbel dringen,
Gewiß ich hörte eine Lerche singen,
Und dachte noch, sie muß den Morgen bringen:
Ob Traum, ob Wirklichkeit, das fragt sich hier.
War's Traum, dann trag' ich manches graue Haar
Umsonst und manche tiefe Furche gar.
Allein ich wußte wie das Haupt mir schwer,
Auch daß ich mich gewendet, rückwärts lag,
Auch daß mir dürres Laub den Nacken stach.
Nein, nein! Nicht schlief ich, doch so fest gekettet
War jede Muskel, wie im Tod gebettet;
Der kleinste Ruck versagt, so lag ich fort
Und horchte immer dem Gewirbel dort.
Mit einem Male hör' ich's seitwärts knistern,
Mir immer näher tappen, klirren, flüstern;
Ich konnte zählen, ihrer waren drei:
Sie strichen mir so dicht am Haar vorbei,
Daß jedes Mantel meine Schläfe rührt.
Dann still, wie Wild das nach dem Winde spürt,
Und dann, aus Weibes Brust ein schwacher Schrei:
»Ich mag nicht leben; doch von eurer Hand!
Nein, nicht von eurer Hand!« Man flüstert, steht,
Und dann, ein Laut der mir die Seele bannt;
Du ahnest wohl, mein Sohn, wen ich erkannt.
»Bet', Theodora, sammle dich und bet'!« –
»Ich kann nicht beten!« – »Deine Hand ist rein,
Versuch' es nur; Gott mag dir gnädig sein!«
Angstvoll Gemurmel glaubt' ich jetzt zu hören
Und Seufzer die das Blut im Herzen stören;
Nie wünsch' ich meinem Feinde solche Pein,

Als mir aus diesen Tönen schien zu klagen.
»Ich kann nicht sterben, schmachvoll und allein:
O bringt mich fort, nur fort, wohin es sei!«
Und hastig flüsternd fallen ein die drei.
Was man gedroht, gefleht, ich nicht vernahm,
Doch ruhig ward's und eine Pause kam.
Gott gebe, daß sie sich zu ihm gewandt,
In dessen Huld ihr einzig Hoffen stand.
Mit einmal hört' ich's an die Klippen schlagen,
Und einen Schrei noch aus der Tiefe ragen;
Vorüber war's, so totenstill umher,
Der Nadel Fall mir nicht entgangen wär'.
Wo blieben jene drei? Ich kann's nicht sagen,
Sie waren fort; kein Läubchen rauschte mehr!
Nun kommt in holprigem Galopp ein Hund:
Er will vorüber, nein, er stellt sich, knurrt;
Da kriecht er ins Gebüsch, legt an den Mund
Mir seine Schnauze, schnuppert mir am Gurt;
Doch auf ein fernes Pfeifen trabt er fort,
Läßt mich in kaltem Schweiß gebadet dort
Noch immer an der Erde wie gebannt.
Du magst ermessen was ich wohl empfand,
Da all mein Trost in Traumes Hoffnung stand.
Denn wenn ich träumte, war ich mir's bewußt,
Und daß ich träume, dacht' ich halb mit Lust,
Versuchte auch zu regen meine Hand;
Vergebens anfangs: doch ein Finger ruckt,
Und plötzlich bin ich in die Höh' gezuckt.
Da saß ich aufrecht, aber wüst und schwer.
Der Wald war stumm, die Fichten starrten her,
Die Dämmrung um mich wogte wie ein Meer,
Und alles schien dem Traume zu gehören.

Da saß ich, schweißbedeckt, vor Kälte zitternd,
Ein scharfer Ost an Strauch und Halmen knitternd
Verkündete des Tages Wiederkehr.
Noch kämpfte Dämmrung, doch das Morgenrot

Aus halbgeschloßner Wolkenpforte droht'
Und spülte kleine Feuerwellchen her.
Es streckt sich, dehnt sich, gleitet in den Raum,
Die rote Welle schlägt der Berge Saum,
Allmählig zündet's, geht in Flammen auf:
Der Tag, der Tag beginnt den frischen Lauf!
Zum hohlen Stamme Nachtgevögel kehren,
Hoch oben läßt der Geier Ruf sich hören
Und tausend Kehlen stimmen jubelnd ein.
So maienhold kein andrer Tag mag sein
Wie dieser, und so mild in Waldes Hag
Noch nie ein Tal am Morgenstrahle lag;
Wie war das neugeschenkte Leben reizend!
Ich schlürfte Licht und Luft, nach allem geizend.
Und als ich sah die Herde drunten grasen,
Am Quellenrande sich die Weiden neigen,
Ein einfach Lied den Hirten hörte blasen,
Und durfte wenig Schritt nur abwärts steigen:
Da schien mir alles, alles dies mein eigen.
Doch weiß ich auch, daß Schauer mich beschlich,
Da allgemach der Morgenstern erblich,
Als scheide etwas das mir teuer war;
Nie hab' ich später diesen Stern gesehn,
Daß jene Nacht nicht muß vorüber gehn.

Der Rausch verschwand, und mählig ward mir klar,
Vom Traume sei doch wohl die Hälfte wahr.
Ja, deutlich wird mir's wie ich nachgedacht;
Den Ruf, das Höhlennest, den Ritt bei Nacht
Muß ich mit Schauder doch dem Leben lassen.
Das letzte nur, gewiß, das blieb ein Traum!
Wo war die Kluft, der sich der Schrei entrang?
Wo Kampfes Spuren hier am linden Hang,
Da abwärts alle Hälmchen aufrecht standen,
Da frisch wie je sich Zweig' und Ranke wanden?
Des ward ich froh. Ach Gott! ich ward es kaum,
So fiel mein Blick in einer Kuppe Raum,

Gespalten grade einen Leib zu fassen.
Nicht sieben Schritt von mir die Klippe stand;
Zuvor erschien sie ungeteilte Wand,
Doch eben traf ein Strahl den scharfen Rand.
So unversehens fällt kein Schlag im Spiel,
Als mir's wie Hammerschlag zum Herzen fiel.
Die Angst, die Angst mir schnürte alle Sinnen,
Hinan zu treten konnt' ich kaum gewinnen.
Und – höre Sohn! – das Ufer hing hinein,
Wie wenn man rutscht und nach die Scholle bricht,
Vielleicht doch, möglich, konnt' es Zufall sein:
Der Rand war schroff, und bröcklig das Gestein.
Und – höre mich! – ob Rötel in der Schicht?
Rot war die Wand, unmöglich wär' es nicht.
Und hör'! – Am Grunde sah ich etwas ragen,
Das weiß und zuckend an der Scholle hing.
Mir schien's ein Tuch vom Wellenschlag getragen
Der Himmel wolle, daß ich falsch gesehn!
Vielleicht im Spalt sich eine Taube fing:
Doch damals meint' ich ins Gericht zu gehn.
Es war ein bitter, o ein hart Geschick,
Was mich betraf in Jugendmut und Glück
Und lange, lange mußt ich heimlich tragen.
Doch Zeit ist kräftig und die Heimat lind.
Um meine Scheitel wehte mancher Wind.
Ich nahm ein Weib, ich sah mein eignes Kind.
Nicht wahr, mein Sohn? Du weißt noch, als du klein,
Daß ich gelacht und öfters fröhlich war.
Ich sah mich frisch an deinen Augen klar:
Ja, Kinder müssen unsre Engel sein!
Wenn ich mit dir getändelt, ward mir's helle,
Ich fühlte nicht am Kopf die heiße Stelle.
Das Alter kam, das Alter stellt sich ein; –
Nun vor den Augen schwebt es mir zumal,
Nun vor dem Ohre hallt es ohne Zahl:
»O bete! ringe! hilf ihm aus der Qual!«
Ach Gott! du weißt nicht, wie voll Brand mein Hirn,

Wenn mir der Dunkle nächtlich rührt die Stirn,
Genau wie scheidend er gestreckt die Hände:
Auch jetzt! – ich fühle wie das Blut sich dämmt.
Geduld, Geduld! Da kömmt er – kömmt er – kömmt!«

Das Blatt ist leer; hier hat die Schrift ein Ende.

So mild die Landschaft und so kühn!
Aus Felsenritzen Ranken blühn,
Der wilde Dorn die Rose hegt.
In sich versenkt des Arztes Sohn
Schwand in des Waldes Spalten schon,
An seine Stirn die Hand gelegt.
Und wieder einsam tost der Fall,
Und einsam klagt die Nachtigall.
Mich dünkt es flüstre durch den Raum:
O Leben, Leben! bist du nur ein Traum?

RELIGION DES ZWEIFELS:
GEISTLICHES JAHR

Die Arbeit an *Ledwina*, an den drei großen Verserzählungen und das Erscheinen der ersten Gedichtausgabe von 1838, die auch die Epen enthält, fällt in die fast zwei Jahrzehnte umfassende Pause zwischen den beiden Teilen des *Geistlichen Jahrs*. Dessen ersten Teil (1819/20 entstanden) hatte Annette mit dem Ostermontagsgedicht abgeschlossen, das – wie das Bekenntnisgedicht *Not* auf der Rückseite des letzten Blattes verrät – zugleich den Abschluß des Versuchs markiert, die tragische Liebeserfahrung der »Straube-Arnswaldt-Affaire« zu bewältigen. Es ist das Verdienst von Christoph Bernhard Schlüter, der 1834 bereits den ersten Teil des (unveröffentlichten) *Geistlichen Jahrs* kennengelernt hatte, daß er die zögernde, ja widerstrebende Annette zur Fortsetzung des Zyklus veranlaßt hat, dessen beide Teile von ihm und Wilhelm Junkmann erst nach dem Tode der Dichterin 1851 veröffentlicht wurden. Ohne Schlüters Drängen wäre das *Geistliche Jahr* schwerlich je zum Abschluß gelangt. Die Hauptarbeitsphasen beim zweiten Teil sind der Aufenthalt auf dem Gut Abbenburg im Sommer 1839 und der Rüschhauser Winter 1839/40. Doch feilte und änderte die Droste an den Gedichten in den folgenden Jahren, noch im Sommer 1846, immer wieder. Das hat die Herausgeber und Entzifferer ihrer fast unlesbaren Miniaturschrift mit den zahllosen Streichungen, Abänderungen, Rückänderungen, Varianten und Varianten der Varianten – hunderte von Versen, ursprünglicher, gestrichener und neugeschriebener, stehen bei- und übereinander oft auf einem einzigen Blatt – in eine ähnlich aporetische Lage gebracht wie die Hölderlin-Editoren. Daß Winfried Woesler sich im Textband seiner historisch-kritischen Ausgabe (anders als sein Vorgänger Karl Schulte Kemminghausen) prinzipiell für die erste nicht verworfene Version entschieden hat, das hat gute Gründe, doch verlangt ein wirklich umfassendes Verständnis des jeweiligen Gedichts die Berücksichtigung der späteren Textstufen ebenso wie im Falle der nachgelassenen Lyrik Hölderlins. »Der Variantenapparat bleibt Bestandteil des Textes« (Winfried Woesler).

Obwohl beide Teile des Zyklus entstehungsgeschichtlich durch fast zwanzig Jahre getrennt sind, besteht weniger zwischen ihnen als innerhalb des ersten Teils ein stilistischer und gehaltlicher Konzeptionsunterschied, um nicht von einem Bruch zu reden. Annette plante nämlich zunächst einen Festtagszyklus für ihre Großmutter Maria Anna von Haxthausen in Gestalt von Andachtsliedern, in dem sich das Ich der Autorin hinter den Glauben der Gemeinde stellt. Aus diesem Plan einer Reihe »geistlicher Lieder« (an Sprickmann, 8. Februar 1819) wurde wohl unter dem Einfluß Straubes ein Zyklus auf alle Sonn- und Festtage des Jahres mit einer deutlichen inhaltlichen Verschiebung: den Gedichten wurde nun die jeweilige Perikope, der Evangelientext der Messe dieses Tages, zugrundegelegt. Dieser Text aber wurde – und damit kam er für die fromme Großmutter nicht mehr in Frage – ganz auf die existentielle Situation der Dichterin bezogen. Weder ein rollenhaftes Gemeinde-Ich noch ein ›lyrisches Ich‹ spricht da, sondern es handelt sich um Gebetslyrik »als persönliches Bekenntnis und existentielle Selbstbefragung«.

Das *Geistliche Jahr* ist Confessio, poetische Beichte in einem trotz der traditionellen Muster des Zyklus hochmodernen Sinne. Gerade aufgrund dieser Subjektivierung oder besser Existentialisierung des Gedichtzyklus konnte er der Droste 1820 zur Bewältigung ihrer Lebenskrise dienen, die auch eine Krise ihres religiösen Selbstverständnisses war. Diese gehaltliche Linie setzte der zweite Teil mit einer angesichts der Zeitspanne zwischen beiden Teilen erstaunlichen Kontinuität fort. Die Droste muß gespürt haben, daß sie ihre religiösen Grundpositionen bereits im ersten Teil zum Ausdruck gebracht hatte, und hat sich wohl gerade deshalb gegen die Fortsetzung des Zyklus gesperrt. Freilich erhebt sie im zweiten Teil ihre eigene Glaubensproblematik nun stärker ins Paradigmatische und bezieht sie auf ihre Epoche, die im Zeichen des Bösen steht. »Ich weiß es auch, daß in der ganzen Welt / Dem Teufel die Altäre sind gestellt« (*Am vierten Sonntage im Advent*). Damit einher geht ein neues Bewußtsein ihrer Verantwortung, ja Sendung als Dichter in glaubensloser, in den Teufels-Kreis von Rationalismus und Liberalismus geratener Zeit, welche die gottgewollte religiöse und gesellschaftliche Ordnung aufzulösen droht. »Meine Lieder werden leben, / Wenn ich längst entschwand, / Mancher wird vor ihnen beben, / Der gleich mir empfand« (*Am fünften Sonntage in der Fasten*). Eine Poesie, die freilich derart den Zeitgeist herausfordert, gehorcht keiner lieblichen Muse mehr: »Nicht lieblich ist die Frau ⟨die Poesie⟩, s'ist eine strenge Norne, / Erzittre ihrem Zorne; / Sie schlürft dein Leben auf.«

Lange hat man das *Geistliche Jahr* ausschließlich unter theologischen Gesichtspunkten gesehen, den Zyklus aber vom literarischen Standpunkt aus in Mißkredit gebracht. Emil Staiger redet vom »Toten Meer dieser Dichtung«, um ihre poetische wie religiöse Unfruchtbarkeit zu bezeichnen. Ein Urteil, dessen selbstgerechte Herablassung um so schwerer zu ertragen ist, als die Dichterin in dem (auch als Vokalquartett vertonten) Gedicht *Am Grünendonnerstag* ihre beladene Seele einmal selber ein »tot Gewässer« nennt. Daß das *Geistliche Jahr* gegenüber früherer Abwertung heute vielfach als »ausdrucksstärkste religiöse Dichtung des 19. Jahrhunderts« (Ulrich Gaier) angesehen wird, rührt daher, daß erst in den letzten Jahrzehnten die Strukturgesetze dieses Zyklus wirklich erkannt und seine lange – im Geiste klassisch-romantischer Ästhetik gegenüber dem Symbolischen herabgesetzte – allegorisch-emblematische Sinnbildlichkeit angemessen gewürdigt worden sind. Seine Eigenart liegt in einer merkwürdigen stilistischen Verschränkung von Traditionalismus und Modernität, objektiven Ausdrucksformen und subjektiver Konfession.

Die wichtigsten Einsichten in dieser Hinsicht stammen von Stephan Berning, der 1975 darauf aufmerksam gemacht hat, daß sich die Droste in die bis in die Restaurationszeit (Clemens Brentano: ›Die sonntäglichen Evangelien‹), ja noch länger durchaus lebendige, dreihundert Jahre umgreifende Tradition des lyrischen Perikopenzyklus einreiht, wobei sie jedoch den jeweils zugrundegelegten Bibeltext nicht mehr nach einem vorgeprägten dogmatischen Muster auslegt, sondern ihn sowie die tradierte religiöse Bildsprache überhaupt subjektiviert, in einer oft radikal umdeutenden Übertragung – Metaphorisierung – auf die eigene Glaubenserfahrung. Ein Indiz dafür ist schon, daß die Droste im Gegensatz zu allen Vorgängern (etwa dem barocken Musterbeispiel: den ›Sonn- und Feiertags-Sonetten‹ von Andreas Gryphius aus dem Jahre 1639) ihren Zyklus nicht mit dem ersten Tag des kirchlichen, sondern des bürgerlichen Jahres beginnt, wodurch die an das Kirchenjahr gebundene Perikopensymbolik im Grunde aufgelöst wird.

Annettes Transponierung, Umorientierung des Evangelientextes in einen neuen Sinnzusammenhang folgt – entsprechend der Lehre vom mehrfachen Schriftsinn – dem alten Auslegungsprinzip der Allegorese, genauer gesagt: dem vom »sensus tropologicus« vorgezeichneten Weg der Befragung des Evangeliums auf seine moralische Bedeutung für den einzelnen Gläubigen hin. Dieser ›tropologische‹ Auslegungsweg mündet bei der Droste freilich im Gegensatz zur Tradition dieses Verfahrens in einer von allen objektiven Textbezügen losgelösten subjektiven Seelenaussprache, wobei sich oft mehrere Bild- und Bedeutungsebenen bis hin zur Verdunklung, ja Verrätselung der semantischen Bezüge überlagern.

Zum angemessenen Verständnis des *Geistlichen Jahrs* ist auch ein Blick auf die religiöse Prägung Annettes notwendig, von der schon im Zusammenhang mit dem Kölner Kirchenstreit die Rede war.

Auf der Basis der alltäglichen Religionspraxis in ihrem Elternhaus erhielt sie in erster Linie durch die Mutter eine gründliche religiöse Unterweisung, die sich zumal an der Pädagogik Bernhard Overbergs (1754-1826) orientierte. Durch ihn kam Annette mit den katholischen Reformbestrebungen des »Kreises von Münster«, der »familia sacra« um die Fürstin Gallitzin (1748-1806), in Berührung. Zumindest einmal: im Jahre 1805, ein Jahr vor ihrem Tod hat die Fürstin die Familie Droste-Hülshoff auf ihrem Stammschloß besucht. Ihr ging es um eine Wiederherstellung des ursprünglichen Christentums auf der Basis einer neuen Gefühlsfrömmigkeit, die sich entschieden gegen den aufklärerischen Rationalismus wandte. Enger als zu ihr selber war, wie erwähnt, der Kontakt der Familie Droste zu Graf Friedrich Leopold von Stolberg, der unter dem Einfluß der »familia sacra« 1800 zum Katholizismus konvertiert war. Sein rigider Moralismus (der sich etwa in seiner Kritik am Komödienspiel der dreizehnjährigen Annette äußerte) stieß jedoch bisweilen auf Opposition in Hülshoff. Dort orientierte man sich weniger an der Herzensreligiosität der Fürstin als an der lebenspraktischen Vernunft Overbergs, der mit den Mysterien des Christentums, die von ihm freilich nie in Frage gestellt wurden, weniger anfangen konnte als mit den christlichen Moralgrundsätzen. Bezeichnend, daß die Berichte über die stigmatisierte Nonne Anna Katharina Emmerick in Dülmen, deren Visionen Clemens Brentano poetisierend aufgezeichnet hat, bei der Familie Droste (auch bei Annette) auf so gut wie keine Resonanz stießen, während sie den »Kreis von Münster« lebhaft beschäftigten.

Eine Art Gegenwelt zur »familia sacra« war die aufgeklärte Theologie von Georg Hermes (1775-1831), dessen Schüler Annettes Vetter Clemens von Droste-Hülshoff war und der um 1806 auch in Hülshoff verkehrte. Bei ihren Besuchen in Bonn (1825/26, 1828 und 1830/31), wo Clemens an der 1819 gegründeten preußischen Wilhelms-Universität lehrte, geriet Annette in freundschaftlichen Kontakt zu den ›Hermesianern‹, die nach dem Tod des Meisters dessen Lehre unter heftiger Anfeindung von kirchlicher Seite, zumal derjenigen des Kölner Erzbischofs Droste-Vischering weitertrugen – obwohl sie schließlich 1835 von Papst Gregor XVI. verurteilt wurde. Hermes vertrat in Auseinandersetzung mit Kants Kritizismus eine rationale Begründung des Dogmas und sah im »Bewußtsein der Sache in mir« den Sitz des Glaubens.

Die eigene religiöse Position der Droste ist gewissermaßen zwischen »familia sacra« und Hermesianismus angesiedelt. Was sie mit diesem verbindet, ist zumal die Anschauung, daß wahrer Glaube nur im Durchgang durch den Zweifel möglich ist und daß jener ganz in die subjektive Verantwortung des einzelnen gestellt ist. Was sie entschieden von ihm trennt und dem »Kreis von Münster« näher bringt, ist die Ablehnung der zentralen Rolle des Verstandes in Hermes' Theologie. Das eigentliche Organ des Glaubens ist für Annette vielmehr das Herz, ohne daß sie freilich dem religiösen Sentimentalismus einiger Mitglieder der »familia sacra« verfällt. Ihre eigene religiöse Lektüre erwähnt die Droste hin und wieder in ihren Briefen. Dazu gehören Werke wie des Thomas a Kempis ›De imitatione Christi‹, Johannes Davids ›Veredicus christianus‹ von 1606, die religiösen Bücher von Guido Görres, dem ihr persönlich bekannten Sohn von Joseph Görres (der als publizistischer Gegner der preußischen Religionspolitik im Zusammenhang mit dem Kölner Kirchenstreit eine so wirkungsmächtige Rolle gespielt hat), und – als mehr oder weniger unmittelbare Anregung für ihren Zyklus – geistliche Lyrik des 17. bis 19. Jahrhunderts. Wichtiger aber fast als die Lektüre ist das Gespräch mit Freunden und Bekannten, durch das sie etwa über die religionskritischen Schriften von Strauß, Feuerbach und den Jungdeutschen informiert wurde. Bedeutsam ist natürlich auch der Einfluß Schlüters, wenngleich dessen Vorliebe für die Mystik oder die Philosophie Franz von Baaders sowie die neuplatonische Ausrichtung seines Denkens bei der Droste auf wenig Gegenliebe stießen. Auch seine unangefochten frohe Glaubenssicherheit bleibt ihr, der Schiffbrüchigen »in des Zweifels wüstem Meer«, ganz und gar fremd.

Des Glaubens köstlich teurer Preis
Ward wie gestellt auf Gletschers Höhen;
Wir müssen klimmen über Eis
Und schwindelnd uns am Schlunde drehen.
(*Am zweiten Weihnachtstage*)

Im Grunde ihres Herzens hat sie die harmonieselige Gottesbürgerlichkeit Schlüters für Philisterei gehalten. (»Es ist komisch rührend, auf diesem Meere von Güte und wahrer Kindlichkeit den Philisterzopf so stattlich herumsegeln zu sehn!« schreibt sie einmal, am 2. April 1846, an Elise Rüdiger.) Levin Schücking hat in seinem »Lebensbild« der Droste zu Recht geschrieben: »Ein Geist wie der ihre war nicht angetan, vor den großen Rätselfragen des Schicksals und der Existenz in stummer Resignation das große forschende Auge niederzuschlagen. Die Erziehung hatte ihr wie ein altes unantastbares Erbe den Glauben der Väter übertragen. Der Erziehung entwachsen fühlte sie etwas in sich, was sich sträubte gegen die unterwürfige Annahme von Überzeugungen, welche nicht von ihr selbst gewonnen, sondern von außen an sie herangetreten waren. Es kam für sie eine Periode des Zweifels. Sie blickte scharf und kühn den letzten Folgerungen der Negation ins Antlitz. Aber vor dem Abgrunde des Nichts erschauderte ihre Seele in ihren tiefsten Fibern. Sie zog den kühn vorgedrungenen Fuß zurück vor diesem Abgrunde; ihr kritisches Denken, welches sich gegen den Glauben gerichtet hatte, begann sich mit gleicher Schärfe gegen den Unglauben zu richten. Sie hörte die Stimmen des Gemüts, die wie leise Glockentöne mahnend zur Umkehr riefen, und die Phantasie beflügelte diese Umkehr . . . Sie baute den ererbten Bau, den ihre grübelnden Gedanken abgetragen, mit den selbstgewonnenen Überzeugungen wieder auf und ließ das Gemüt und die Phantasie dabei helfen, um desto rascher sich das schützende Dach neu erheben zu sehen, ohne welches der Mensch wie ein Heimatloser und Verbannter sich fühlt in unserer religiöser und politischer Bande bedürfenden Gesellschaft – wie ein ankerloses Fahrzeug in unserer von Sturmwogen bedrängten Existenz.«

Was Kierkegaard in der ›Krankheit zum Tode‹ (1848) so hellsichtig über den religiösen Dichter gesagt hat, das gilt in besonderem Maße für die Droste: »Er ist in seinem Verhältnis zum Religiösen ein unglücklicher Liebhaber; das heißt: er ist kein Glaubender, sondern hat nur das dem Glauben Vorangehende, die Verzweiflung, und in ihr ein brennendes Verlangen nach dem Religiösen. Seine Kollision ist eigentlich diese: ist er der Berufene? Ist der Pfahl im Fleisch ein Zeichen davon, daß er zu etwas Außerordentlichem gebraucht werden soll? Ist das mit dem Außerordentlichen, was er geworden ist, ganz in Ordnung? Oder ist der Pfahl im Fleisch das, worunter er sich demütigen soll, um das allgemein Menschliche zu erreichen?«

Im Widmungsbrief an ihre Mutter zum ersten Teil hat Annette die religiöse Problematik ihres *Geistlichen Jahrs* unverhüllt bekannt:

So ist das Buch in deiner Hand! – Für die Großmutter ⟨Maria Anna von Haxthausen⟩ ist und bleibt es völlig unbrauchbar, so wie für alle sehr frommen Menschen, denn ich habe ihm die Spuren eines vielfach gepreßten und geteilten Gemütes mitgeben müssen, und ein kindlich in Einfalt frommes würde es nicht einmal verstehn, auch möchte ich es auf keine Weise vor solche reine Augen bringen . . . Es ist für die geheime, aber gewiß sehr verbreitete Sekte jener, bei denen die Liebe größer wie der Glaube, für jene unglücklichen aber törichten Menschen, die in einer Stunde mehr fragen, als sieben Weise in sieben Jahren beantworten können.

Es läßt tief blicken, daß Annettes Mutter (wie erstere Anna von Haxthausen in einem Brief vom März 1821 berichtet) diese Vorrede »sehr aufmerksam und bewegt« gelesen, das Buch dann aber wortlos in einen Schrank gelegt hat, ohne es je anzurühren oder nach seinem Verbleib zu fragen, als Annette es als »geheimes Eigentum« wieder an sich nahm. Offenkundig scheute die Mutter davor zurück, sich den existentiellen Glaubensfragen der Tochter auszusetzen. Bereits das erste Perikopengedicht (nach den beiden Festtagsgedichten zu Neujahr und Dreikönige) stellt sich diesen Fragen rigoros. Die Auslegung des Sonntagsevangeliums vom zwölfjährigen Jesus, der im Tempel lehrt (Lk 2,42-52), zeigt das für den Zyklus typische Verfahren ›tropologischer‹ Exegese: die Worte Marias »Siehe, dein Vater und ich haben dich mit Schmerzen gesucht« (Lk 2,48) werden auf das Gott suchende Ich des Gedichts übertragen. Die verzweifelt ihren verlorenen Sohn suchende Gottesmutter verwandelt sich in das »ausgestorbne Herz«, das durch die »Sünde« des rationalen Wissenwollens, des vom »Bösen« beherrschten autonomen Verstandes (»der nur sich selber traut«) und seiner Frucht: des »Zweifels« in den Zustand der Gottesferne geraten ist. Die in der vierten Strophe zitierte barocke Naturfrömmigkeit eines Friedrich Spee, dessen Sammlung ›Trutz Nachtigall‹ Annette kannte, vermag sie nicht mehr zu teilen. Der Deus absconditus spiegelt sich nicht mehr in der naturwissenschaftlich erfaßten Natur. – Der alte mundus symbolicus hat eine Welt von Zeichen ohne Bedeutung zurückgelassen (zwischen denen allein die Sinnbildsprache des poetischen Subjekts neue semantische Bezüge herstellen kann). – Nichts ist bezeichnender für das Gottesbild der Droste als der Vers: »Ich fühle dich, doch nicht mit Freudigkeit.« Die Religion, so schrieb Schlüter nach ihrem Tod, »schien sie nie innerlich zu befreien und fröhlich zu machen«.

Am ersten Sonntage nach H. Drei Könige

Ev.: Jesus lehrt im Tempel

Und sieh ich habe dich gesucht mit Schmerzen,
Mein Herr und Gott wo werde ich dich finden?
Ach nicht im eignen ausgestorbnen Herzen,
Wo längst dein Ebenbild erlosch in Sünden,
Da tönt aus allen Winkeln, ruf ich dich,
Mein eignes Echo wie ein Spott um mich.

Wer einmal hat dein göttlich Bild verloren,
Was ihm doch eigen war wie seine Seele,
Mit dem hat sich die ganze Welt verschworen,
Daß sie dein heilig Antlitz ihm verhehle.
Und wo der Fromme dich auf Tabor schaut,
Da hat er sich im Tal sein Haus gebaut.

So muß ich denn zu meinem Graun erfahren
Das Rätsel, das ich nimmer konnte lösen,
Als mir in meinen hellen Unschuldsjahren
Ganz unbegreiflich schien was da vom Bösen,
Daß eine Seele, wo dein Bild geglüht,
Dich gar nicht mehr erkennt wenn sie dich sieht.

Rings um mich tönt der klare Vogelreigen:
»Horch auf, die Vöglein singen seinem Ruhme!«
Und will ich mich zu einer Blume neigen:
»Sein mildes Auge schaut aus jeder Blume.«
Ich habe dich in der Natur gesucht,
Und weltlich Wissen war die eitle Frucht!

Und muß ich schauen in des Schicksals Gange,
Wie oft ein gutes Herz in diesem Leben
Vergebens zu dir schreit aus seinem Drange,
Bis es verzweifelnd sich der Sünd ergeben,
Dann scheint mir alle Liebe wie ein Spott,
Und keine Gnade fühl' ich, keinen Gott!

Und schlingen sich so wunderbar die Knoten,
Daß du in Licht erscheinst dem treuen Blicke,
Da hat der Böse seine Hand geboten
Und baut dem Zweifel eine Nebelbrücke,
Und mein Verstand, der nur sich selber traut,
Der meint gewiß, sie sei von Gold gebaut!

Ich weiß es, daß du bist, ich muß es fühlen,
Wie eine schwere kalte Hand mich drücken,
Daß einst ein dunkles Ende diesen Spielen,
Daß jede Tat sich ihre Frucht muß pflücken;
Ich fühle der Vergeltung mich geweiht,
Ich fühle dich, doch nicht mit Freudigkeit.

Wo find ich dich in Hoffnung und in Lieben!
Denn jene ernste Macht, die ich erkoren,
Das ist der Schatten nur, der mir geblieben
Von deinem Bilde, da ich es verloren.
O Gott, du bist so mild, und bist so licht!
Ich suche dich in Schmerzen, birg dich nicht!

Die fehlende Glaubensfreude drückt sich selbst schon im Gedicht *Am Feste Mariä Lichtmeß* aus, das noch zum ursprünglichen Festtagszyklus gehört. Das Bild der Gottesmutter, wie es die Bilder der Madonna im Rosenhag so leuchtend gemalt haben, ist dem im Glaubensdunkel befangenen Ich, seiner »armen kranken Seele« kein Gegenstand der Freude, sondern eher des Entsetzens.

O Maria, Mutter Christi,
Nicht zu dir will ich mich wagen,
Denn du bist mir viel zu helle,
Meine Seel' ergraut vor dir,
Bist mir fast wie zum Entsetzen
In der fleckenlosen Reine,
Die du siegreich hast bewahret,
Da du wandeltest gleich mir.

Allein das Bild des leidenden Christus kann die Dichterin trösten, der Jubel der Marienfrömmigkeit hingegen ist ihr fremd. Nicht die ecclesia triumphans und auch nicht die ecclesia militans (wie sie sich etwa im Kölner Kirchenstreit manifestierte), sondern allein die ecclesia patiens ist die Kirche der Droste.

Eines der zentralen Gedichte des *Geistlichen Jahrs* ist dasjenige zum dritten Sonntag nach Ostern auf die Perikope Joh 16,16-22. Jesus verheißt den Jüngern seine Wiederkunft: »Über eine kleine Weile, dann werdet ihr mich nicht mehr sehen; und abermals eine kleine Weile, dann werdet ihr mich sehen.« Diese Verheißung bezieht das Ich ›tropologisch‹ auf sich selber und sucht erneut in der Natur nach den »Zeichen« der Gegenwart Gottes – ohne sie zu finden. Wiederum ist der Vogel die Stimme der creatura Dei, doch die Naturphänomene haben für das Ich ihre Verweisfunktion verloren, und die Präsenz Gottes in der Natur, auf die der Vogel hindeutet, wird in der dritten Strophe zweifelhaft, wenn jene Natur plötzlich wie so oft in Annettes Dichtungen ihr Gesicht wandelt, zu der »ächzenden Kreatur« wird, die unter dem »Gottesfluch«, dem Schöpfungsverhängnis infolge der Erbsünde leidet: das Thema des letzten großen Gedichts der Droste. Aus dieser Natur ist das Bild Gottes ebenso verschwunden wie aus der Menschenseele. Und überdies: immer wieder ›tötet‹ das Wissen den Glauben – weitab von der emphatischen Überzeugung Schlüters, der auf den Spuren der Philosophie Franz von Baaders Glauben und Wissen zu vereinigen trachtete. Der Verstand, die naturwissenschaftliche Erklärung der Natur erlaubt es nicht mehr, diese als Buch zu lesen, in dem die göttlichen Ideen eingeschrieben sind. Jener Verstand bezieht sein Wissen vielmehr aus Büchern, die von ihm selber diktiert sind. Dem Ich des Gedichts bleibt das Buch der Natur stumm, ihm fällt nur ein, was es in jenen – geschriebenen – Büchern »gelesen« hat.

In den letzten drei Strophen des Gedichts bahnt sich freilich mit dem Aufscheinen des Regenbogens, des »Friedensbogens« eine kathartische Wendung an. Wie sich einst dem Propheten Elias Gott im sanften Säuseln des Windes offenbarte (1 Kön 19,11 f.), so wird die vom Regenbogen überwölbte Natur nach dem Gewitter – mag ihre Stimmung auch physikalisch zu erklären sein (»ist nicht Dunstgebild der Regen?«) – dem Ich zum Hoffnungszeichen. Gewiß fehlt den Naturphänomenen selber die Evidenz eines transzendenten Sinnes, den die Menschen einst an ihnen ablasen, aber sie vermögen doch, das Ich in seinem Innern zu bewegen. Das Numen scheint nicht mehr in der Natur selber, sondern in dem von ihr erregten Gefühl auf. Die Spuren der Gefühlsreligiosität der »familia sacra« sind da subkutan spürbar. So wird das Ich in der Hoffnung bestärkt, daß einst, wenn die Nebel des »eitlen« Verstandeswissens sich von der Natur wieder zurückgezogen haben, deren Zeichen nicht mehr tot, diese wieder als Buch Gottes lesbar sein wird: »dann schau ich auch«. Das Schauen, in dem sich Glauben und Wissen versöhnen, wird in die Ferne des eschatologischen Zustandes entrückt.

Am dritten Sonntage nach Ostern

»Über ein Kleines werdet ihr mich sehen.«

Ich seh dich nicht!
Wo bist du denn, o Hort, o Lebenshauch?
Kannst du nicht wehen, daß mein Ohr es hört?
Was nebelst, was verflatterst du wie Rauch,
Wenn sich mein Aug nach deinen Zeichen kehrt?
Mein Wüstenlicht,
Mein Aaronsstab, der lieblich könnte grünen,
Du tust es nicht;
So muß ich eigne Schuld und Torheit sühnen!

Heiß ist der Tag;
Die Sonne prallt von meiner Zelle Wand,
Ein traulich Vöglein flattert ein und aus;
Sein glänzend Auge fragt mich unverwandt:
Schaut nicht der Herr zu diesen Fenstern aus?
Was fragst du nach?
Die Stirne muß ich senken und erröten.
O bittre Schmach!
Mein Wissen mußte meinen Glauben töten.

Die Wolke steigt,
Und langsam über den azurnen Bau
Hat eine Schwefelhülle sich gelegt.
Die Lüfte wehn so seufzervoll und lau
Und Angstgestöhn sich in den Zweigen regt;
Die Herde keucht.
Was fühlt das stumpfe Tier, ist's deine Schwüle?
Ich steh gebeugt;
Mein Herr berühre mich, daß ich dich fühle!

Ein Donnerschlag!
Entsetzen hat den kranken Wald gepackt.
Ich sehe, wie im Nest mein Vogel duckt,
Wie Ast an Ast sich ächzend reibt und knackt,
Wie Blitz an Blitz durch Schwefelgassen zuckt;
Ich schau ihm nach.
Ist's deine Leuchte nicht, gewaltig Wesen?
Warum denn, ach!
Warum nur fällt mir ein was ich gelesen?

Das Dunkel weicht;
Und wie ein leises Weinen fällt herab
Der Wolkentau; Geflüster fern und nah.
Die Sonne senkt den goldnen Gnadenstab,
Und plötzlich steht der Friedensbogen da.
Wie? wird denn feucht
Mein Auge, ist nicht Dunstgebild der Regen?

Mir wird so leicht!
Wie? kann denn Halmes Reibung mich bewegen?

Auf Bergeshöhn
Stand ein Prophet und suchte dich wie ich:
Da brach ein Sturm der Riesenfichte Ast,
Da fraß ein Feuer durch die Wipfel sich;
Doch unerschüttert stand der Wüste Gast.
Da kam ein Wehn
Wie Gnadenhauch und zitternd überwunden
Sank der Prophet,
Und weinte laut und hatte dich gefunden.

Hat denn dein Hauch
Verkündet mir, was sich im Sturme barg,
Was nicht im Blitze sich enträtselt hat?
So will ich harren auch, schon wächst mein Sarg,
Der Regen fällt auf meine Schlummerstatt!
Dann wird wie Rauch
Entschwinden eitler Weisheit Nebelschemen,
Dann schau ich auch,
»Und meine Freude wird mir Niemand nehmen.«

In dem Gedicht zum Pfingstmontag auf die Perikope Joh 3,16-21 gelangt die in der Vorrede an Annettes Mutter angedeutete Hoffnung, daß die Liebe den Mangel an Glauben aufwiegen könnte, zu erschütterndem Ausdruck. So wie die Kirche die »Begierdetaufe« kennt – im Notfall kann der reine Glaube, das Verlangen nach der Taufe deren realen Vollzug ersetzen –, so müßte, hofft das Ich verzweifelt, angesichts der Liebe Gottes zur Welt, um deretwillen er seinen eigenen Sohn dahingab, die Liebe des nach Glauben Verlangenden den Glauben selber ersetzen.

Immer wieder kreisen die Gedichte um »des Verstandes Fluch« (*Am Fronleichnamstage*), suchen sie aus dem Teufelskreis des Zweifels auszubrechen: »Wer bringt dir der Gedanken Lauf / Zurück ins fromm beschränkte Gleis?« (*Am zwanzigsten Sonntage nach Pfingsten*) Die verlorengegangene Evidenz der göttlichen Zeichen in der Welt ist für die Dichterin das Verhängnis der Gegenwart, das der

Zweifel des Einzelnen – ihr eigener Zweifel – mitverschuldet hat. »Doch bleibt es wahr, der Gegenwart / Gebrochen sind gewalt'ge Stützen, / Seit unsren Sinnen trüb und hart / Verhüllt ward seiner Zeichen Blitzen.« (*Am zweiten Weihnachtstage*) Das Verstummen der Zeichen verwandelt die Welt in eine Öde, die das Ich auf sich selbst zurückwirft. »O, die Verödung, wie sie dumpf und schwer / Traf Herz an Herz wie mit galvanscher Kette!« Die Seele des dichtenden Ichs wird zur Schädelstätte. Vor vollkommener Verzweiflung bewahrt es nur der religiöse Grund, der in seiner Kindheit gelegt wurde:

> Bin ich nicht ganz der öden Stätte gleich,
> Verfluchtem Grunde,
> Wo Salz gestreut auf Stein und Schädel bleich,
> Gibt hier und dort noch eine Säule Kunde
> Vergangner Herrlichkeit: Dank dir mein Land;
> Du hast zu früh gelegt ein frommes Band
> Um meine Seele in der Kindheit Stunde.
> (*Am sechsundzwanzigsten Sonntage nach Pfingsten*)

»Zu einer Zeit, schwarz wie die Nacht« – so beginnt die vierte Strophe des Gedichts zur Perikope des fünfundzwanzigsten Sonntags nach Pfingsten Mt 9,18-26 – »Da war ich um mein Heil gebracht«. Der eigene »Unglaube« des Ichs wird mit der Glaubenslosigkeit der »bösen Mächten« verfallenen Zeit identifiziert. Freilich, was dieses Ich zutiefst von der Zeit und ihren atheistischen Stimmführern unterscheidet: sein Unglaube ist ein an sich selber leidender, seiner Sündhaftigkeit bewußter, weit entfernt von Militanz oder Spottlust. (»Gibt es Verwüstung, die entsetzlicher, / Als wenn das Höchste stirbt an matten Scherzen?« wird es im Gedicht zum darauffolgenden Sonntag heißen.) Die fünfte Strophe könnte geradezu ein Psychogramm des Philosophen sein, der mit dionysischem Gelächter dem Christentum den Kampf ansagte und doch um dasselbe zutiefst litt: Nietzsche – unglückselig . . . auflachend nur in Krampfes Spott . . . frech, doch vernichtet ohne Gott . . . um das verzweifelnd, was er ächten möchte.

In der Radikalität ihrer Selbstbefragung experimentiert die Verfasserin sogar mit dem – freilich in eine überwundene Vergangenheit versetzten – Gedanken, ihre Sehnsucht nach dem verborgenen Gott könnte sich auf eine ästhetische Fiktion beziehen, ja Gott –

noch einmal ist Nietzsche nahe – könnte tot sein. Doch auch dann gälte es für sie, »Zu lieben meines Gottes Traum / Und auch dem Toten Kränze noch zu flechten«. Freilich, der Tod Gottes ist nur ein Gedankenexperiment. Selbst »der Glaube todesmatt« will noch beten – und betet in der letzten Strophe ein verzweifeltes Hoffnungsgebet. In diesem Gedicht wird die Ambivalenz des Zweifels im religiösen Denken der Droste besonders deutlich. Einerseits ist er Sünde, anderseits als notwendige »Negation« (Levin Schücking) – im Durchgang durch welch letztere erst der wahre Glaube entsteht – eine »felix culpa«.

Am fünfundzwanzigsten Sonntage nach Pfingsten

Ev.: Von des Obristen Töchterlein

Er sprach: »Gehet hinweg, denn das Mägdlein ist nicht tot, sondern es schläft.« – Er ging hinein, ergriff ihre Hand, und das Mägdlein stand auf.

Weck auf was schläft, streck aus die Hand,
Du Retter Gott, Betäubung liegt
Auf meinem Geist, ein bleiern Band.
Es ist nicht tot, nur schlafbesiegt,
Nur taumelnd trunken, ein Helot,
Der knirschend schlürft in Sklavennot
Den Wein, so der Tyrann ihm bot:
So nieder liegt in mir, was da vom Rechten.

Ja in den schwersten Stunden doch
Blieb ein Bewußtsein mir, daß tief
Wie in des Herzens Keller noch
Verborgen mir ein Erbteil schlief,
Gleich warmer Quelle, die hinab
Versickert in der Höhle Grab
Und droben läßt den Herrscherstab;
Frost, Sturm und Schnee um ihr Besitztum fechten.

Und der Tyrann, so niederhält
Mein bestes und mein einz'ges Gut,
Nicht Trägheit ist's, noch Lust der Welt;
Es ist der kalt gebrochne Mut,
O, wie ich tausendmal gesagt,
Verstandes Fluch, der trotzig ragt
Und scharf an meinem Glauben nagt,
Weh schwer Geschenk, verfallen bösen Mächten.

Zu einer Zeit, schwarz wie die Nacht,
Zu einer Zeit, die ich erlebt,
Da war ich um mein Heil gebracht
Wie dürres Blatt am Zweige bebt.
Trostlos und ohne Hoffnung war
Unglaube wie die Sonne klar;
Mein Leben hing an Einem Haar:
O, solche Stunde gönn ich nicht den Schlechten!

Soll ich es sagen, daß die Not
Gesteigert ward durch Menschenmüh?
Nicht weiß ich, was dem Staub gebot;
Doch unglückselig sah ich sie,
Auflachend nur in Krampfes Spott,
Frech, doch vernichtet, ohne Gott,
Unsel'ge, aber arme Rott,
Um das verzweifelnd, was sie möchten ächten.

Schwach hieß, wer ohne Zucken nicht
Ins Auge der Vernichtung sah;
Doch in dem Blicke lag Gericht,
Dem Lächeln Todesschauer nah.
Warum man nicht in Ruh mich ließ,
Im Freundschaftsmantel überdies,
Als ob der Arzt das Messer stieß?
Ich weiß es nicht, doch will ich drum nicht rechten.

So höret denn was mich geschützt
Vor gänzlichem Verlorengehn:
Daß ich Unglauben nicht benützt
Des Frevels Banner zu erhöhn;
Daß der Entschluß gewann den Raum,
Ob mir gefällt des Lebens Baum,
Zu lieben meines Gottes Traum
Und auch dem Toten Kränze noch zu flechten.

Unglaub' ist Sünde! aber mehr:
Sünd' ist Unglaube, sie allein
Mag aller Zweifel frostgem Heer
Der stärkste Bundsgenosse sein.
O wär ich tugendhaft: dann ließ
Nicht einsam mich die Finsternis;
Fällt doch ein Strahl in mein Verlies,
Weil ich nicht gänzlich zugesellt den Schlechten!

Ein Kleinod hab ich mir gehegt:
Da mein Gewissen, ob befleckt,
Doch nicht in Schnee und Eis gelegt
Und nicht in Lava sich gestreckt.
Ach, Odem noch die Liebe hat,
Die Hoffnung treibt ein grünes Blatt,
Und auch der Glaube todesmatt
Faltet die Hände, ob sie Segen brächten.

O reiche, Gnäd'ger, deine Hand
Wie du dem Mägdlein sie gereicht!
Zerreiß der dumpfen Träume Band,
So mächtig mir und dir so leicht!
Ja mag dein Odem drüber wehn,
Ein Strahl aus deinem Auge gehn,
Dann ist wohl da, was auferstehn
Und was fortan in deiner Schar mag fechten!

Das vielleicht erschütterndste Gedicht des ganzen Zyklus ist das gewaltige »De Profundis« zur Perikope Mt 13,31-35 am siebenundzwanzigsten Sonntag nach Pfingsten, das wiederholt mit Clemens Brentanos ›Frühlingsschrei eines Knechtes aus der Tiefe‹ verglichen worden ist. In ihm verschlingen sich die Hauptmotive des *Geistlichen Jahrs* zu einem Gebet von unerhörter Bilddichte, das alle traditionellen Formelemente in der ganz unverwechselbaren Ausdruckssprache der Droste verschmelzen läßt.

Am siebenundzwanzigsten Sonntage nach Pfingsten

Ev.: Vom Senfkörnlein und Sauerteig

»Das Himmelreich ist gleich einem Senfkörnlein, das ein Mensch nahm, und säte es auf seinen Acker; dasselbe ist zwar das Kleinste unter allen Samen, wenn es aber gewachsen ist, so ist es größer als alle Kräuter und wird ein Baum, so daß alle Vögel des Himmels kommen, und unter seinen Zweigen wohnen. – Das Himmelreich ist gleich einem Sauerteige, den ein Weib nahm, und steckte ihn unter drei Scheffel Mehls, bis es ganz durchsäuert war.«

Tief, tief ein Körnlein schläft in mancher Brust,
Doch Herr, du siehst es und du magst es segnen.
O schau auf jene die, sich unbewußt,
Nicht fühlen deiner Gnadenwolke Regnen,
Die um sich steigen lassen deinen Tau;
Nachtwandler, dumpf gebannt in Traumes Leben,
Umwandeln Turmes Zinne sonder Beben,
Nicht zuckend nur mit der geschloßnen Brau.

Ich bin erwacht, ob auch zu tiefer Schmach;
So will ich heut nicht an mein Elend denken,
Will ach, das Einzige, was ich vermag,
Ein zitterndes Gebet den Armen schenken;
Ob nur ein kraftlos halbgebrochner Hauch,
Der dennoch mag die rechten Wege finden,
Und muß er sich zu deinem Throne winden
Wie sich zum Äther wälzet Nebelrauch.

Du Milder, weißt aus allem Erdendunst
Den warmen Lebensodem wohl zu scheiden,
Gerechter du und doch die höchste Gunst,
Des Sonne lächelt über Moor und Heiden!
O kräftge deinen Strahl, daß er entglüht
Die langverjährte Rinde mag durchdringen;
Mach des erstarrten Blutes Quellen springen,
Auftauen das erfrorne Augenlid.

Wie oft sah ich in schier vereistem Grund
Sich leise noch das Samenkörnlein dehnen,
Wie öfters brach aus längst entweihtem Mund
Ein Schmerzenslaut, der Alles kann versöhnen!
O, nur wer stand in glüher Wüstenei,
Der weiß des grünen Blattes Wert zu schätzen,
Und wessen Ohr kein Luftzug durfte letzen,
Nur der vernimmt den halberstickten Schrei.

Mit meinem Schaden hab ich es gelernt,
Daß nur der Himmel darf die Sünde wägen,
O Menschenhand, sie halte sich entfernt,
Die nur das Leben zählt nach Pulses Schlägen.
Lebt doch das Samenkorn und atmet nicht,
Und kann es dennoch einen Stamm enthalten,
Der herrlich einst die Zweige mag entfalten
Wo das Gevögel jubelt unterm Licht.

Sei Menschenurteil in Unwissenheit
Hart wie ein Stein, du Herr, erkennst das Winden
Der Seele, und wie unter Mördern schreit
Zu dir ein Seufzer, der sich selbst nicht finden
Und nennen kann. Kein Feuer brennt so heiß
Als was sich wühlen muß durch Grund und Steine,
Von allen Quellen rauschender rinnt keine
Als die sich hülflos windet unterm Eis.

Im Fluch, dem alle schaudern, hörst du noch
Den Klageruf an Kraft und Mut gebrochen;
In des Verbrechers Wahnsinn trägt sich doch
Entgegen dir zerfleischten Herzens Pochen.
Das ist das Samenkorn, was wie im Traum
Bohrt ängstlich mit den Würzelchen zum Grunde,
Und immer trägt es noch den Keim im Munde
Und immer schlummert noch in ihm der Baum.

Brich ein o Herr! du weißt den rechten Stoß
Und weißt, wo schwach vernarbt der Sünde Wunden;
Noch liegt in deiner Hand ihr ewig Los,
Noch lauert stumm die schrecklichste der Stunden,
Wo ihnen deine Hand die Waage reicht
Und die Verdammung steht im eignen Herzen.
O Jesu Christ gedenk an deine Schmerzen,
O rette die aus deinem Blut gezeugt!

EIN KRIMINALFALL ALS RELIGIÖSE PARABEL: DIE JUDENBUCHE

Selig sind die Trauer tragen
Und ihr Brot mit Tränen tränken,
Nur die eigne Sünde klagen
Und der Fremden nicht gedenken,
An den eignen Busen schlagen,
Fremder Schuld die Blicke senken:
Die ihr Brot mit Tränen tränken,
Selig sind die Trauer tragen!

Diese Strophe aus dem Gedicht *Am Allerheiligentage* des *Geistlichen Jahrs* weist hinüber zu dem Prolog des berühmtesten Werks der Droste: ihrer Novelle *Die Judenbuche* (1842). Sie geht auf eine wirkliche Begebenheit auf dem Gebiet der Haxthausenschen Gutsherrschaft zurück, die aufgrund ihrer Gerichtsbarkeit mit dem Fall unmittelbar befaßt war. Bereits Annettes Onkel August von Haxthausen hat sie 1818 in seiner ›Geschichte eines Algierer-Sklaven‹ wohl nach dem Aktenmaterial aufgezeichnet. Der Knecht Hermann Winkelhannes hatte wegen einer Geldschuld einen Juden erschlagen, war nach seinem Verbrechen aus Deutschland geflüchtet, in Algier in die Sklaverei geraten und schließlich nach einem Vierteljahrhundert in seine Heimat zurückgekehrt, wo er am Ort seiner längst verjährten Tat Selbstmord verübte: »Er mußte sein Schicksal erfüllen, und weil Blut für Blut, Leben für Leben eingesetzt ist, ihn aber menschliches Gesetz nicht mehr erreichte, hat er, nachdem er lange Jahre fern umhergeschweift, wieder durch des Geschicks geheimnisvolle Gewalt zu dem Kreis, Ort und Boden des Verbrechens zurückgebannt, dort sich selbst Gerechtigkeit geübt.«

Im Gedichtprolog der *Judenbuche* sind zwei Bibelstellen verschränkt: »Wer von euch ohne Sünde ist, werfe als erster einen

Stein auf sie« (Joh 8,7) und »Richtet nicht, damit ihr nicht gerichtet werdet! Denn wie ihr richtet, so werdet ihr gerichtet werden, und nach dem Maß, mit dem ihr meßt und zuteilt, wird auch euch zugeteilt werden« (Mt 7,1 f.). Auf beide Stellen spielt die geistliche Lyrik der Droste immer wieder an, so im Gedicht *Am siebenten Sonntage nach Pfingsten* im *Geistlichen Jahr* (»Da liegt der Stein, den meine sündge Hand / In Schwung zu setzen, ach, nur zu gewandt«) oder noch in *Die ächzende Kreatur* (»Wer ist so rein, daß nicht bewußt / Ein Bild ihm in der Seele Grund, / Daß er muß schlagen an die Brust / Und fühlen sich verzagt und wund«). Durch den Prolog rückt die *Judenbuche* also offenkundig in den Zusammenhang der religiösen Dichtung der Droste.

Der Appell an den Leser, sich vor selbstgerechter Verurteilung des Mitmenschen zu hüten – hier bezogen auf das Schicksal des Judenmörders, der nun Friedrich Mergel heißt –, deutet zugleich auf die Absicht der Verfasserin hin, wie im Falle von *Des Arztes Vermächtnis* eine psychologische Studie zu schreiben, die den Weg eines Menschen ins Böse von Beginn an verfolgen und die Keime des Verbrechens in seiner Seele verstehend aufspüren will, anstatt die vollendete Tat nach Maßgabe eines von vornherein feststehenden moralischen Urteils zu bewerten. Das verbindet diese »Kriminalgeschichte« – Annette hat sie in ihrem Brief an Wilhelm Junkmann vom 4. August 1837 ausdrücklich so genannt – mit dem ersten bedeutenden Beispiel dieses Genres in der deutschen Literatur: Schillers Erzählung ›Der Verbrecher aus verlorener Ehre‹ (1786), an deren Beginn Annettes Prolog in einigen Formulierungen unverkennbar gemahnt. »In der ganzen Geschichte des Menschen ist kein Kapitel unterrichtender für Herz und Geist als die Annalen seiner Verirrungen.« Mit diesem Satz beginnt Schillers Erzählung, und auch er warnt vor der vorschnellen moralischen Verurteilung des Verbrechers, mit dessen Untaten – wollte man die menschlichen Handlungen nach den »Trieben und Neigungen« klassifizieren, aus denen sie resultieren – sich so mancher, »dessen Laster in einer engen bürgerlichen Sphäre und in der schmalen Umzäunung der Gesetze jetzt ersticken muß, . . . in *einer* Ordnung beisammen fände«. Auch Schillers Erzähler ist ein Anhänger der »Seelenkunde«, die den Täter »seine Handlung nicht bloß vollbringen, sondern auch wollen« sieht. »An seinen Gedanken liegt uns unendlich mehr als an seinen Taten, und noch weit mehr an den Quellen seiner Gedanken als an den Folgen jener Taten.« Er achtet »auf die Beschaffenheit und Stellung der Dinge, welche einen solchen Menschen umgaben, bis der gesammelte Zunder in seinem Inwendigen Feuer fing«. Sowohl der »unveränderlichen Struktur der menschlichen Seele« als auch den »veränderlichen Bedingungen, welche sie von außen bestimmten«, gilt seine Aufmerksamkeit. Einer der Vorzüge, den »die Seelenkunde aus einer solchen Behandlungsart der Geschichte« zieht, liegt darin – und damit sind wir wieder ganz nahe bei der Droste –, daß sie »die stolze Sicherheit ausrottet, womit gemeiniglich die ungeprüfte aufrechtstehende Tugend auf die gefallne herunterblickt«.

Schillers Programm einer seelenkundlich motivierten Kriminalgeschichte bestimmt bis ins Detail auch die *Judenbuche* sowie das andere Beispiel dieses Genres im Werk der Droste: das Erzählfragment *Joseph* (1844/45), das von einem scheinbar treuen Bediensteten handelt, der lange unentdeckt das Vermögen seiner Herrschaft veruntreut. Die Gedanken des Täters und mehr noch die Quellen dieser Gedanken zu entwickeln, die Verbindung von unveränderlichen – in der Struktur der Seele begründeten – und veränderlichen – von außen, aus seinem sozialen Umfeld stammenden – Bedingungen seines Handelns aufzudecken sowie von diesen Voraussetzungen her die selbstgerechte Verurteilung des Täters zu konterkarieren, eben das ist auch die Absicht der Droste.

Zu den veränderlichen Bedingungen des Handelns, hier des Lebenswegs von Friedrich Mergel, gehört auch die Landschaft, in die er hineingeboren wurde. »Ein Sittengemälde aus dem gebirgichten Westfalen« lautet der Untertitel der Novelle. Damit ist bezeichnet, was die Droste in ihrem Brief an Junkmann vom 4. August 1837 die »rein nationale«, d.h. landesspezifische Seite der Erzählung nennt. Die *Judenbuche*, das ist für ihr Verständnis wesentlich, war von der Autorin in ihrer gedruckten Form als Teil eines umfassenden Westfalenwerks vorgesehen, das sie schließlich aufgab. Was diesem Werk vorbehalten sein sollte, wurde aus dem ursprünglichen Textbestand der Novelle ausgeschieden. Diese hatte nämlich in der ersten Fassung (um 1830), die bis zur Försterszene reicht, eine breite Einleitung, in der die Eigenart der westfälischen Provinz geschildert wurde. Auf sie und überhaupt auf alle ausführlicheren ethnographischen Bezüge konnte verzichtet werden, als die Droste plante, um die Novelle den Rahmen des Westfalenbuches: des späteren *Bei uns zu Lande auf dem Lande* zu legen, das freilich über den Fragment-Status von drei Kapiteln nicht hinausgelangen sollte. Als sich die Arbeit am Westfalenbuch verzögerte, entschloß sich die Droste zum Vorabdruck der *Judenbuche* in den April- und Mai-

Nummern des Cottaschen ›Morgenblattes‹ 1842. (Der Titel der Erzählung stammt übrigens erst von dessen Herausgeber.) Die aus der Novelle ausgeschiedenen landeskundlichen Bezüge wurden in einer Art Konzentrat des geplanten Westfalenbuchs: den *Westfälischen Schilderungen aus einer westfälischen Feder* im Jahre 1845 in den ›Historisch-politischen Blättern für das katholische Deutschland‹ veröffentlicht. Ihr Inhalt, der Tendenz nach ursprünglich als Bestandteil der *Judenbuche* vorgesehen, ist für deren Verständnis von besonderer Bedeutung. Die *Westfälischen Schilderungen* – wie schon die ursprüngliche Einleitung der später so genannten *Judenbuche* – stellen einmal das vorrevolutionäre Westfalen idealisierend der Gegenwart gegenüber, zum andern kontrastieren sie das Münsterland und seine noch naturhafte Integrität – wie sie auch in *Bei uns zu Lande* liebevoll beschworen wird – mit den von Sittenverfall, Aberglauben und aufrührerischer Gesinnung geprägten »Grenzrevieren« des Paderbornischen und Sauerländischen. (Kein Wunder, daß Stimmen aus diesen Regionen alsbald heftig gegen die *Westfälischen Schilderungen* protestierten.) In dieser von Dämonen – aus Urzeiten wie aus dem Zeitgeist – heimgesuchten Paderborner Landschaft ist auch die Handlung der *Judenbuche* angesiedelt. Hinter dem Dorf B. steht das wirkliche Dorf Bellersen bei Paderborn (in der Erzählung P.), und das »Brederholz«, unheilsschwangerer Schauplatz, ja magischer Raum aller wichtigen Begebenheiten der Erzählung, liegt nördlich von diesem Dorf. Auch fast alle anderen fiktiven Orte lassen sich auf wirkliche zurückführen.

Es ist freilich auffallend, daß die Droste die Realitätsbezüge im Laufe der Arbeit an der Novelle zunehmend zurückgedrängt und diese von der wahren Geschichte ihres Onkels immer weiter entfernt hat. Die subtextuelle Bedeutungsschicht der Erzählung wurde ihr wichtiger, und so sind die Dunkelheiten und Motivierungssprünge in der Handlung zu erklären, welche die Leser des 19. Jahrhunderts vielfach verwirrt haben. Der Boileaus ›L'Art poétique‹ (1674) entnommene Satz »Le vrai n'est pas toujours vraisemblable«, den der Gerichtspräsident zu P⟨aderborn⟩ in der Erzählung zitiert, ist auch die poetologische Maxime der Droste, allerdings in einem anderen Sinne: sinnbildliche Wahrheit ist ihr wichtiger als realistische Wahrscheinlichkeit.

Diese sinnbildliche Wahrheit aber drückt sich in einem dichten symbolischen Beziehungsgeflecht der Dinge und Figuren aus, das ihre Relationen auf der Ebene bloßer Realität ständig überlagert. Davon zeugen die zahlreichen Motivkorrespondenzen und -verzahnungen (wie bei den vier Todesfällen im Brederholz), die Parallelführung von Handlungen (etwa bei der Entdeckung der Leichen von Aaron und Friedrich oder bei dessen zweimaligem Verschwinden: seiner Flucht und seinem Selbstmord), die Spiegelungen der Figuren ineinander (namentlich Friedrichs in seinem Doppelgänger Johannes wie in seinem Ohm), Kontrast und Parallelität zwischen Vätern und Söhnen (Mergel, Brandis, Hülsmeyer), die Rolle der eingestreuten Daten und die Zusammendrängung aller entscheidenden Geschehnisse in bestimmten Zeiten (Hochzeiten) und semantisch aufgeladenen räumlichen Bezirken wie zumal dem Brederholz mit der Judenbuche. Um des sinnbildlichen Verweisungscharakters willen durchbricht die Verfasserin immer wieder die Kausalkette der Handlung – ein poetisches Verfahren, das auch ihre anderen Handlungsdichtungen prägt: natürlich ihre Balladen, für welche die Dunkelheit gattungsspezifisch ist, und, wie gezeigt, die Verserzählung *Des Arztes Vermächtnis*. Was Emil Staiger über deren Handlungsführung schreibt, gilt in gewisser Weise auch für die *Judenbuche*, die freilich stärker den Gesetzen ›wahrscheinlichen‹ Erzählens verbunden bleibt: »Verdunklung des novellistischen Berichts zugunsten dessen, was in der Schrift des Daseins zwischen den Zeilen steht. Im selben Maß, wie die kausale Verknüpfung gelockert und die Umrisse von Situationen und Charakteren ausgefranst werden, erweitert sich die Durchsicht zu dem, was hinter den Erscheinungen mächtig ist.«

Die Dunkelheiten des Textes, die Mehrdeutigkeit mancher Vorgänge in der *Judenbuche* hängen vor allem damit zusammen, daß die Allwissenheit des Erzählers immer wieder eingetrübt wird. Besonders deutlich zeigt sich das an den perspektivisch-relativierenden Floskeln »man sah«, »es hieß«, »manche meinten«, »schien« usw. oder dann, wenn der Erzähler sich selber oder dem Leser Fragen stellt, die gerade seine Ahnungslosigkeit belegen – so nach der Försterszene: »Gereute es ihn ⟨Friedrich⟩ vielleicht, den Förster nicht um Verschweigung seiner Angaben gebeten zu haben?« Oder: »Sollte wohl eine Krankheit im Anzug sein?« Diese Eintrübung auktorialer Allwissenheit kommt vor allem durch die subjektive Perspektivik der jeweils im Vordergrund stehenden Figur zustande – ein Verfahren, das die Droste bereits in den Versepen erprobt hat, vor allem natürlich in dem konsequent aus der Sicht eines Ich-Erzählers geschriebenen *Vermächtnis*. Wenn etwa der Erzähler den ersten Auftritt von Johannes mit den Worten einleitet: »Als sie ⟨Margreth⟩ wieder in die dunkle Küche trat, stand Friedrich am Herde . . .«, muß der Leser diese auktoriale Tatsachenbehauptung für bare Münze nehmen, anders als wenn es etwa perspektivisch relativierend hieße: »Als sie wieder in die Küche trat, meinte sie Friedrich am Herde stehen zu sehen.« Der Erzähler macht sich also Margreths Verwechslung des Johannes mit ihrem Sohne zu eigen – wie in umgekehrter Parallelität am Ende der Erzählung die Verwechslung Friedrichs mit Johannes bei den Dorfbewohnern –, was hier wie da eine Irritation des Lesers auslöst, wenn er den Irrtum zu ahnen beginnt. In ähnlicher Weise ›glaubt‹ der Leser zunächst an die Kolik Friedrichs nach seiner Begegnung mit dem Förster (»Friedrich war krank heimgekommen . . .«), bis er nach gut zwei Seiten merkt, daß jene nur simuliert war. Solche Irritationen ziehen sich durch den ganzen Text, immer wieder wird der Leser auf eine falsche Fährte gelockt, bis hin zu der vermeintlichen Unschuld Friedrichs am Tode Aarons, den ein anderer Glaubensgenosse ermordet zu haben scheint. Besonders irreführend ist die Passage, in welcher der Erzähler behauptet, der Mord an dem Förster sei »nie aufgeklärt« worden und die Axt, mit welcher er erschlagen wurde, liege wohl noch heute »als unnützes Corpus delicti im Gerichtsarchiv«. Der Erzähler entschuldigt sich beim Leser förmlich dafür, daß es so ist: »Es würde in einer erdichteten Geschichte Unrecht sein, die Neugier des Lesers so zu täuschen. Aber dies alles hat sich wirklich zugetragen; ich kann nichts davon oder dazu tun.« Tatsächlich vermag der aufmerksame Leser den Mord jedoch sehr wohl aufzuklären. Aus den dunklen Andeutungen des Textes ist zu entnehmen, daß – wie Friedrich genau erkannt hat – die Axt dem Ohm gehört, daß dieser den Förster erschlagen hat. Ohm und Neffe sind gemeinsam in die Mordtat verwickelt, und indem Friedrich sich abhalten läßt, zur Beichte zu gehen, ist der ›Teufelspakt‹ mit Simon vollendet, ist er diesem so gleich geworden, wie es sich bei der »Adoption« durch ihn abzeichnete: »wie Friedrich so langsam seinem Führer nachtrat, . . . erinnerte er unwillkürlich an jemand, der in einem Zauberspiegel das Bild seiner Zukunft mit verstörter Aufmerksamkeit betrachtet«. Bezeichnend, daß Friedrich wenige Seiten nach seinem Verzicht auf die Beichte als Tänzer auf der Hochzeit mit einem Hecht verglichen wird, dem dämonischen Fisch zahlloser Sagen, dessen Bild auch in der Beschreibung Simons bei seinem ersten Auftritt auftaucht: dort erscheint dieser als »unheimlicher Geselle« mit »einem Gesicht wie ein Hecht«. Die Zukunftsspiegelung Friedrichs in seinem Ohm wird mehr und mehr Gegenwart!

Die Handlung wird vor allem dadurch verrätselt, daß alle entscheidenden Handlungsvorgänge sich hinter der Szene abspielen, also in der Erzählung ausgelassen werden. Dafür die wichtigsten Beispiele: Die Zugehörigkeit Simons zur Blaukittelbande und Friedrichs Rolle als Warner derselben werden nirgends direkt angesprochen; die vier Todesfälle ereignen sich gewissermaßen in Abwesenheit des Erzählers und überhaupt jedes Zeugen (wie der verkrüppelte Selbstmörder hoch hinauf in die Judenbuche gelangen konnte, bleibt deshalb unerklärbar). Immer wieder stehen Reaktionen der Personen im leeren Raum, wie die Szene mit der die Erde aufwühlenden Margreth oder ihre Reaktion nach dem ersten Auftreten von Friedrichs Doppelgänger Johannes; Margreth bricht da in den »Ausdruck des tiefsten Jammers« aus: »›Ein falscher Eid, ein falscher Eid!‹ stöhnte sie. ›Simon, Simon, wie willst du vor Gott bestehen!‹« Der Leser kann allenfalls ahnen, was es mit diesem Ausbruch auf sich hat: daß Johannes ein uneheliches Kind Simons ist, was dieser aber – in einem Entwurf des Textes – vor Gericht abgeschworen hat. Das wird in der endgültigen Fassung nicht mehr erwähnt. Überhaupt sprengt die Einführung wie die Verabschiedung des Doppelgängers den Rahmen realistischen Erzählens. Warum er nach dem Judenmord mit Friedrich spurlos verschwindet, wird nicht mit einem Wort begründet. Wichtiger als die realistische Wahrscheinlichkeit ist der Verfasserin die Sinnbildlichkeit dieser Gestalt als des »verkümmerten Spiegelbildes« von Friedrich, des Bildes seines abgelegten Ichs – wie der Ohm das Bild seines zukünftigen, Zug um Zug in die Gegenwart herübertretenden Ichs ist.

Die Mutter hält Johannes bei seinem ersten Erscheinen für Friedrich, wie dieser bei seiner Rückkehr nach achtundzwanzig Jahren von den Dorfbewohnern für Johannes gehalten wird: er hat sich in sein eigenes verkümmertes Spiegelbild zurückverwandelt, so daß dieses selber aus der Erzählung verschwinden kann. Der Doppelgänger taucht erst in dem Moment auf, da Friedrich in den diabolischen Bannkreis des Ohms getreten ist. Sein bisheriges Selbst hat er gleichsam an den kümmerlichen Vetter abgetreten, während er selber nun von einer neuen »Haltung bewußter Würde und Selbständigkeit« geprägt ist, welche sich leitmotivisch im »eigentümlichen glasartigen Glanz« seiner Augen ausdrückt und die Züge der Ursünde des Hochmuts trägt. Daß er sich am Ende in den spiegelbildlichen Doppelgänger – ein in Annettes Werken häufig wiederkehrendes Motiv – verwandelt, ist der sinnbildliche Ausdruck seines tiefen Falls.

Die Verrätselung der Handlung und die wiederholt vom Erzähler gewiesenen falschen Spuren zwingen den Leser zu erhöhter Aufmerksamkeit. Will er auf den richtigen Weg zurückkehren, muß er ein Stück scharfsinniger sein als der Erzähler, der seinerseits eine Rolle mit beschränktem Gesichtskreis spielt, mitnichten die Stimme der Autorin ist. Nicht zu Unrecht hat Heinrich Henel als erster die These aufgestellt, daß die *Judenbuche* als typische Kriminalerzählung beginnt, die erst mit dem Täter, dann mit der Tat bekannt macht – im Unterschied zur Detektiverzählung, die mit der Tat beginnt und dann dem Täter auf die Spur kommt –, mehr und mehr aber in eine Detektivgeschichte umschlägt, welche die Aufgabe des Spurensuchens auf den Leser überträgt, der aus den stückhaft und widersprüchlich mitgeteilten Fakten die Wahrheit herausfinden muß. Wie diese Wahrheit aussieht, ist bis heute nicht unumstritten. Es gibt gar Interpreten, die daran zweifeln, daß Friedrich Mergel der Judenmörder und mit dem Selbstmörder am Ende identisch ist, ja daß es sich überhaupt um einen Selbstmord handelt, mit der Begründung, der Krüppel könne nicht aus eigener Kraft in die Buche gelangt sein, wenn man schon eine Leiter ansetzen muß, um die Leiche herunterzuholen. Läßt man die Novelle freilich dergestalt in Aporien enden, wird ihr ganzes Sinnbildgefüge, das auf die Verzweiflungstat des tatsächlichen Mörders hinweist, zu einer Reihe blinder Spiegel.

Die Verdunklung der kausalen Handlungsbezüge weist, wie schon angedeutet, in der *Judenbuche* wie in *Des Arztes Vermächtnis* auf eine verborgene Allegorik des Geschehens hin. Wie der Arzt durch seine faustische curiositas, so wird Friedrich Mergel durch seine superbia ins Böse verstrickt. »Neugier und verwegne Glut« dort, »Hang zum Großtun« und »grenzenloser Hochmut« hier. Beide Handlungen sind Parabeln des menschlichen Sündenwegs: der Kriminalfall als religiöses exemplum. Wie im *Vermächtnis* jene »heiße Stelle« an der Stirn die Erbsünde symbolisiert, so spiegelt diese sich in der *Judenbuche* in der Determination der Hauptfigur durch ein verhängnisvolles Milieu. Das zentrale Leitmotiv der Judenbuche im Brederholz bedeutet wie die »heiße Stelle« im *Vermächtnis* den Zwangszusammenhang, aus dem der mit dem Bösen einmal in Verbindung geratene Mensch nicht mehr herausfindet und der ihn schließlich vernichtet. In beiden Erzählungen gibt es eine Art Teufelsbund. Im *Vermächtnis* spielt der junge Räuber den luziferischen Part, in der *Judenbuche* kommt die Rolle des diabolischen Verführers dem Ohm Simon zu, der Friedrich zum Warner der Blaukittel-Bande und Mitwisser ihrer Verbrechen macht. Nach seinem ersten Auftritt wird der Ohm fast überwirklich als Satansfigur kenntlich gemacht, wenn er mit seinem Neffen voranschreitet, »mit seinem Gesicht die Luft durchschneidend, während ihm die Schöße des roten Rocks wie Feuerflammen nachzogen«. In der ersten Fassung war diese Passage noch breiter als Teufelsallegorie ausgestaltet:

Simon voran mit vorgestrecktem Halse, so daß sein scharfes Gesicht die Luft zu durchschneiden schien, und die Spitze des dreieckigten Hütchens einem Horne gleich steif in die Höhe stand, während die Schöße des Rocks von rotem groben Tuche wie Flammen hinter ihm herzogen, und oben am Kragen, wo die glänzende Farbe etwas unscheinbar geworden war, mit nicht zu grellem Übergange sich, wie an einer verlöschenden Stelle des Herdes nur noch kleine gelbliche Feuerzungen in der Asche lecken, an seinen stark mit Grau gemischten, struppichten Haarbusch schlossen, so hatte er ⟨viel⟩ von einem feurigen Mann, wie man sie sich in Westfalen als Irrwischträger denkt.

Bezeichnend, daß Simon seinen neuen Zögling Friedrich auf ihrem ersten gemeinsamen Weg in das verhängnisvolle Brederholz und an die Stelle führt, wo man seinen Vater gefunden habe, »als er in der Betrunkenheit ohne Buße und Ölung zum Teufel gefahren war«. Zynisch sucht der Ohm ihm, dem Erben eines vermeintlich verdammten Vaters, den der Volksglaube zum »Gespenst des Brederholzes« dämonisiert hat, seine Heillosigkeit, seine Vorbestimmung zum Bösen zu suggerieren, um ihn sicherer in dessen Fänge zu treiben.

Das *Vermächtnis* wie die *Judenbuche* sind heil- und gnadenlose Geschichten, was im Falle der Prosaerzählung um so furchtbarer hervortritt, als Friedrich am Heiligen Abend in seine Heimat zurückkehrt und das Weihnachtslied »Ein Kindelein so löbelich« mit seinem Heilsversprechen hört, ja schluchzend mitzubeten versucht: »Und wär das Kindelein nicht gebor'n, / So wären wir alle zusammen verlor'n: / Das Heil ist unser aller.« Für ihn scheint das Kindlein nicht geboren. Durch den Mord an dem Juden, der ihn wegen einer Geldschuld öffentlich bloßgestellt und so in seinem

»ungebändigten Ehrgeiz« und »sehr empfindlichen Ehrgefühl« abgrundtief verletzt hat, verfällt er gewissermaßen dem Fluch der alttestamentarischen Vor-Heilszeit, demzufolge das von einem Menschen angerichtete Böse sich gegen ihn selbst kehrt, wie es die von der Frau des erschlagenen Aaron hervorgestoßenen biblischen Worte »Aug um Auge, Zahn um Zahn!« (Ex 21,23 f.) und die hebräische Inschrift auf der Judenbuche ankündigen. (Diese Inschrift hat Annette selbst ersonnen und ins Hebräische übersetzen lassen.) Die Unausweichlichkeit jenes Fluchs ist freilich – wie das Heilsversprechen des Weihnachtsliedes zeigt – nicht die Überzeugung der Dichterin, die sich in ihrem Prolog das neutestamentliche Verzeihensgebot zueigen macht und am Ende des Erscheinungsjahres der *Judenbuche* in der Großballade *Der spiritus familiaris des Roßtäuschers* die Geschichte einer Teufelsverschreibung mit einem Erlösungsschluß schreiben wird. Es ist vielmehr die verzweifelte Meinung des Mörders, der mit dieser Verzweiflung – der Sünde wider den Heiligen Geist, die nach theologischer Tradition als einzige nicht vergeben werden kann, da sie die Allmacht der göttlichen Gnade bezweifelt und so die Seinsverfassung der Verdammten vorwegnimmt – erst vollends in den Bann des Bösen gerät, sich förmlich selber verdammt. »Verzweifeln heißt in die Hölle hinabsteigen«, ist bei Isidor von Sevilla zu lesen. Wie soll Friedrich überdies Gnade finden, wenn er sich nicht reuig zur eigenen Identität bekennt, sondern diese bis zuletzt vor den Dorfbewohnern verleugnet.

Die *Judenbuche* ist ebenso ein Exemplum der desperatio salutis wie die ›Historia von D. Johann Fausten‹ (1587): auch Doktor Faustus fühlt zwar Reue über seinen Teufelspakt, aber es ist die selbstmörderische Reue von Kain und Judas: »er verzagte an der Gnade Gottes, und war ihm ein unmöglich Ding, daß er wieder zur Hulde Gottes kündte kommen. Gleich wie Kain, der also verzweifelte, seine Sünde wären größer, denn daß sie ihme verziehen möchten werden. Also auch mit Judas« (Kap. 16). Daß Friedrich in diese desperate Judasrolle hineingerät, ist nicht etwa auf eine negative Prädestination calvinistischer Prägung, sondern darauf zurückzuführen, daß jener von dem Moment an, da er sich durch den Ohm davon abhalten läßt, seine Mitschuld am Tod des Försters zu beichten, den von den kirchlichen Sakramenten gebahnten Heilsweg für immer verläßt. Deshalb kommt die Weihnachtsbotschaft am Tage seiner Rückkehr – nach seiner verzweifelten Meinung – für ihn zu spät.

Dieser theologischen Lesart der Novelle, die, mit Schillers Worten geredet, von der »unveränderlichen Struktur der menschlichen Seele« ausgeht – welch letztere für die religiöse Dichterin der Schauplatz des Urstreits zwischen Gott und Teufel ist –, muß eine andere an die Seite treten, die mit jener freilich allegorisch verschränkt bleibt. Diese andere Lesart geht, wieder mit Schiller zu sprechen, von den »veränderlichen Bedingungen« aus, welche das Verbrechen »von außen bestimmten«. Friedrichs Weg ins Verbrechen resultiert geradezu zwingend aus dem allgemeinen Milieu und den desolaten familiären Umständen, in denen er aufgewachsen ist. Insoweit handelt es sich bei der *Judenbuche* um eine sozialpsychologische, ja gesellschaftskritische Erzählung.

Bereits die allgemeinen gesellschaftlichen und rechtlichen Verhältnisse im »gebirgichten Westfalen« sind der Boden, auf dem das Verbrechen Friedrichs keimt. Hier waltet nämlich eine Art roher Naturzustand, in dem das Recht des Stärkeren gilt. »Unter höchst einfachen und häufig unzulänglichen Gesetzen waren die Begriffe der Einwohner von Recht und Unrecht einigermaßen in Verwirrung geraten, oder vielmehr, es hatte sich neben dem gesetzlichen ein zweites Recht gebildet, ein Recht der öffentlichen Meinung, der Gewohnheit und der durch Vernachlässigung entstandenen Verjährung.« Zu diesem »zweiten Recht« gehört zumal der »Holz- und Jagdfrevel«, gegen den die Gutsbesitzer und die öffentliche Gewalt »weniger auf gesetzlichem Wege« vorgingen »als in stets erneuten Versuchen, Gewalt und List mit gleichen Waffen zu überbieten«. Auch in den *Westfälischen Schilderungen* erörtert die Droste diesen Konflikt zwischen dem gesetzlichen Recht und den »mit der Muttermilch eingesogenen Ansichten vom eigenen Rechte«. Den Gutsherrn (die Autorin redet da aus den eigenen Erfahrungen ihrer mütterlichen Familie) betrachtet der Bewohner der paderbornischen Landstriche »nach seinem Naturrecht gern als einen Erbfeind oder Usurpator des eigentlich *ihm* zuständigen Bodens . . . Noch empörender scheinen ihm die Forst- und Jagdgesetze, da ja ›unser Herrgott das Holz von selbst wachsen läßt, und das Wild aus einem Lande in das andere wechselt.‹« Das ist auch die Ansicht von Friedrichs Mutter Margreth, das zu jenen Worten führt, die dem Gedichtprolog der Novelle zufolge »unvergessen / In junge Brust die zähen Wurzeln« treiben – und motivieren, daß Friedrich später für die Blaukittel Schmiere stehen wird: »Höre, Fritz, das Holz läßt unser Herrgott frei wachsen und das Wild wechselt aus eines Herren Lande in das andere; die können niemand angehören.« – »Hier«, heißt es in den *Westfälischen Schilderungen*, »scheitern alle Anstrengungen der sehr ehrenwerten Geistlichkeit, und selbst die Versagung der Absolution im Beichtstuhle verliert ihre Kraft, wie bei dem Korsen, wenn es eine Vendetta gilt.«

Das Treiben der Blaukittel-Bande geht freilich über den Holzfrevel, den die paderbornische Bevölkerung für ein dem Gesetz vorausliegendes »Naturrecht« hält, weit hinaus. Ihr radikales Werk der Naturzerstörung weist voraus auf die Entfesselung des Bösen, wie es aus der Sicht der Autorin – in eben dem Jahr, da die Handlung endet – in der Französischen Revolution als Bündnis des Archaisch-Bösen mit einer die traditionelle Wertordnung zerstörenden Aufklärung zum Ausbruch gekommen ist. Wie die Blaukittel im Walde, so hat die Revolution eben unter Berufung auf das Naturrecht vielfach tabula rasa in Staat und Gesellschaft gemacht.

Das Gefühl für Recht und Unrecht ist in Friedrich also schon von früh an geschwächt worden. Auch der Judenmord ist nur durch den Antijudaismus der dörflichen Umwelt Friedrichs zu erklären. »Des Vorurteils geheimer Seelendieb« gelangt wiederum durch die Mutter in die Seele Friedrichs, wenn sie ihm nämlich auf seinen Bericht, Hülsmeyer habe »neulich den Aaron geprügelt und ihm sechs Groschen genommen«, erwidert: »Hat er dem Aaron Geld genommen, so hat ihn der verfluchte Jude gewiß zuvor darum betrogen. Hülsmeyer ist ein ordentlicher, angesessener Mann, und die Juden sind alle Schelme.« Als Aaron auf der Hochzeit bei Friedrich in aller Öffentlichkeit die Geldschuld einfordert, macht die ausgelassene Dorfjugend in bösem Scherz den Vorschlag, den Juden gegen ein Schwein – das nach dem Gesetz des Moses unreine Tier – aufzuwiegen. All das muß in Friedrich den Eindruck erwekken, das Leben eines Juden wiege weniger als das eines anderen Menschen. Ein motivierendes Spurenelement um das andere wird von der Autorin zusammengefügt, um den moralischen Verfall Friedrichs zu begründen.

Die Lesbarkeit der Novelle auf mehreren Bedeutungsebenen, als psychologischer, sozialkritischer und religiöser Modellfall, ihr raffiniert-verrätselndes Erzählverfahren, das zu immer erneuter Deutung des Geschehens aufruft, nicht zuletzt auch der ethische Appell, der von dem Versprolog ausgeht, und die tiefe Menschlichkeit, welche die ganze Erzählung grundiert – gerade auch im Hinblick auf das antijüdische Vorurteil und seine mörderischen Konsequenzen –, sichern der *Judenbuche* ihre bis heute nicht nachlassende Faszination.

Die Judenbuche

Ein Sittengemälde aus dem gebirgichten Westfalen

Wo ist die Hand so zart, daß ohne Irren
Sie sondern mag beschränkten Hirnes Wirren,
So fest, daß ohne Zittern sie den Stein
Mag schleudern auf ein arm verkümmert Sein?
Wer wagt es, eitlen Blutes Drang zu messen,
Zu wägen jedes Wort, das unvergessen
In junge Brust die zähen Wurzeln trieb,
Des Vorurteils geheimen Seelendieb?
Du Glücklicher, geboren und gehegt
Im lichten Raum, von frommer Hand gepflegt,
Leg hin die Waagschal', nimmer dir erlaubt!
Laß ruhn den Stein – er trifft dein eignes Haupt! –

Friedrich Mergel, geboren 1738, war der einzige Sohn eines sogenannten Halbmeiers oder Grundeigentümers geringerer Klasse im Dorfe B., das, so schlecht gebaut und rauchig es sein mag, doch das Auge jedes Reisenden fesselt durch die überaus malerische Schönheit seiner Lage in der grünen Waldschlucht eines bedeutenden und geschichtlich merkwürdigen Gebirges. Das Ländchen, dem es angehörte, war damals einer jener abgeschlossenen Erdwinkel ohne Fabriken und Handel, ohne Heerstraßen, wo noch ein fremdes Gesicht Aufsehen erregte, und eine Reise von dreißig Meilen selbst den Vornehmeren zum Ulysses seiner Gegend machte – kurz, ein Fleck, wie es deren sonst so viele in Deutschland gab, mit all den Mängeln und Tugenden, all der Originalität und Beschränktheit, wie sie nur in solchen Zuständen gedeihen. Unter höchst einfachen und häufig unzulänglichen Gesetzen waren die Begriffe der Einwohner von Recht und Unrecht einigermaßen in Verwirrung geraten, oder vielmehr, es hatte sich neben dem gesetzlichen ein zweites Recht gebildet, ein Recht der öffentlichen Meinung, der Gewohnheit und der durch Vernachlässigung entstandenen Verjährung. Die Gutsbesitzer, denen die niedere Gerichtsbarkeit zustand, straften und belohnten nach ihrer in den meisten Fällen redlichen Einsicht; der Untergebene tat, was ihm ausführbar und mit einem etwas weiten Gewissen verträglich schien, und nur dem Verlierenden fiel es zuweilen ein, in alten staubigten Urkunden nachzuschlagen. – Es ist schwer, jene Zeit unparteiisch ins Auge zu fassen; sie ist seit ihrem Verschwinden entweder hochmütig getadelt oder albern gelobt worden, da den, der sie erlebte, zu viel teure Erinnerungen blenden und der Spätergeborene sie nicht begreift. So viel darf man indessen behaupten, daß die Form schwächer, der Kern fester, Vergehen häufiger, Gewissenlosigkeit seltener waren. Denn wer nach seiner Überzeugung handelt, und sei sie noch so mangelhaft, kann nie ganz zu Grunde gehen, wogegen nichts seelentötender wirkt, als gegen das innere Rechtsgefühl das äußere Recht in Anspruch nehmen.

Ein Menschenschlag, unruhiger und unternehmender als alle seine Nachbarn, ließ in dem kleinen Staate, von dem wir reden, manches weit greller hervortreten als anderswo unter gleichen Umständen. Holz- und Jagdfrevel waren an der Tagesordnung, und bei den häufig vorfallenden Schlägereien hatte sich jeder selbst seines zerschlagenen Kopfes zu trösten. Da jedoch große und ergiebige Waldungen den Hauptreichtum des Landes ausmachten, ward allerdings scharf über die Forsten gewacht, aber weniger auf gesetzlichem Wege, als in stets erneuten Versuchen, Gewalt und List mit gleichen Waffen zu überbieten.

Das Dorf B. galt für die hochmütigste, schlauste und kühnste Gemeinde des ganzen Fürstentums. Seine Lage inmitten tiefer und stolzer Waldeinsamkeit mochte schon früh den angeborenen Starrsinn der Gemüter nähren; die Nähe eines Flusses, der in die See mündete und bedeckte Fahrzeuge trug, groß genug, um Schiffbauholz bequem und sicher außer Land zu führen, trug sehr dazu bei, die natürliche Kühnheit der Holzfrevler zu ermutigen, und der

Umstand, daß alles umher von Förstern wimmelte, konnte hier nur aufregend wirken, da bei den häufig vorkommenden Scharmützeln der Vorteil meist auf seiten der Bauern blieb. Dreißig, vierzig Wagen zogen zugleich aus in den schönen Mondnächten, mit ungefähr doppelt so viel Mannschaft jedes Alters, vom halbwüchsigen Knaben bis zum siebzigjährigen Ortsvorsteher, der als erfahrener Leitbock den Zug mit gleich stolzem Bewußtsein anführte, als er seinen Sitz in der Gerichtsstube einnahm. Die Zurückgebliebenen horchten sorglos dem allmähligen Verhallen des Knarrens und Stoßens der Räder in den Hohlwegen und schliefen sacht weiter. Ein gelegentlicher Schuß, ein schwacher Schrei ließen wohl einmal eine junge Frau oder Braut auffahren; kein anderer achtete darauf. Beim ersten Morgengrau kehrte der Zug eben so schweigend heim, die Gesichter glühend wie Erz, hier und dort einer mit verbundenem Kopf, was weiter nicht in Betracht kam, und nach ein paar Stunden war die Umgegend voll von dem Mißgeschick eines oder mehrerer Forstbeamten, die aus dem Walde getragen wurden, zerschlagen, mit Schnupftabak geblendet und für einige Zeit unfähig, ihrem Berufe nachzukommen.

In diesen Umgebungen ward Friedrich Mergel geboren, in einem Hause, das durch die stolze Zugabe eines Rauchfangs und minder kleiner Glasscheiben die Ansprüche seines Erbauers, so wie durch seine gegenwärtige Verkommenheit die kümmerlichen Umstände des jetzigen Besitzers bezeugte. Das frühere Geländer um Hof und Garten war einem vernachlässigten Zaune gewichen, das Dach schadhaft, fremdes Vieh weidete auf den Triften, fremdes Korn wuchs auf dem Acker zunächst am Hofe, und der Garten enthielt, außer ein paar holzigten Rosenstöcken aus besserer Zeit, mehr Unkraut als Kraut. Freilich hatten Unglücksfälle manches hiervon herbeigeführt; doch war auch viel Unordnung und böse Wirtschaft im Spiel. Friedrichs Vater, der alte Hermann Mergel, war in seinem Junggesellenstande ein sogenannter ordentlicher Säufer, d. h. einer, der nur an Sonn-

und Festtagen in der Rinne lag und die Woche hindurch so manierlich war wie ein anderer. So war denn auch seine Bewerbung um ein recht hübsches und wohlhabendes Mädchen ihm nicht erschwert. Auf der Hochzeit ging's lustig zu. Mergel war gar nicht zu arg betrunken, und die Eltern der Braut gingen abends vergnügt heim; aber am nächsten Sonntage sah man die junge Frau schreiend und blutrünstig durchs Dorf zu den Ihrigen rennen, alle ihre guten Kleider und neues Hausgerät im Stich lassend. Das war freilich ein großer Skandal und Ärger für Mergel, der allerdings Trostes bedurfte. So war denn auch am Nachmittage keine Scheibe an seinem Hause mehr ganz, und man sah ihn noch bis spät in die Nacht vor der Türschwelle liegen, einen abgebrochenen Flaschenhals von Zeit zu Zeit zum Munde führend und sich Gesicht und Hände jämmerlich zerschneidend. Die junge Frau blieb bei ihren Eltern, wo sie bald verkümmerte und starb. Ob nun den Mergel Reue quälte oder Scham, genug, er schien der Trostmittel immer bedürftiger und fing bald an, den gänzlich verkommenen Subjekten zugezählt zu werden.

Die Wirtschaft verfiel; fremde Mägde brachten Schimpf und Schaden; so verging Jahr auf Jahr. Mergel war und blieb ein verlegener und zuletzt ziemlich armseliger Witwer, bis er mit einemmale wieder als Bräutigam auftrat. War die Sache an und für sich unerwartet, so trug die Persönlichkeit der Braut noch dazu bei, die Verwunderung zu erhöhen. Margareth Semmler war eine brave, anständige Person, so in den Vierzigen, in ihrer Jugend eine Dorfschönheit und noch jetzt als sehr klug und wirtlich geachtet, dabei nicht unvermögend; und so mußte es jedem unbegreiflich sein, was sie zu diesem Schritte getrieben. Wir glauben den Grund eben in dieser ihrer selbstbewußten Vollkommenheit zu finden. Am Abend vor der Hochzeit soll sie gesagt haben: »Eine Frau, die von ihrem Manne übel behandelt wird, ist dumm oder taugt nicht: wenn's mir schlecht geht, so sagt, es liege an mir.« Der Erfolg zeigte leider, daß sie ihre Kräfte überschätzt hatte. Anfangs imponierte sie ihrem Manne; er kam nicht nach Haus oder kroch in die Scheune, wenn er sich übernommen hatte; aber das Joch war zu drückend, um lange getragen zu werden, und bald sah man ihn oft genug quer über die Gasse ins Haus taumeln, hörte drinnen sein wüstes Lärmen und sah Margreth eilends Tür und Fenster schließen. An einem solchen Tage – keinem Sonntage mehr – sah man sie abends aus dem Hause stürzen, ohne Haube und Halstuch, das Haar wild um den Kopf hängend, sich im Garten neben ein Krautbeet niederwerfen und die Erde mit den Händen aufwühlen, dann ängstlich um sich schauen, rasch ein Bündel Kräuter brechen und damit langsam wieder dem Hause zugehen, aber nicht hinein, sondern in die Scheune. Es hieß, an diesem Tage habe Mergel zuerst Hand an sie gelegt, obwohl das Bekenntnis nie über ihre Lippen kam.

Das zweite Jahr dieser unglücklichen Ehe ward mit einem Sohne, man kann nicht sagen erfreut, denn Margreth soll sehr geweint haben, als man ihr das Kind reichte. Dennoch, obwohl unter einem Herzen voll Gram getragen, war Friedrich ein gesundes, hübsches Kind, das in der frischen Luft kräftig gedieh. Der Vater hatte ihn sehr lieb, kam nie nach Hause, ohne ihm ein Stückchen Wecken oder dergleichen mitzubringen, und man meinte sogar, er sei seit der Geburt des Knaben ordentlicher geworden; wenigstens ward der Lärmen im Hause geringer.

Friedrich stand in seinem neunten Jahre. Es war um das Fest der heiligen drei Könige, eine harte, stürmische Winternacht. Hermann war zu einer Hochzeit gegangen und hatte sich schon bei Zeiten auf den Weg gemacht, da das Brauthaus Dreiviertelmeilen entfernt lag. Obgleich er versprochen hatte, abends wiederzukommen, rechnete Frau Mergel doch um so weniger darauf, da sich nach Sonnenuntergang dichtes Schneegestöber eingestellt hatte. Gegen zehn Uhr schürte sie die Asche am Herde zusammen und machte sich zum Schlafengehen bereit. Friedrich stand neben ihr, schon halb entkleidet und horchte auf das Geheul des Windes und das Klappen der Bodenfenster.

»Mutter, kommt der Vater heute nicht?« fragte er. – »Nein, Kind, morgen.« – »Aber warum nicht, Mutter? er hat's doch versprochen.« – »Ach Gott, wenn der alles hielte, was er verspricht! Mach, mach voran, daß du fertig wirst.«

Sie hatten sich kaum niedergelegt, so erhob sich eine Windsbraut, als ob sie das Haus mitnehmen wollte. Die Bettstatt bebte und im Schornstein rasselte es wie ein Kobold. – »Mutter – es pocht draußen!« – »Still, Fritzchen, das ist das lockere Brett im Giebel, das der Wind jagt.« – »Nein, Mutter, an der Tür!« – »Sie schließt nicht; die Klinke ist zerbrochen. Gott, schlaf doch! bring mich nicht um das armselige bißchen Nachtruhe.« – »Aber wenn nun der Vater kommt?« Die Mutter drehte sich heftig im Bett um. – »Den hält der Teufel fest genug!« – »Wo ist der Teufel, Mutter?« – »Wart du Unrast! er steht vor der Tür und will dich holen, wenn du nicht ruhig bist!«

Friedrich ward still; er horchte noch ein Weilchen und schlief dann ein. Nach einigen Stunden erwachte er. Der Wind hatte sich gewendet und zischte jetzt wie eine Schlange durch die Fensterritze an seinem Ohr. Seine Schulter war erstarrt; er kroch tief unters Deckbett und lag aus Furcht ganz still. Nach einer Weile bemerkte er, daß die Mutter auch nicht schlief. Er hörte sie weinen und mitunter: »Gegrüßt seist du, Maria!« und: »bitte für uns arme Sünder!« Die Kügelchen des Rosenkranzes glitten an seinem Gesicht hin. – Ein unwillkürlicher Seufzer entfuhr ihm. – »Friedrich, bist du wach?« – »Ja, Mutter.« – »Kind, bete ein wenig – du kannst ja schon das halbe Vaterunser – daß Gott uns bewahre vor Wasser- und Feuersnot.«

Friedrich dachte an den Teufel, wie der wohl aussehen möge. Das mannigfache Geräusch und Getöse im Hause kam ihm wunderlich vor. Er meinte, es müsse etwas Lebendiges drinnen sein und draußen auch. »Hör, Mutter, gewiß, da sind Leute, die pochen.« – »Ach nein, Kind; aber es ist kein altes Brett im Hause, das nicht klappert.« – »Hör! hörst du nicht? es ruft! Hör doch!«

Die Mutter richtete sich auf; das Toben des Sturms ließ

einen Augenblick nach. Man hörte deutlich an den Fensterladen pochen und mehrere Stimmen: »Margreth! Frau Margreth, heda, aufgemacht!« – Margreth stieß einen heftigen Laut aus: »Da bringen sie mir das Schwein wieder!«

Der Rosenkranz flog klappernd auf den Brettstuhl, die Kleider wurden herbeigerissen. Sie fuhr zum Herde und bald darauf hörte Friedrich sie mit trotzigen Schritten über die Tenne gehen. Margreth kam gar nicht wieder; aber in der Küche war viel Gemurmel und fremde Stimmen. Zweimal kam ein fremder Mann in die Kammer und schien ängstlich etwas zu suchen. Mit einemmale ward eine Lampe hereingebracht. Zwei Männer führten die Mutter. Sie war weiß wie Kreide und hatte die Augen geschlossen. Friedrich meinte, sie sei tot; er erhob ein fürchterliches Geschrei, worauf ihm jemand eine Ohrfeige gab, was ihn zur Ruhe brachte, und nun begriff er nach und nach aus den Reden der Umstehenden, daß der Vater vom Ohm Franz Semmler und dem Hülsmeyer tot im Holze gefunden sei und jetzt in der Küche liege.

Sobald Margreth wieder zur Besinnung kam, suchte sie die fremden Leute los zu werden. Der Bruder blieb bei ihr und Friedrich, dem bei strenger Strafe im Bett zu bleiben geboten war, hörte die ganze Nacht hindurch das Feuer in der Küche knistern und ein Geräusch wie von Hin- und Herrutschen und Bürsten. Gesprochen ward wenig und leise, aber zuweilen drangen Seufzer herüber, die dem Knaben, so jung er war, durch Mark und Bein gingen. Einmal verstand er, daß der Oheim sagte: »Margreth, zieh dir das nicht zu Gemüt; wir wollen jeder drei Messen lesen lassen, und um Ostern gehen wir zusammen eine Bittfahrt zur Muttergottes von Werl.«

Als nach zwei Tagen die Leiche fortgetragen wurde, saß Margreth am Herde, das Gesicht mit der Schürze verhüllend. Nach einigen Minuten, als alles still geworden war, sagte sie in sich hinein: »Zehn Jahre, zehn Kreuze. Wir haben sie doch zusammen getragen, und jetzt bin ich allein!« dann lauter: »Fritzchen, komm her!« – Friedrich kam scheu heran; die Mutter war ihm ganz unheimlich geworden mit den schwarzen Bändern und den verstörten Zügen. »Fritzchen,« sagte sie, »willst du jetzt auch fromm sein, daß ich Freude an dir habe, oder willst du unartig sein und lügen, oder saufen und stehlen?« – »Mutter, Hülsmeyer stiehlt.« – »Hülsmeyer? Gott bewahre! Soll ich dir auf den Rücken kommen? wer sagt dir so schlechtes Zeug?« – »Er hat neulich den Aaron geprügelt und ihm sechs Groschen genommen.« – »Hat er dem Aaron Geld genommen, so hat ihn der verfluchte Jude gewiß zuvor darum betrogen. Hülsmeyer ist ein ordentlicher, angesessener Mann, und die Juden sind alle Schelme.« – »Aber, Mutter, Brandis sagt auch, daß er Holz und Rehe stiehlt.« – »Kind, Brandis ist ein Förster.« – »Mutter, lügen die Förster?«

Margreth schwieg eine Weile; dann sagte sie: »Höre, Fritz, das Holz läßt unser Herrgott frei wachsen und das Wild wechselt aus eines Herren Lande in das andere; die können niemand angehören. Doch das verstehst du noch nicht; jetzt geh in den Schoppen und hole mir Reisig.«

Friedrich hatte seinen Vater auf dem Stroh gesehen, wo er, wie man sagt, blau und fürchterlich ausgesehen haben soll. Aber davon erzählte er nie und schien ungern daran zu denken. Überhaupt hatte die Erinnerung an seinen Vater eine mit Grausen gemischte Zärtlichkeit in ihm zurückgelassen, wie denn nichts so fesselt, wie die Liebe und Sorgfalt eines Wesens, das gegen alles Übrige verhärtet scheint, und bei Friedrich wuchs dieses Gefühl mit den Jahren, durch das Gefühl mancher Zurücksetzung von seiten anderer. Es war ihm äußerst empfindlich, wenn, so lange er Kind war, jemand des Verstorbenen nicht allzu löblich gedachte; ein Kummer, den ihm das Zartgefühl der Nachbarn nicht ersparte. Es ist gewöhnlich in jenen Gegenden, den Verunglückten die Ruhe im Grabe abzusprechen. Der alte Mergel war das Gespenst des Brederholzes geworden; einen Betrunkenen führte er als Irrlicht bei einem Haar in den Zellerkolk (Teich); die Hirtenknaben, wenn sie nachts bei ihren Feuern kauerten und die Eulen in den Gründen schrien, hörten zuweilen in abgebrochenen Tönen ganz deutlich dazwischen sein: »Hör mal an, fein's Lieseken,« und ein unprivilegierter Holzhauer, der unter der breiten Eiche eingeschlafen und dem es darüber Nacht geworden war, hatte beim Erwachen sein geschwollenes blaues Gesicht durch die Zweige lauschen sehen. Friedrich mußte von andern Knaben vieles darüber hören; dann heulte er, schlug um sich, stach auch einmal mit seinem Messerchen und wurde bei dieser Gelegenheit jämmerlich geprügelt. Seitdem trieb er seiner Mutter Kühe allein an das andere Ende des Tales, wo man ihn oft Stunden lang in derselben Stellung im Grase liegen und den Thymian aus dem Boden rupfen sah.

Er war zwölf Jahre alt, als seine Mutter einen Besuch von ihrem jüngern Bruder erhielt, der in Brede wohnte und seit der törichten Heirat seiner Schwester ihre Schwelle nicht betreten hatte. Simon Semmler war ein kleiner, unruhiger, magerer Mann mit vor dem Kopf liegenden Fischaugen und überhaupt einem Gesicht wie ein Hecht, ein unheimlicher Geselle, bei dem dicktuende Verschlossenheit oft mit ebenso gesuchter Treuherzigkeit wechselte, der gern einen aufgeklärten Kopf vorgestellt hätte und statt dessen für einen fatalen, Händel suchenden Kerl galt, dem jeder um so lieber aus dem Wege ging, je mehr er in das Alter trat, wo ohnehin beschränkte Menschen leicht an Ansprüchen gewinnen, was sie an Brauchbarkeit verlieren. Dennoch freute sich die arme Margreth, die sonst keinen der Ihrigen mehr am Leben hatte.

»Simon, bist du da?« sagte sie, und zitterte, daß sie sich am Stuhle halten mußte. »Willst du sehen, wie es mir geht und meinem schmutzigen Jungen?« – Simon betrachtete sie ernst und reichte ihr die Hand: »Du bist alt geworden, Margreth!« – Margreth seufzte: »Es ist mir derweil oft bitterlich gegangen mit allerlei Schicksalen.« – »Ja, Mädchen, zu spät gefreit, hat immer gereut! Jetzt bist du alt und das Kind ist klein. – Jedes Ding hat seine Zeit. Aber wenn ein altes Haus brennt, dann hilft kein Löschen.« – Über Margreths vergrämtes Gesicht flog eine Flamme so rot wie Blut.

»Aber ich höre, dein Junge ist schlau und gewichst,« fuhr Simon fort. – »Ei nun so ziemlich, und dabei fromm.« – »Hum, 's hat mal einer eine Kuh gestohlen, der hieß auch Fromm. Aber er ist still und nachdenklich, nicht wahr? er läuft nicht mit den andern Buben?« – »Er ist ein eigenes Kind,« sagte Margreth wie für sich; »es ist nicht gut.« – Simon lachte hell auf: »Dein Junge ist scheu, weil ihn die andern ein paarmal gut durchgedroschen haben. Das wird ihnen der Bursche schon wieder bezahlen. Hülsmeyer war neulich bei mir; der sagte, es ist ein Junge, wie 'n Reh.«

Welcher Mutter geht das Herz nicht auf, wenn sie ihr Kind loben hört? Der armen Margreth ward selten so wohl, jedermann nannte ihren Jungen tückisch und verschlossen. Die Tränen traten ihr in die Augen. »Ja, Gottlob, er hat gerade Glieder.« – »Wie sieht er aus?« fuhr Simon fort. – »Er hat viel von dir, Simon, viel.«

Simon lachte: »Ei, das muß ein rarer Kerl sein, ich werde alle Tage schöner. An der Schule soll er sich wohl nicht verbrennen. Du läßt ihn die Kühe hüten? Eben so gut. Es ist doch nicht halb wahr, was der Magister sagt. Aber wo hütet er? Im Telgengrund? im Roderholze? im Teutoburger Wald? auch des Nachts und früh?« – »Die ganzen Nächte durch; aber wie meinst du das?«

Simon schien dies zu überhören; er reckte den Hals zur Türe hinaus. »Ei, da kommt der Gesell! Vaterssohn! er schlenkert gerade so mit den Armen wie dein seliger Mann. Und schau mal an! wahrhaftig, der Junge hat meine blonden Haare!«

In der Mutter Züge kam ein heimliches, stolzes Lächeln; ihres Friedrichs blonde Locken und Simons rötliche Bürsten! Ohne zu antworten, brach sie einen Zweig von der nächsten Hecke und ging ihrem Sohne entgegen, scheinbar, eine träge Kuh anzutreiben, im Grunde aber, ihm einige rasche, halbdrohende Worte zuzuraunen; denn sie kannte seine störrische Natur, und Simons Weise war ihr heute einschüchternder vorgekommen als je. Doch ging alles über Erwarten gut; Friedrich zeigte sich weder verstockt, noch frech, vielmehr etwas blöde und sehr bemüht, dem Ohm zu gefallen. So kam es denn dahin, daß nach einer halbstündigen Unterredung Simon eine Art Adoption des Knaben in Vorschlag brachte, vermöge deren er denselben zwar nicht gänzlich seiner Mutter entziehen, aber doch über den größten Teil seiner Zeit verfügen wollte, wofür ihm dann am Ende des alten Junggesellen Erbe zufallen solle, das ihm freilich ohnedies nicht entgehen konnte. Margreth ließ sich geduldig auseinandersetzen, wie groß der Vorteil, wie gering die Entbehrung ihrerseits bei dem Handel sei. Sie wußte am besten, was eine kränkliche Witwe an der Hülfe eines zwölfjährigen Knaben entbehrt, den sie bereits gewöhnt hat, die Stelle einer Tochter zu ersetzen. Doch sie schwieg und gab sich in alles. Nur bat sie den Bruder, streng, doch nicht hart gegen den Knaben zu sein.

»Er ist gut,« sagte sie, »aber ich bin eine einsame Frau; mein Kind ist nicht wie einer, über den Vaterhand regiert hat.« Simon nickte schlau mit dem Kopf: »Laß mich nur gewähren, wir wollen uns schon vertragen, und weißt du was? gib mir den Jungen gleich mit, ich habe zwei Säcke aus der Mühle zu holen; der kleinste ist ihm grad recht, und so lernt er mir zur Hand gehen. Komm, Fritzchen, zieh deine Holzschuh an!« – Und bald sah Margreth den beiden nach, wie sie fortschritten, Simon voran, mit seinem Gesicht die Luft durchschneidend, während ihm die Schöße des roten Rocks wie Feuerflammen nachzogen. So hatte er ziemlich das Ansehen eines feurigen Mannes, der unter dem gestohlenen Sacke büßt; Friedrich ihm nach, fein und schlank für sein Alter, mit zarten, fast edlen Zügen und langen blonden Locken, die besser gepflegt waren, als sein übriges Äußere erwarten ließ; übrigens zerlumpt, sonneverbrannt und mit dem Ausdruck der Vernachlässigung und einer gewissen rohen Melancholie in den Zügen. Dennoch war eine große Familienähnlichkeit beider nicht zu verkennen, und wie Friedrich so langsam seinem Führer nachtrat, die Blicke fest auf denselben geheftet, der ihn gerade durch das Seltsame seiner Erscheinung anzog, erinnerte er unwillkürlich an jemand, der in einem Zauberspiegel das Bild seiner Zukunft mit verstörter Aufmerksamkeit betrachtet.

Jetzt nahten die beiden sich der Stelle des Teutoburger Waldes, wo das Brederholz den Abhang des Gebirges niedersteigt und einen sehr dunkeln Grund ausfüllt. Bis jetzt war wenig gesprochen worden. Simon schien nachdenkend, der Knabe zerstreut, und beide keuchten unter ihren Säken. Plötzlich fragte Simon: »Trinkst du gern Branntwein?« Der Knabe antwortete nicht. »Ich frage, trinkst du gern Branntwein? gibt dir die Mutter zuweilen welchen?« – »Die Mutter hat selbst keinen,« sagte Friedrich. – »So, so, desto besser! – kennst du das Holz da vor uns?« – »Das ist das Brederholz.« – »Weißt du auch, was darin vorgefallen ist?« – Friedrich schwieg. Indessen kamen sie der düstern Schlucht immer näher. »Betet die Mutter noch so viel?« hob Simon wieder an. – »Ja, jeden Abend zwei Rosenkränze.« – »So? und du betest mit?« – Der Knabe lachte halb verlegen mit einem durchtriebenen Seitenblick. – »Die Mutter betet in der Dämmerung vor dem Essen den einen Rosenkranz, dann bin ich meist noch nicht wieder da mit den Kühen, und den andern im Bette, dann schlaf ich gewöhnlich ein.« – »So, so, Geselle!«

Diese letzten Worte wurden unter dem Schirme einer weiten Buche gesprochen, die den Eingang der Schlucht überwölbte. Es war jetzt ganz finster; das erste Mondviertel stand am Himmel, aber seine schwachen Schimmer dienten nur dazu, den Gegenständen, die sie zuweilen durch eine Lücke der Zweige berührten, ein fremdartiges Ansehen zu geben. Friedrich hielt sich dicht hinter seinem Ohm; sein Odem ging schnell, und wer seine Züge hätte unterscheiden können, würde den Ausdruck einer ungeheuren, doch mehr phantastischen als furchtsamen Spannung darin wahrgenommen haben. So schritten beide rüstig voran, Simon mit dem festen Schritt des abgehärteten Wanderers, Friedrich schwankend und wie im Traum. Es kam ihm vor, als ob alles sich bewegte und die Bäume in den einzelnen Mondstrahlen bald zusammen, bald von einander schwankten. Baumwurzeln und schlüpfrige Stellen, wo sich das Wegwasser gesammelt, machten seinen Schritt unsicher; er war einigemale nahe daran, zu fallen. Jetzt schien sich in einiger Entfernung das Dunkel zu brechen, und bald traten beide in eine ziemlich große Lichtung. Der Mond schien klar hinein und zeigte, daß hier noch vor kurzem die Axt unbarmherzig gewütet hatte. Überall ragten Baumstümpfe hervor, manche mehrere Fuß über der Erde, wie sie gerade in der Eile am bequemsten zu durchschneiden gewesen waren; die verpönte Arbeit mußte unversehens unterbrochen worden sein, denn eine Buche lag quer über dem Pfad, in vollem Laube, ihre Zweige hoch über sich streckend und im Nachtwinde mit den noch frischen Blättern zitternd. Simon blieb einen Augenblick stehen und betrachtete den gefällten Stamm mit Aufmerksamkeit. In der Mitte der Lichtung stand eine alte Eiche, mehr breit als hoch; ein blasser Strahl, der durch die Zweige auf ihren Stamm fiel, zeigte, daß er hohl sei, was ihn wahrscheinlich vor der allgemeinen Zerstörung geschützt hatte. Hier ergriff Simon plötzlich des Knaben Arm.

»Friedrich, kennst du den Baum? Das ist die breite Eiche.« – Friedrich fuhr zusammen und klammerte sich mit kalten Händen an seinen Ohm. – »Sieh,« fuhr Simon fort, »hier haben Ohm Franz und der Hülsmeyer deinen Vater gefunden, als er in der Betrunkenheit ohne Buße und Ölung zum Teufel gefahren war.« – »Ohm, Ohm!« keuchte Friedrich. – »Was fällt dir ein? Du wirst dich doch nicht fürchten? Satan von einem Jungen, du kneipst mir den Arm! laß los, los!« – Er suchte den Knaben abzuschütteln. – »Dein Vater war übrigens eine gute Seele; Gott wird's nicht so genau mit ihm nehmen. Ich hatt' ihn so lieb wie meinen eigenen Bruder.« – Friedrich ließ den Arm seines Ohms los; beide legten schweigend den übrigen Teil des Waldes zurück und das Dorf Brede lag vor ihnen, mit seinen Lehmhütten und den einzelnen bessern Wohnungen von Ziegelsteinen, zu denen auch Simons Haus gehörte.

Am nächsten Abend saß Margreth schon seit einer Stunde mit ihrem Rocken vor der Tür und wartete auf ihren Knaben. Es war die erste Nacht, die sie zugebracht hatte, ohne den Atem ihres Kindes neben sich zu hören, und Friedrich kam noch immer nicht. Sie war ärgerlich und ängstlich und wußte, daß sie beides ohne Grund war. Die Uhr im Turm schlug sieben, das Vieh kehrte heim; er war noch immer nicht da und sie mußte aufstehen, um nach den Kühen zu schauen. Als sie wieder in die dunkle Küche trat, stand Friedrich am Herde; er hatte sich vorn übergebeugt und wärmte die Hände an den Kohlen. Der Schein spielte auf seinen Zügen und gab ihnen ein widriges Ansehen von Magerkeit und ängstlichem Zucken. Margreth blieb in der Tennentür stehen, so seltsam verändert kam ihr das Kind vor.

»Friedrich, wie geht's dem Ohm?« – Der Knabe murmelte einige unverständliche Worte und drängte sich dicht an die Feuermauer. – »Friedrich, hast du das Reden verlernt? Junge, tu das Maul auf! Du weißt ja doch, daß ich auf dem rechten Ohr nicht gut höre.« – Das Kind erhob seine Stimme und geriet dermaßen ins Stammeln, daß Margreth es um nichts mehr begriff. – »Was sagst du? einen Gruß von Meister Semmler? wieder fort? wohin? die Kühe sind schon zu Hause. Verfluchter Junge, ich kann dich nicht verstehen. Wart, ich muß einmal sehen, ob du keine Zunge im Munde hast!« – Sie trat heftig einige Schritte vor. Das Kind sah zu ihr auf, mit dem Jammerblick eines armen, halbwüchsigen Hundes, der Schildwacht stehen lernt, und begann in der Angst mit den Füßen zu stampfen und den Rücken an der Feuermauer zu reiben.

Margreth stand still; ihre Blicke wurden ängstlich. Der Knabe erschien ihr wie zusammengeschrumpft, auch seine Kleider waren nicht dieselben, nein, das war ihr Kind nicht! und dennoch – »Friedrich, Friedrich!« rief sie.

In der Schlafkammer klappte eine Schranktür und der Gerufene trat hervor, in der einen Hand eine sogenannte Holzschenvioline, d. h. einen alten Holzschuh, mit drei bis vier zerschabten Geigensaiten überspannt, in der andern einen Bogen, ganz des Instruments würdig. So ging er gerade auf sein verkümmertes Spiegelbild zu, seinerseits mit einer Haltung bewußter Würde und Selbständigkeit, die in diesem Augenblicke den Unterschied zwischen beiden sonst merkwürdig ähnlichen Knaben stark hervortreten ließ.

»Da, Johannes!« sagte er und reichte ihm mit einer Gönnermiene das Kunstwerk; »da ist die Violine, die ich dir versprochen habe. Mein Spielen ist vorbei, ich muß jetzt Geld verdienen.« – Johannes warf noch einmal einen scheuen Blick auf Margreth, streckte dann langsam seine Hand aus, bis er das Dargebotene fest ergriffen hatte, und brachte es wie verstohlen unter die Flügel seines armseligen Jäckchens.

Margreth stand ganz still und ließ die Kinder gewähren. Ihre Gedanken hatten eine andere, sehr ernste Richtung genommen, und sie blickte mit unruhigem Auge von einem auf den andern. Der fremde Knabe hatte sich wieder über die Kohlen gebeugt mit einem Ausdruck augenblicklichen Wohlbehagens, der an Albernheit grenzte, während in Friedrichs Zügen der Wechsel eines offenbar mehr selbstischen als gutmütigen Mitgefühls spielte und sein Auge in fast glasartiger Klarheit zum erstenmale bestimmt den Ausdruck jenes ungebändigten Ehrgeizes und Hanges zum Großtun zeigte, der nachher als so starkes Motiv seiner meisten Handlungen hervortrat. Der Ruf seiner Mutter störte ihn aus Gedanken, die ihm eben so neu als angenehm waren. Sie saß wieder am Spinnrade.

»Friedrich,« sagte sie zögernd, »sag einmal –« und schwieg dann. Friedrich sah auf und wandte sich, da er nichts weiter vernahm, wieder zu seinem Schützling. »Nein, höre –« und dann leiser: »was ist das für ein Junge? wie heißt er?« – Friedrich antwortete eben so leise: »Das ist des Ohms Simon Schweinehirt, der eine Botschaft an den Hülsmeyer hat. Der Ohm hat mir ein paar Schuhe und eine Weste von Drillich gegeben; die hat mir der Junge unterwegs getragen; dafür hab' ich ihm meine Violine versprochen; er ist ja doch ein armes Kind; Johannes heißt er.« – »Nun –?« sagte Margreth. – »Was willst du, Mutter?« – »Wie heißt er weiter?« – »Ja – weiter nicht – oder, warte – doch: Niemand, Johannes Niemand heißt er. – Er hat keinen Vater,« fügte er leiser hinzu.

Margreth stand auf und ging in die Kammer. Nach einer Weile kam sie heraus, mit einem harten, finstern Ausdruck in den Mienen. – »So, Friedrich,« sagte sie, »laß den Jungen gehen, daß er seine Bestellung machen kann. – Junge, was liegst du da in der Asche? hast du zu Hause nichts zu tun?« – Der Knabe raffte sich mit der Miene eines Verfolgten so eilfertig auf, daß ihm alle Glieder im Wege standen und die Holzschenvioline bei einem Haar ins Feuer gefallen wäre.

»Warte, Johannes,« sagte Friedrich stolz, »ich will dir mein halbes Butterbrot geben, es ist mir doch zu groß, die Mutter schneidet allemal übers ganze Brot.« – »Laß doch,« sagte Margreth, »er geht ja nach Hause.« – »Ja, aber er bekommt nichts mehr; Ohm Simon ißt um sieben Uhr.« Margreth wandte sich zu dem Knaben: »Hebt man dir nichts auf? Sprich, wer sorgt für dich?« – »Niemand,« stotterte das Kind. – »Niemand?« wiederholte sie; »da nimm, nimm!« fügte sie heftig hinzu; »du heißt Niemand und Niemand sorgt für dich! Das sei Gott geklagt! Und nun mach dich fort! Friedrich, geh nicht mit ihm, hörst du, geht nicht zusammen durchs Dorf.« – »Ich will ja nur Holz holen aus dem Schuppen,« antwortete Friedrich. – Als beide Knaben fort waren, warf sich Margreth auf einen Stuhl und schlug die Hände mit dem Ausdruck des tiefsten Jammers zusammen. Ihr Gesicht war bleich wie ein Tuch. »Ein falscher Eid, ein falscher Eid!« stöhnte sie. »Simon, Simon, wie willst du vor Gott bestehen!«

So saß sie eine Weile, starr mit geklemmten Lippen, wie in völliger Geistesabwesenheit. Friedrich stand vor ihr und hatte sie schon zweimal angeredet. »Was ist's? was willst du?« rief sie auffahrend. – »Ich bringe Euch Geld,« sagte er, mehr erstaunt als erschreckt. – »Geld? wo?« Sie regte sich und die kleine Münze fiel klingend auf den Boden. Friedrich hob sie auf. »Geld vom Ohm Simon, weil ich ihm habe arbeiten helfen. Ich kann mir nun selber was verdienen.« – »Geld vom Simon? wirf's fort, fort! – nein, gib's den Armen. Doch, nein, behalt's,« flüsterte sie kaum hörbar; »wir sind selber arm. Wer weiß, ob wir bei dem Betteln vorbeikommen!« – »Ich soll Montag wieder zum Ohm und ihm bei der Einsaat helfen.« – »Du wieder zu ihm? nein, nein, nimmermehr!« – Sie umfaßte ihr Kind mit Heftigkeit. – »Doch,« fügte sie hinzu, und ein Tränenstrom stürzte ihr plötzlich über die eingefallenen Wangen; »geh, er ist mein einziger Bruder, und die Verleumdung ist groß! Aber halt Gott vor Augen und vergiß das tägliche Gebet nicht!«

Margreth legte das Gesicht an die Mauer und weinte laut. Sie hatte manche harte Last getragen, ihres Mannes üble Behandlung, noch schwerer seinen Tod, und es war eine bittere Stunde, als die Witwe das letzte Stück Ackerland einem Gläubiger zur Nutznießung überlassen mußte und der Pflug vor ihrem Hause stille stand. Aber so war ihr nie zu Mute gewesen; dennoch, nachdem sie einen Abend durchgeweint, eine Nacht durchwacht hatte, war sie dahin gekommen, zu denken, ihr Bruder Simon könne so gottlos nicht sein, der Knabe gehöre gewiß nicht ihm, Ähnlichkeiten wollen nichts beweisen. Hatte sie doch selbst vor vierzig Jahren ein Schwesterchen verloren, das genau dem fremden Hechelkrämer glich. Was glaubt man nicht gerne, wenn man so wenig hat und durch Unglauben dies wenige verlieren soll!

Von dieser Zeit an war Friedrich selten mehr zu Hause. Simon schien alle wärmern Gefühle, deren er fähig war, dem Schwestersohn zugewendet zu haben; wenigstens vermißte er ihn sehr und ließ nicht nach mit Botschaften, wenn ein häusliches Geschäft ihn auf einige Zeit bei der Mutter hielt. Der Knabe war seitdem wie verwandelt, das träumerische Wesen gänzlich von ihm gewichen, er trat fest auf, fing an, sein Äußeres zu beachten und bald in den Ruf eines hübschen, gewandten Burschen zu kommen. Sein Ohm, der nicht wohl ohne Projekte leben konnte, unternahm mitunter ziemlich bedeutende öffentliche Arbeiten, z. B. beim Wegbau, wobei Friedrich für einen seiner besten Arbeiter und überall als seine rechte Hand galt; denn obgleich dessen Körperkräfte noch nicht ihr volles Maß erreicht hatten, kam ihm doch nicht leicht jemand an Ausdauer gleich. Margreth hatte bisher ihren Sohn nur geliebt, jetzt fing sie an, stolz auf ihn zu werden und sogar eine Art Hochachtung vor ihm zu fühlen, da sie den jungen Menschen so ganz ohne ihr Zutun sich entwickeln sah, sogar ohne ihren Rat, den sie, wie die meisten Menschen, für unschätzbar hielt und deshalb die Fähigkeiten nicht hoch genug anzuschlagen wußte, die eines so kostbaren Förderungsmittels entbehren konnten.

In seinem achtzehnten Jahre hatte Friedrich sich bereits einen bedeutenden Ruf in der jungen Dorfwelt gesichert, durch den Ausgang einer Wette, in Folge deren er einen erlegten Eber über zwei Meilen weit auf seinem Rücken trug, ohne abzusetzen. Indessen war der Mitgenuß des Ruhms auch so ziemlich der einzige Vorteil, den Margreth aus diesen günstigen Umständen zog, da Friedrich immer mehr auf sein Äußeres verwandte und allmählig anfing, es schwer zu verdauen, wenn Geldmangel ihn zwang, irgend jemand im Dorf darin nachzustehen. Zudem waren alle seine Kräfte auf den auswärtigen Erwerb gerichtet; zu Hause schien ihm, ganz im Widerspiel mit seinem sonstigen Rufe, jede anhaltende Beschäftigung lästig, und er unterzog sich lieber einer harten, aber kurzen Anstrengung, die ihm bald erlaubte, seinem frühern Hirtenamte wieder nachzugehen, was bereits begann, seinem Alter unpassend zu werden, und ihm gelegentlichen Spott zuzog, vor dem er sich aber durch ein paar derbe Zurechtweisungen mit der Faust Ruhe verschaffte. So gewöhnte man sich daran, ihn bald geputzt und fröhlich als anerkannten Dorfelegant an der Spitze des jungen Volks zu sehen, bald wieder als zerlumpten Hirtenbuben einsam und träumerisch hinter den Kühen herschleichend, oder in einer Waldlichtung liegend, scheinbar gedankenlos und das Moos von den Bäumen rupfend.

Um diese Zeit wurden die schlummernden Gesetze doch einigermaßen aufgerüttelt durch eine Bande von Holzfrevlern, die unter dem Namen der Blaukittel alle ihre Vorgänger so weit an List und Frechheit übertraf, daß es dem Langmütigsten zu viel werden mußte. Ganz gegen den gewöhnlichen Stand der Dinge, wo man die stärksten Böcke der Herde mit dem Finger bezeichnen konnte, war es hier trotz aller Wachsamkeit bisher nicht möglich gewesen, auch nur ein Individuum namhaft zu machen. Ihre Benennung erhielten sie von der ganz gleichförmigen Tracht, durch die sie das Erkennen erschwerten, wenn etwa ein Förster noch einzelne Nachzügler im Dickicht verschwinden sah. Sie verheerten alles wie die Wanderraupe, ganze Waldstrecken wurden in einer Nacht gefällt und auf der Stelle fortgeschafft, so daß man am andern Morgen nichts fand als Späne und wüste Haufen von Topholz, und der Umstand, daß nie Wagenspuren einem Dorfe zuführten, sondern immer vom Flusse her und dorthin zurück, bewies, daß man unter dem Schutz und vielleicht mit dem Beistande der Schiffeigentümer handelte. In der Bande mußten sehr gewandte Spione sein, denn die Förster konnten Wochen lang umsonst wachen; in der ersten Nacht, gleichviel, ob stürmisch oder mondhell, wo sie vor Übermüdung nachließen, brach die Zerstörung ein. Seltsam war es, daß das Landvolk umher eben so unwissend und gespannt schien, als die Förster selber. Von einigen Dörfern ward mit Bestimmtheit gesagt, daß sie nicht zu den Blaukitteln gehörten, aber keines konnte als dringend verdächtig bezeichnet werden, seit man das verdächtigste von allen, das Dorf B., freisprechen mußte. Ein Zufall hatte dies bewirkt, eine Hochzeit, auf der fast alle Bewohner dieses Dorfes notorisch die Nacht zugebracht hatten, während zu eben dieser Zeit die Blaukittel eine ihrer stärksten Expeditionen ausführten.

Der Schaden in den Forsten war indes allzu groß, deshalb wurden die Maßregeln dagegen auf eine bisher unerhörte Weise gesteigert; Tag und Nacht wurde patrolliert, Ackerknechte, Hausbediente mit Gewehren versehen und den

Forstbeamten zugesellt. Dennoch war der Erfolg nur gering und die Wächter hatten oft kaum das eine Ende des Forstes verlassen, wenn die Blaukittel schon zum andern einzogen. Das währte länger als ein volles Jahr, Wächter und Blaukittel, Blaukittel und Wächter, wie Sonne und Mond, immer abwechselnd im Besitz des Terrains und nie zusammentreffend.

Es war im Juli 1756 früh um drei; der Mond stand klar am Himmel, aber sein Glanz fing an zu ermatten und im Osten zeigte sich bereits ein schmaler gelber Streif, der den Horizont besäumte und den Eingang einer engen Talschlucht wie mit einem Goldbande schloß. Friedrich lag im Grase, nach seiner gewohnten Weise, und schnitzelte an einem Weidenstabe, dessen knotigem Ende er die Gestalt eines ungeschlachten Tieres zu geben versuchte. Er sah übermüdet aus, gähnte, ließ mitunter seinen Kopf an einem verwitterten Stammknorren ruhen und Blicke, dämmeriger als der Horizont, über den mit Gestrüpp und Aufschlag fast verwachsenen Eingang des Grundes streifen. Ein paarmal belebten sich seine Augen und nahmen den ihnen eigentümlichen glasartigen Glanz an, aber gleich nachher schloß er sie wieder halb und gähnte und dehnte sich, wie es nur faulen Hirten erlaubt ist. Sein Hund lag in einiger Entfernung nah bei den Kühen, die unbekümmert um die Forstgesetze eben so oft den jungen Baumspitzen als dem Grase zusprachen und in die frische Morgenluft schnaubten. Aus dem Walde drang von Zeit zu Zeit ein dumpfer, krachender Schall; der Ton hielt nur einige Sekunden an, begleitet von einem langen Echo an den Bergwänden und wiederholte sich etwa alle fünf bis acht Minuten. Friedrich achtete nicht darauf; nur zuweilen, wenn das Getöse ungewöhnlich stark oder anhaltend war, hob er den Kopf und ließ seine Blicke langsam über die verschiedenen Pfade gleiten, die ihren Ausgang in dem Talgrunde fanden.

Es fing bereits stark zu dämmern an; die Vögel begannen leise zu zwitschern und der Tau stieg fühlbar aus dem Grunde. Friedrich war an dem Stamm hinabgeglitten und starrte, die Arme über den Kopf verschlungen in das leise einschleichende Morgenrot. Plötzlich fuhr er auf: über sein Gesicht fuhr ein Blitz, er horchte einige Sekunden mit vorgebeugtem Oberleib wie ein Jagdhund, dem die Luft Witterung zuträgt. Dann schob er schnell zwei Finger in den Mund und pfiff gellend und anhaltend. – »Fidel, du verfluchtes Tier!« – Ein Steinwurf traf die Seite des unbesorgten Hundes, der, vom Schlafe aufgeschreckt, zuerst um sich biß und dann heulend auf drei Beinen dort Trost suchte, von wo das Übel ausgegangen war. In demselben Augenblicke wurden die Zweige eines nahen Gebüsches fast ohne Geräusch zurückgeschoben und ein Mann trat heraus, im grünen Jagdrock, den silbernen Wappenschild am Arm, die gespannte Büchse in der Hand. Er ließ schnell seine Blicke über die Schlucht fahren und sie dann mit besonderer Schärfe auf dem Knaben verweilen, trat dann vor, winkte nach dem Gebüsch, und allmählig wurden sieben bis acht Männer sichtbar, alle in ähnlicher Kleidung, Weidmesser im Gürtel und die gespannten Gewehre in der Hand.

»Friedrich, was war das?« fragte der zuerst Erschienene. – »Ich wollte, daß der Racker auf der Stelle krepierte. Seinetwegen können die Kühe mir die Ohren vom Kopf fressen.« – »Die Canaille hat uns gesehen,« sagte ein anderer. – »Morgen sollst du auf die Reise mit einem Stein am Halse,« fuhr Friedrich fort und stieß nach dem Hunde. »Friedrich, stell dich nicht an wie ein Narr! Du kennst mich und du verstehst mich auch!« – Ein Blick begleitete diese Worte, der schnell wirkte. – »Herr Brandis, denkt an meine Mutter!« – »Das tu ich. Hast du nichts im Walde gehört?« – »Im Walde?« – Der Knabe warf einen raschen Blick auf des Försters Gesicht. – »Eure Holzfäller, sonst nichts.« – »Meine Holzfäller!«

Die ohnehin dunkle Gesichtsfarbe des Försters ging in tiefes Braunrot über. »Wie viele sind ihrer, und wo treiben sie ihr Wesen?« – »Wohin Ihr sie geschickt habt; ich weiß es nicht.« – Brandis wandte sich zu seinen Gefährten: »Geht voran; ich komme gleich nach.«

Als einer nach dem andern im Dickicht verschwunden

war, trat Brandis dicht vor den Knaben: »Friedrich,« sagte er mit dem Ton unterdrückter Wut, »meine Geduld ist zu Ende; ich möchte dich prügeln wie einen Hund, und mehr seid ihr auch nicht wert. Ihr Lumpenpack, dem kein Ziegel auf dem Dach gehört! Bis zum Betteln habt ihr es, Gottlob, bald gebracht, und an meiner Tür soll deine Mutter, die alte Hexe, keine verschimmelte Brotrinde bekommen. Aber vorher sollt ihr mir noch beide ins Hundeloch!«

Friedrich griff krampfhaft nach einem Aste. Er war totenbleich und seine Augen schienen wie Kristallkugeln aus dem Kopfe schießen zu wollen. Doch nur einen Augenblick. Dann kehrte die größte, an Erschlaffung grenzende Ruhe zurück. – »Herr,« sagte er fest, mit fast sanfter Stimme; »Ihr habt gesagt, was Ihr nicht verantworten könnt, und ich vielleicht auch. Wir wollen es gegen einander aufgehen lassen, und nun will ich Euch sagen, was Ihr verlangt. Wenn Ihr die Holzfäller nicht selbst bestellt habt, so müssen es die Blaukittel sein; denn aus dem Dorfe ist kein Wagen gekommen; ich habe den Weg ja vor mir, und vier Wagen sind es. Ich habe sie nicht gesehen, aber den Hohlweg hinauffahren hören.« – Er stockte einen Augenblick. – »Könnt Ihr sagen, daß ich je einen Baum in Eurem Revier gefällt habe? überhaupt, daß ich je anderwärts gehauen habe, als auf Bestellung? Denkt nach, ob Ihr das sagen könnt?«

Ein verlegenes Murmeln war die ganze Antwort des Försters, der nach Art der meisten rauhen Menschen leicht bereute. Er wandte sich unwirsch und schritt dem Gebüsche zu. – »Nein, Herr,« rief Friedrich, »wenn Ihr zu den andern Förstern wollt, die sind dort an der Buche hinaufgegangen.« – »An der Buche?« sagte Brandis zweifelhaft, »nein, dort hinüber, nach dem Mastergrunde.« – »Ich sage Euch, an der Buche; des langen Heinrich Flintenriemen blieb noch am krummen Ast dort hängen; ich hab's ja gesehen!«

Der Förster schlug den bezeichneten Weg ein. Friedrich hatte die ganze Zeit hindurch seine Stellung nicht verlassen, halb liegend, den Arm um einen dürren Ast geschlungen, sah er dem Fortgehenden unverrückt nach, wie er durch den halbverwachsenen Steig glitt, mit den vorsichtigen weiten Schritten seines Metiers, so geräuschlos wie ein Fuchs die Hühnerstiege erklimmt. Hier sank ein Zweig hinter ihm, dort einer; die Umrisse seiner Gestalt schwanden immer mehr. Da blitzte es noch einmal durchs Laub. Es war ein Stahlknopf seines Jagdrocks; nun war er fort. Friedrichs Gesicht hatte während dieses allmähligen Verschwindens den Ausdruck seiner Kälte verloren und seine Züge schienen zuletzt unruhig bewegt. Gereute es ihn vielleicht, den Förster nicht um Verschweigung seiner Angaben gebeten zu haben? Er ging einige Schritte voran, blieb dann stehen. »Es ist zu spät,« sagte er vor sich hin und griff nach seinem Hute. Ein leises Picken im Gebüsche, nicht zwanzig Schritte von ihm. Es war der Förster, der den Flintenstein schärfte. Friedrich horchte. – »Nein!« sagte er dann mit entschlossenem Tone, raffte seine Siebensachen zusammen und trieb das Vieh eilfertig die Schlucht entlang.

Um Mittag saß Frau Margreth am Herd und kochte Tee. – Friedrich war krank heimgekommen, er klagte über heftige Kopfschmerzen und hatte auf ihre besorgte Nachfrage erzählt, wie er sich schwer geärgert über den Förster; kurz den ganzen eben beschriebenen Vorgang, mit Ausnahme einiger Kleinigkeiten, die er besser fand, für sich zu behalten. Margreth sah schweigend und trübe in das siedende Wasser. Sie war es wohl gewohnt, ihren Sohn mitunter klagen zu hören, aber heute kam er ihr so angegriffen vor, wie sonst nie. Sollte wohl eine Krankheit im Anzuge sein? sie seufzte tief und ließ einen eben ergriffenen Holzblock fallen.

»Mutter!« rief Friedrich aus der Kammer. – »Was willst du?« – »War das ein Schuß?« – »Ach nein, ich weiß nicht, was du meinst.« »Es pocht mir wohl nur so im Kopfe,« versetzte er.

Die Nachbarin trat herein und erzählte mit leisem Flüstern irgendeine unbedeutende Klatscherei, die Margreth ohne Teilnahme anhörte. Dann ging sie. – »Mutter!« rief Friedrich. Margreth ging zu ihm hinein. »Was erzählte die Hülsmeyer?« – »Ach gar nichts, Lügen, Wind!« – Friedrich richtete sich auf. – »Von der Gretchen Siemers; du weißt ja wohl die alte Geschichte; und ist doch nichts Wahres dran.« Friedrich legte sich wieder hin. »Ich will sehen, ob ich schlafen kann,« sagte er.

Margreth saß am Herde; sie spann und dachte wenig Erfreuliches. Im Dorfe schlug es halb zwölf; die Türe klinkte und der Gerichtsschreiber Kapp trat herein. – »Guten Tag, Frau Mergel,« sagte er; »könnt Ihr mir einen Trunk Milch geben? ich komme von M.« – Als Frau Mergel das Verlangte brachte, fragte er: »Wo ist Friedrich?« Sie war gerade beschäftigt, einen Teller hervorzulangen und überhörte die Frage. Er trank zögernd und in kurzen Absätzen. »Wißt Ihr wohl,« sagte er dann, »daß die Blaukittel in dieser Nacht wieder im Masterholze eine ganze Strecke so kahl gefegt haben, wie meine Hand?« – »Ei, du frommer Gott!« versetzte sie gleichgültig. »Die Schandbuben,« fuhr der Schreiber fort, »ruinieren alles; wenn sie noch Rücksicht nähmen auf das junge Holz, aber Eichenstämmchen wie mein Arm dick, wo nicht einmal eine Ruderstange drin steckt! Es ist, als ob ihnen andrer Leute Schaden eben so lieb wäre wie ihr Profit!« – »Es ist schade!« sagte Margreth.

Der Amtsschreiber hatte getrunken und ging noch immer nicht. Er schien etwas auf dem Herzen zu haben. »Habt Ihr nichts von Brandis gehört?« fragte er plötzlich. – »Nichts; er kommt niemals hier ins Haus.« – »So wißt Ihr nicht, was ihm begegnet ist?« – »Was denn?« fragte Margreth gespannt. – »Er ist tot!« – »Tot!« rief sie, »was, tot? Um Gotteswillen! er ging ja noch heute morgen ganz gesund hier vorüber mit der Flinte auf dem Rücken!« – »Er ist tot,« wiederholte der Schreiber, sie scharf fixierend; »von den Blaukitteln erschlagen. Vor einer Viertelstunde wurde die Leiche ins Dorf gebracht.« Margreth schlug die Hände zusammen. – »Gott im Himmel, geh nicht mit ihm ins Gericht! er wußte nicht, was er tat!« – »Mit ihm!« rief der Amtsschreiber, »mit dem verfluchten Mörder, meint Ihr?« Aus der Kammer drang ein schweres Stöhnen. Margreth eilte hin und der Schreiber folgte ihr. Friedrich saß aufrecht im Bette, das Gesicht in die

Hände gedrückt und ächzte wie ein Sterbender. – »Friedrich, wie ist dir?« sagte die Mutter. – »Wie ist dir?« wiederholte der Amtsschreiber. – »O mein Leib, mein Kopf!« jammerte er. – »Was fehlt ihm?« – »Ach, Gott weiß es,« versetzte sie; »er ist schon um vier mit den Kühen heimgekommen, weil ihm so übel war. – Friedrich – Friedrich, antworte doch, soll ich zum Doktor?« – »Nein, nein,« ächzte er, »es ist nur Kolik, es wird schon besser.«

Er legte sich zurück; sein Gesicht zuckte krampfhaft vor Schmerz; dann kehrte die Farbe wieder. – »Geht,« sagte er matt; »ich muß schlafen, dann geht's vorüber.« – »Frau Mergel,« sagte der Amtsschreiber ernst, »ist es gewiß, daß Friedrich um vier zu Hause kam und nicht wieder fortging?« – Sie sah ihn starr an. – »Fragt jedes Kind auf der Straße. Und fortgehen? – wollte Gott, er könnt' es!« – »Hat er Euch nichts von Brandis erzählt?« – »In Gottes Namen, ja, daß er ihn im Walde geschimpft und unsere Armut vorgeworfen hat, der Lump! Doch Gott verzeih mir, er ist tot! – Geht!« fuhr sie heftig fort; »seid Ihr gekommen, um ehrliche Leute zu beschimpfen? Geht!« – Sie wandte sich wieder zu ihrem Sohne; der Schreiber ging. – »Friedrich, wie ist dir?« sagte die Mutter; »hast du wohl gehört? schrecklich, schrecklich! Ohne Beichte und Absolution!« – »Mutter, Mutter, um Gotteswillen laß mich schlafen; ich kann nicht mehr!«

In diesem Augenblick trat Johannes Niemand in die Kammer; dünn und lang wie eine Hopfenstange, aber zerlumpt und scheu wie wir ihn vor fünf Jahren gesehen. Sein Gesicht war noch bleicher als gewöhnlich. »Friedrich,« stotterte er, »du sollst sogleich zum Ohm kommen; er hat Arbeit für dich; aber sogleich.« – Friedrich drehte sich gegen die Wand. – »Ich komme nicht,« sagte er barsch, »ich bin krank.« – »Du mußt aber kommen,« keuchte Johannes; »er hat gesagt, ich müßte dich mitbringen.« – Friedrich lachte höhnisch auf: »das will ich doch sehen!« – »Laß ihn in Ruhe, er kann nicht,« seufzte Margreth, »du siehst ja, wie es steht.« – Sie ging auf einige Minuten hinaus; als sie zurückkam, war Friedrich bereits angekleidet. – »Was fällt dir ein?« rief sie,

»du kannst, du sollst nicht gehen!« – »Was sein muß, schickt sich wohl,« versetzte er und war schon zur Türe hinaus mit Johannes. – »Ach Gott,« seufzte die Mutter, »wenn die Kinder klein sind, treten sie uns in den Schoß, und wenn sie groß sind, ins Herz!«

Die gerichtliche Untersuchung hatte ihren Anfang genommen, die Tat lag klar am Tage; über den Täter aber waren die Anzeigen so schwach, daß, obschon alle Umstände die Blaukittel dringend verdächtigten, man doch nicht mehr als Mutmaßungen wagen konnte. *Eine* Spur schien Licht geben zu wollen: doch rechnete man aus Gründen wenig darauf. Die Abwesenheit des Gutsherrn hatte den Gerichtschreiber genötigt, auf eigene Hand die Sache einzuleiten. Er saß am Tische; die Stube war gedrängt voll von Bauern, teils neugierigen, teils solchen, von denen man in Ermangelung eigentlicher Zeugen einigen Aufschluß zu erhalten hoffte. Hirten, die in derselben Nacht gehütet, Knechte, die den Acker in der Nähe bestellt, alle standen stramm und fest, die Hände in den Taschen, gleichsam als stillschweigende Erklärung, daß sie nicht einzuschreiten gesonnen seien. Acht Forstbeamte wurden vernommen. Ihre Aussagen waren völlig gleichlautend: Brandis habe sie am zehnten abends zur Runde bestellt, da ihm von einem Vorhaben der Blaukittel müsse Kunde zugekommen sein; doch habe er sich nur unbestimmt darüber geäußert. Um zwei Uhr in der Nacht seien sie ausgezogen und auf manche Spuren der Zerstörung gestoßen, die den Oberförster sehr übel gestimmt; sonst sei alles still gewesen. Gegen vier Uhr habe Brandis gesagt: »wir sind angeführt, laßt uns heim gehen.« – Als sie nun um den Bremerberg gewendet und zugleich der Wind umgeschlagen, habe man deutlich im Masterholz fällen gehört und aus der schnellen Folge der Schläge geschlossen, daß die Blaukittel am Werk seien. Man habe nun eine Weile beratschlagt, ob es tunlich sei, mit so geringer Macht die kühne Bande anzugreifen, und sich dann ohne bestimmten Entschluß dem Schalle langsam genähert. Nun folgte der Auftritt mit Friedrich. Ferner: nachdem Brandis sie ohne Weisung fortgeschickt, seien sie eine Weile vorangeschritten und dann, als sie bemerkt, daß das Getöse im noch ziemlich weit entfernten Walde gänzlich aufgehört, stille gestanden, um den Oberförster zu erwarten. Die Zögerung habe sie verdrossen, und nach etwa zehn Minuten seien sie weiter gegangen und so bis an den Ort der Verwüstung. Alles sei vorüber gewesen, kein Laut mehr im Walde, von zwanzig gefällten Stämmen noch acht vorhanden, die übrigen bereits fortgeschafft. Es sei ihnen unbegreiflich, wie man dieses ins Werk gestellt, da keine Wagenspuren zu finden gewesen. Auch habe die Dürre der Jahreszeit und der mit Fichtennadeln bestreute Boden keine Fußstapfen unterscheiden lassen, obgleich der Grund ringsumher wie festgestampft war. Da man nun überlegt, daß es zu nichts nützen könne, den Oberförster zu erwarten, sei man rasch der andern Seite des Waldes zugeschritten, in der Hoffnung, vielleicht noch einen Blick von den Frevlern zu erhaschen. Hier habe sich einem von ihnen beim Ausgange des Waldes die Flaschenschnur in Brombeerranken verstrickt, und als er umgeschaut, habe er etwas im Gestrüpp blitzen sehen; es war die Gurtschnalle des Oberförsters, den man nun hinter den Ranken liegend fand, grad ausgestreckt, die rechte Hand um den Flintenlauf geklemmt, die andere geballt und die Stirn von einer Axt gespalten.

Dies waren die Aussagen der Förster; nun kamen die Bauern an die Reihe, aus denen jedoch nichts zu bringen war. Manche behaupteten, um vier Uhr noch zu Hause oder anderswo beschäftigt gewesen zu sein, und keiner wollte etwas bemerkt haben. Was war zu machen? Sie waren sämtlich angesessene, unverdächtige Leute. Man mußte sich mit ihren negativen Zeugnissen begnügen.

Friedrich ward herein gerufen. Er trat ein mit einem Wesen, das sich durchaus nicht von seinem gewöhnlichen unterschied, weder gespannt noch keck. Das Verhör währte ziemlich lange und die Fragen waren mitunter ziemlich schlau gestellt; er beantwortete sie jedoch alle offen und bestimmt und erzählte den Vorgang zwischen ihm und dem

Oberförster ziemlich der Wahrheit gemäß, bis auf das Ende, das er geratener fand, für sich zu behalten. Sein Alibi zur Zeit des Mordes war leicht erwiesen. Der Förster lag am Ausgange des Masterholzes; über dreiviertel Stunden Weges von der Schlucht, in der er Friedrich um vier Uhr angeredet und aus der dieser seine Herde schon zehn Minuten später ins Dorf getrieben. Jedermann hatte dies gesehen; alle anwesenden Bauern beeiferten sich, es zu bezeugen; mit diesem hatte er geredet, jenem zugenickt.

Der Gerichtsschreiber saß unmutig und verlegen da. Plötzlich fuhr er mit der Hand hinter sich und brachte etwas Blinkendes vor Friedrichs Auge. »Wem gehört dies?« – Friedrich sprang drei Schritt zurück. »Herr Jesus! ich dachte Ihr wolltet mir den Schädel einschlagen.« Seine Augen waren rasch über das tödliche Werkzeug gefahren und schienen momentan auf einem ausgebrochenen Splitter am Stiele zu haften. »Ich weiß es nicht,« sagte er fest. – Es war die Axt, die man in dem Schädel des Oberförsters eingeklammert gefunden hatte. – »Sieh sie genau an,« fuhr der Gerichtsschreiber fort. Friedrich faßte sie mit der Hand, besah sie oben, unten, wandte sie um. »Es ist eine Axt wie andere,« sagte er dann und legte sie gleichgültig auf den Tisch. Ein Blutfleck ward sichtbar; er schien zu schaudern, aber er wiederholte noch einmal sehr bestimmt: »Ich kenne sie nicht.« Der Gerichtsschreiber seufzte vor Unmut. Er selbst wußte um nichts mehr, und hatte nur einen Versuch zu möglicher Entdeckung durch Überraschung machen wollen. Es blieb nichts übrig, als das Verhör zu schließen.

Denjenigen, die vielleicht auf den Ausgang dieser Begebenheit gespannt sind, muß ich sagen, daß diese Geschichte nie aufgeklärt wurde, obwohl noch viel dafür geschah und diesem Verhöre mehrere folgten. Den Blaukitteln schien durch das Aufsehen, das der Vorgang gemacht und die darauf folgenden geschärften Maßregeln der Mut genommen; sie waren von nun an wie verschwunden, und obgleich späterhin noch mancher Holzfrevler erwischt wurde, fand man doch nie Anlaß, ihn der berüchtigten Bande zuzuschreiben.

Die Axt lag zwanzig Jahre nachher als unnützes Corpus delicti im Gerichtsarchiv, wo sie wohl noch jetzt ruhen mag mit ihren Rostflecken. Es würde in einer erdichteten Geschichte Unrecht sein, die Neugier des Lesers so zu täuschen. Aber dies alles hat sich wirklich zugetragen; ich kann nichts davon oder dazu tun.

Am nächsten Sonntage stand Friedrich sehr früh auf, um zur Beichte zu gehen. Es war Mariä Himmelfahrt und die Pfarrgeistlichen schon vor Tagesanbruch im Beichtstuhle. Nachdem er sich im Finstern angekleidet, verließ er so geräuschlos wie möglich den engen Verschlag, der ihm in Simons Hause eingeräumt war. In der Küche mußte sein Gebetbuch auf dem Sims liegen und er hoffte, es mit Hülfe des schwachen Mondlichts zu finden; es war nicht da. Er warf die Augen suchend umher und fuhr zusammen; in der Kammertür stand Simon, fast unbekleidet, seine dürre Gestalt, sein ungekämmtes, wirres Haar und die vom Mondschein verursachte Blässe des Gesichts gaben ihm ein schauerlich verändertes Ansehen. »Sollte er nachtwandeln?« dachte Friedrich, und verhielt sich ganz still. – »Friedrich, wohin?« flüsterte der Alte. – »Ohm, seid Ihr's? ich will beichten gehen.« – »Das dacht' ich mir; geh in Gottes Namen, aber beichte wie ein guter Christ.« – »Das will ich,« sagte Friedrich. – »Denk an die zehn Gebote: du sollst kein Zeugnis ablegen gegen deinen Nächsten.« – »Kein falsches!« – »Nein, gar keines; du bist schlecht unterrichtet; wer einen andern in der Beichte anklagt, der empfängt das Sakrament unwürdig.«

Beide schwiegen. – »Ohm, wie kommt Ihr darauf?« sagte Friedrich dann; »Eu'r Gewissen ist nicht rein; Ihr habt mich belogen.« – »Ich? so?« – »Wo ist Eure Axt?« – »Meine Axt? auf der Tenne.« – »Habt Ihr einen neuen Stiel hinein gemacht? wo ist der alte?« – »Den kannst du heute bei Tag im Holzschuppen finden. Geh,« fuhr er verächtlich fort, »ich dachte du seist ein Mann; aber du bist ein altes Weib, das gleich meint, das Haus brennt, wenn ihr Feuertopf raucht. Sieh,« fuhr er fort, »wenn ich mehr von der Geschichte weiß, als der Türpfosten da, so will ich ewig nicht selig werden. – Längst war ich zu Haus,« fügte er hinzu. – Friedrich stand beklemmt und zweifelnd. Er hätte viel darum gegeben, seines Ohms Gesicht sehen zu können. Aber während sie flüsterten, hatte der Himmel sich bewölkt.

»Ich habe schwere Schuld,« seufzte Friedrich, »daß ich ihn den unrechten Weg geschickt – obgleich – doch, dies hab' ich nicht gedacht, nein, gewiß nicht. Ohm, ich habe Euch ein schweres Gewissen zu danken.« – »So geh, beicht!« flüsterte Simon mit bebender Stimme; »verunehre das Sakrament durch Angeberei und setze armen Leuten einen Spion auf den Hals, der schon Wege finden wird, ihnen das Stückchen Brot aus den Zähnen zu reißen, wenn er gleich nicht reden darf – geh!« – Friedrich stand unschlüssig; er hörte ein leises Geräusch; die Wolken verzogen sich, das Mondlicht fiel wieder auf die Kammertür: sie war geschlossen. Friedrich ging an diesem Morgen nicht zur Beichte. –

Der Eindruck, den dieser Vorfall auf Friedrich gemacht, erlosch leider nur zu bald. Wer zweifelt daran, daß Simon alles tat, seinen Adoptivsohn dieselben Wege zu leiten, die er selber ging? Und in Friedrich lagen Eigenschaften, die dies nur zu sehr erleichterten: Leichtsinn, Erregbarkeit, und vor allem ein grenzenloser Hochmut, der nicht immer den Schein verschmähte und dann alles daran setzte, durch Wahrmachung des Usurpierten möglicher Beschämung zu entgehen. Seine Natur war nicht unedel, aber er gewöhnte sich, die innere Schande der äußern vorzuziehen. Man darf nur sagen, er gewöhnte sich zu prunken, während seine Mutter darbte.

Diese unglückliche Wendung seines Charakters war indessen das Werk mehrerer Jahre, in denen man bemerkte, daß Margreth immer stiller über ihren Sohn ward und allmählig in einen Zustand der Verkommenheit versank, den man früher bei ihr für unmöglich gehalten hätte. Sie wurde scheu, saumselig, sogar unordentlich, und manche meinten, ihr Kopf habe gelitten. Friedrich ward desto lauter; er versäumte keine Kirchweih oder Hochzeit, und da ein sehr empfindliches Ehrgefühl ihn die geheime Mißbilligung mancher nicht übersehen ließ, war er gleichsam immer unter Waffen, der öffentlichen Meinung nicht sowohl Trotz zu bieten, als sie den Weg zu leiten, der ihm gefiel. Er war äußerlich ordentlich, nüchtern, anscheinend treuherzig, aber listig, prahlerisch und oft roh, ein Mensch, an dem niemand Freude haben konnte, am wenigsten seine Mutter, und der dennoch durch seine gefürchtete Kühnheit und noch mehr gefürchtete Tücke ein gewisses Übergewicht im Dorfe erlangt hatte, das um so mehr anerkannt wurde, je mehr man sich bewußt war, ihn nicht zu kennen und nicht berechnen zu können, wessen er am Ende fähig sei. Nur ein Bursch im Dorfe, Wilm Hülsmeyer, wagte im Bewußtsein seiner Kraft und guter Verhältnisse ihm die Spitze zu bieten; und da er gewandter in Worten war, als Friedrich, und immer, wenn der Stachel saß, einen Scherz daraus zu machen wußte, so war dies der einzige, mit dem Friedrich ungern zusammentraf.

Vier Jahre waren verflossen; es war im Oktober; der milde Herbst von 1760, der alle Scheunen mit Korn und alle Keller mit Wein füllte, hatte seinen Reichtum auch über diesen Erdwinkel strömen lassen, und man sah mehr Betrunkene, hörte von mehr Schlägereien und dummen Streichen, als je. Überall gab's Lustbarkeiten; der blaue Montag kam in Aufnahme, und wer ein paar Taler erübrigt hatte, wollte gleich eine Frau dazu, die ihm heute essen und morgen hungern helfen könne. Da gab es im Dorfe eine tüchtige, solide Hochzeit, und die Gäste durften mehr erwarten, als eine verstimmte Geige, ein Glas Branntwein und was sie an guter Laune selber mitbrachten. Seit früh war alles auf den Beinen; vor jeder Tür wurden Kleider gelüftet, und B. glich den ganzen Tag einer Trödelbude. Da viele Auswärtige erwartet wurden, wollte jeder gern die Ehre des Dorfes oben halten.

Es war sieben Uhr abends und alles in vollem Gange;

Jubel und Gelächter an allen Enden, die niedern Stuben zum Ersticken angefüllt mit blauen, roten und gelben Gestalten, gleich Pfandställen, in denen eine zu große Herde eingepfercht ist. Auf der Tenne ward getanzt, das heißt, wer zwei Fuß Raum erobert hatte, drehte sich darauf immer rund um und suchte durch Jauchzen zu ersetzen, was an Bewegung fehlte. Das Orchester war glänzend, die erste Geige als anerkannte Künstlerin prädominierend, die zweite und eine große Baßviole mit drei Saiten von Dilettanten ad libitum gestrichen; Branntwein und Kaffee im Überfluß, alle Gäste von Schweiß triefend; kurz, es war ein köstliches Fest. Friedrich stolzierte umher wie ein Hahn, im neuen himmelblauen Rock, und machte sein Recht als erster Elegant geltend. Als auch die Gutsherrschaft anlangte, saß er gerade hinter der Baßgeige und strich die tiefste Saite mit großer Kraft und vielem Anstand.

»Johannes!« rief er gebieterisch, und heran trat sein Schützling von dem Tanzplatze, wo er auch seine ungelenken Beine zu schlenkern und eins zu jauchzen versucht hatte. Friedrich reichte ihm den Bogen, gab durch eine stolze Kopfbewegung seinen Willen zu erkennen und trat zu den Tanzenden. »Nun lustig, Musikanten: den Papen van Istrup!« – Der beliebte Tanz ward gespielt und Friedrich machte Sätze vor den Augen seiner Herrschaft, daß die Kühe an der Tenne die Hörner zurückzogen und Kettengeklirr und Gebrumm an ihren Ständern herlief. Fußhoch über die andern tauchte sein blonder Kopf auf und nieder, wie ein Hecht, der sich im Wasser überschlägt; an allen Enden schrien Mädchen auf, denen er zum Zeichen der Huldigung mit einer raschen Kopfbewegung sein langes Flachshaar ins Gesicht schleuderte.

»Jetzt ist es gut!« sagte er endlich und trat schweißtriefend an den Kredenztisch; »die gnädigen Herrschaften sollen leben und alle die hochadeligen Prinzen und Prinzessinnen, und wer's nicht mittrinkt, den will ich an die Ohren schlagen, daß er die Engel singen hört!« – Ein lautes Vivat beantwortete den galanten Toast. – Friedrich machte seinen

Bückling. – »Nichts für ungut, gnädige Herrschaften; wir sind nur ungelehrte Bauersleute!« In diesem Augenblick erhob sich ein Getümmel am Ende der Tenne, Geschrei, Schelten, Gelächter, alles durcheinander. »Butterdieb, Butterdieb!« riefen ein paar Kinder, und heran drängte sich, oder vielmehr ward geschoben, Johannes Niemand, den Kopf zwischen die Schultern ziehend und mit aller Macht nach dem Ausgange strebend. – »Was ist's? was habt ihr mit unserem Johannes?« rief Friedrich gebieterisch.

»Das sollt Ihr früh genug gewahr werden,« keuchte ein altes Weib mit der Küchenschürze und einem Wischhader in der Hand. – Schande! Johannes, der arme Teufel, dem zu Hause das Schlechteste gut genug sein mußte, hatte versucht, sich ein halbes Pfündchen Butter für die kommende Dürre zu sichern, und ohne daran zu denken, daß er es, sauber in sein Schnupftuch gewickelt, in der Tasche geborgen, war er ans Küchenfeuer getreten und nun rann das Fett schmählich die Rockschöße entlang. Allgemeiner Aufruhr; die Mädchen sprangen zurück, aus Furcht, sich zu beschmutzen, oder stießen den Delinquenten vorwärts. Andere machten Platz, sowohl aus Mitleid als Vorsicht. Aber Friedrich trat vor: »Lumpenhund!« rief er; ein paar derbe Maulschellen trafen den geduldigen Schützling; dann stieß er ihn an die Tür und gab ihm einen tüchtigen Fußtritt mit auf den Weg.

Er kehrte niedergeschlagen zurück; seine Würde war verletzt, das allgemeine Gelächter schnitt ihm durch die Seele, ob er sich gleich durch einen tapfern Juchheschrei wieder in den Gang zu bringen suchte – es wollte nicht mehr recht gehen. Er war im Begriff, sich wieder hinter die Baßviole zu flüchten; doch zuvor noch ein Knalleffekt: er zog seine silberne Taschenuhr hervor, zu jener Zeit ein seltener und kostbarer Schmuck. »Es ist bald zehn,« sagte er. »Jetzt den Brautmenuet! ich will Musik machen.«

»Eine prächtige Uhr!« sagte der Schweinehirt und schob sein Gesicht in ehrfurchtsvoller Neugier vor. – »Was hat sie gekostet?« rief Wilm Hülsmeyer, Friedrichs Nebenbuhler. –

»Willst du sie bezahlen?« fragte Friedrich. – »Hast *du* sie bezahlt?« antwortete Wilm. Friedrich warf einen stolzen Blick auf ihn und griff in schweigender Majestät zum Fidelbogen. – »Nun, nun,« sagte Hülsmeyer, »dergleichen hat man schon erlebt. Du weißt wohl, der Franz Ebel hatte auch eine schöne Uhr, bis der Jude Aaron sie ihm wieder abnahm.« Friedrich antwortete nicht, sondern winkte stolz der ersten Violine, und sie begannen aus Leibeskräften zu streichen.

Die Gutsherrschaft war indessen in die Kammer getreten, wo der Braut von den Nachbarfrauen das Zeichen ihres neuen Standes, die weiße Stirnbinde, umgelegt wurde. Das junge Blut weinte sehr, teils weil es die Sitte so wollte, teils aus wahrer Beklemmung. Sie sollte einem verworrenen Haushalt vorstehen, unter den Augen eines mürrischen alten Mannes, den sie noch obendrein lieben sollte. Er stand neben ihr, durchaus nicht wie der Bräutigam des hohen Liedes, der »in die Kammer tritt wie die Morgensonne.« – »Du hast nun genug geweint,« sagte er verdrießlich; »bedenk, du bist es nicht, die mich glücklich macht, ich mache dich glücklich!« – Sie sah demütig zu ihm auf und schien zu fühlen, daß er recht habe. – Das Geschäft war beendigt; die junge Frau hatte ihrem Manne zugetrunken, junge Spaßvögel hatten durch den Dreifuß geschaut, ob die Binde gerade sitze, und man drängte sich wieder der Tenne zu, von wo unauslöschliches Gelächter und Lärm herüberschallte. Friedrich war nicht mehr dort. Eine große, unerträgliche Schmach hatte ihn getroffen, da der Jude Aaron, ein Schlächter und gelegentlicher Althändler aus dem nächsten Städtchen, plötzlich erschienen war, und nach einem kurzen, unbefriedigenden Zwiegespräch ihn laut vor allen Leuten um den Betrag von zehn Talern für eine schon um Ostern gelieferte Uhr gemahnt hatte. Friedrich war wie vernichtet fortgegangen und der Jude ihm gefolgt, immer schreiend: »O weh mir! warum hab' ich nicht gehört auf vernünftige Leute! Haben sie mir nicht hundertmal gesagt, Ihr hättet all Eu'r Gut am Leibe und kein Brot im Schranke!« – Die Tenne tobte von Gelächter; manche hatten sich auf den Hof nachgedrängt. – »Packt den Juden! wiegt ihn gegen ein Schwein!« riefen einige; andere waren ernst geworden. – »Der Friedrich sah so blaß aus wie ein Tuch,« sagte eine alte Frau, und die Menge teilte sich, wie der Wagen des Gutsherrn in den Hof lenkte.

Herr von S. war auf dem Heimwege verstimmt, die jedesmalige Folge, wenn der Wunsch, seine Popularität aufrecht zu erhalten, ihn bewog, solchen Festen beizuwohnen. Er sah schweigend aus dem Wagen. »Was sind denn das für ein paar Figuren?« – Er deutete auf zwei dunkle Gestalten, die vor dem Wagen rannten wie Strauße. Nun schlüpften sie ins Schloß. – »Auch ein paar selige Schweine aus unserm eigenen Stall!« seufzte Herr von S. Zu Hause angekommen, fand er die Hausflur vom ganzen Dienstpersonal eingenommen, das zwei Kleinknechte umstand, welche sich blaß und atemlos auf der Stiege niedergelassen hatten. Sie behaupteten, von des alten Mergels Geist verfolgt worden zu sein, als sie durchs Brederholz heimkehrten. Zuerst hatte es über ihnen an der Höhe gerauscht und geknistert; darauf hoch in der Luft ein Geklapper wie von aneinander geschlagenen Stöcken; plötzlich ein gellender Schrei und ganz deutlich die Worte: »O weh, meine arme Seele!« hoch von oben herab. Der eine wollte auch glühende Augen durch die Zweige funkeln gesehen haben, und beide waren gelaufen, was ihre Beine vermochten.

»Dummes Zeug!« sagte der Gutsherr verdrießlich und trat in die Kammer, sich umzukleiden. Am andern Morgen wollte die Fontäne im Garten nicht springen, und es fand sich, daß jemand eine Röhre verrückt hatte, augenscheinlich um nach dem Kopfe eines vor vielen Jahren hier verscharrten Pferdegerippes zu suchen, der für ein bewährtes Mittel wider allen Hexen- und Geisterspuk gilt. »Hm,« sagte der Gutsherr, »was die Schelme nicht stehlen, das verderben die Narren.«

Drei Tage später tobte ein furchtbarer Sturm. Es war Mitternacht, aber alles im Schlosse außer dem Bett. Der Gutsherr stand am Fenster und sah besorgt ins Dunkle, nach seinen Feldern hinüber. An den Scheiben flogen Blätter und Zweige her; mitunter fuhr ein Ziegel hinab und schmetterte auf das Pflaster des Hofes. – »Furchtbares Wetter!« sagte Herr von S. Seine Frau sah ängstlich aus. »Ist das Feuer auch gewiß gut verwahrt?« sagte sie; »Gretchen, sieh noch einmal nach, gieß es lieber ganz aus! – Kommt, wir wollen das Evangelium Johannis beten.« Alles kniete nieder und die Hausfrau begann: »Im Anfang war das Wort und das Wort war bei Gott und Gott war das Wort.« Ein furchtbarer Donnerschlag. Alle fuhren zusammen; dann furchtbares Geschrei und Getümmel die Treppe heran. – »Um Gotteswillen! brennt es?« rief Frau von S. und sank mit dem Gesichte auf den Stuhl. Die Türe ward aufgerissen und herein stürzte die Frau des Juden Aaron, bleich wie der Tod, das Haar wild um den Kopf, von Regen triefend. Sie warf sich vor dem Gutsherrn auf die Knie. »Gerechtigkeit!« rief sie, »Gerechtigkeit! mein Mann ist erschlagen!« und sank ohnmächtig zusammen.

Es war nur zu wahr, und die nachfolgende Untersuchung bewies, daß der Jude Aaron durch einen Schlag an die Schläfe mit einem stumpfen Instrumente, wahrscheinlich einem Stabe, sein Leben verloren hatte, durch einen einzigen Schlag. An der linken Schläfe war der blaue Fleck, sonst keine Verletzung zu finden. Die Aussagen der Jüdin und ihres Knechtes Samuel lauteten so: Aaron war vor drei Tagen am Nachmittage ausgegangen, um Vieh zu kaufen, und hatte dabei gesagt, er werde wohl über Nacht ausbleiben, da noch einige böse Schuldner in B. und S. zu mahnen seien. In diesem Falle werde er in B. beim Schlächter Salomon übernachten. Als er am folgenden Tage nicht heimkehrte, war seine Frau sehr besorgt geworden und hatte sich endlich heute um drei nachmittags in Begleitung ihres Knechtes und des großen Schlächterhundes auf den Weg gemacht. Beim Juden Salomon wußte man nichts von Aaron; er war gar nicht da gewesen. Nun waren sie zu allen Bauern gegangen, von denen sie wußten, daß Aaron einen Handel mit ihnen im Auge hatte. Nur zwei hatten ihn gesehen, und zwar an demselben Tage, an welchem er ausgegangen. Es war darüber sehr spät geworden. Die große Angst trieb das Weib nach Haus, wo sie ihren Mann wiederzufinden eine schwache Hoffnung nährte. So waren sie im Brederholz vom Gewitter überfallen worden und hatten unter einer großen, am Berghange stehenden Buche Schutz gesucht; der Hund hatte unterdessen auf eine auffallende Weise umhergestöbert und sich endlich, trotz allem Locken, im Walde verlaufen. Mit einemmale sieht die Frau beim Leuchten des Blitzes etwas Weißes neben sich im Moose. Es ist der Stab ihres Mannes, und fast im selben Augenblicke bricht der Hund durchs Gebüsch und trägt etwas im Maule: es ist der Schuh ihres Mannes. Nicht lange, so ist in einem mit dürrem Laube gefüllten Graben der Leichnam des Juden gefunden. – Dies war die Angabe des Knechtes, von der Frau nur im allgemeinen unterstützt; ihre übergroße Spannung hatte nachgelassen und sie schien jetzt halb verwirrt oder vielmehr stumpfsinnig. – »Aug um Auge, Zahn um Zahn!« dies waren die einzigen Worte, die sie zuweilen hervorstieß.

In derselben Nacht noch wurden die Schützen aufgeboten, um Friedrich zu verhaften. Der Anklage bedurfte es nicht, da Herr von S. selbst Zeuge eines Auftritts gewesen war, der den dringendsten Verdacht auf ihn werfen mußte; zudem die Gespenstergeschichte von jenem Abende, das Aneinanderschlagen der Stäbe im Brederholz, der Schrei aus der Höhe. Da der Amtsschreiber gerade abwesend war, so betrieb Herr von S. selbst alles rascher, als sonst geschehen wäre. Dennoch begann die Dämmerung bereits anzubrechen, bevor die Schützen so geräuschlos wie möglich das Haus der armen Margreth umstellt hatten. Der Gutsherr selber pochte an; es währte kaum eine Minute, bis geöffnet ward und Margreth völlig gekleidet in der Türe erschien. Herr von S. fuhr zurück; er hätte sie fast nicht erkannt, so blaß und steinern sah sie aus.

»Wo ist Friedrich?« fragte er mit unsicherer Stimme. –

»Sucht ihn,« antwortete sie und setzte sich auf einen Stuhl. Der Gutsherr zögerte noch einen Augenblick. »Herein, herein!« sagte er dann barsch; »worauf warten wir?« Man trat in Friedrichs Kammer. Er war nicht da, aber das Bett noch warm. Man stieg auf den Söller, in den Keller, stieß ins Stroh, schaute hinter jedes Faß, sogar in den Backofen; er war nicht da. Einige gingen in den Garten, sahen hinter den Zaun und in die Apfelbäume hinauf; er war nicht zu finden. – »Entwischt!« sagte der Gutsherr mit sehr gemischten Gefühlen: der Anblick der alten Frau wirkte gewaltig auf ihn. »Gebt den Schlüssel zu jenem Koffer.« – Margreth antwortete nicht. – »Gebt den Schlüssel!« wiederholte der Gutsherr, und merkte jetzt erst, daß der Schlüssel steckte. Der Inhalt des Koffers kam zum Vorschein: des Entflohenen gute Sonntagskleider und seiner Mutter ärmlicher Staat; dann zwei Leichenhemden mit schwarzen Bändern, das eine für einen Mann, das andere für eine Frau gemacht. Herr von S. war tief erschüttert. Ganz zu unterst auf dem Boden des Koffers lag die silberne Uhr und einige Schriften von sehr leserlicher Hand, eine derselben von einem Manne unterzeichnet, den man in starkem Verdacht der Verbindung mit den Holzfrevlern hatte. Herr von S. nahm sie mit zur Durchsicht, und man verließ das Haus, ohne daß Margreth ein anderes Lebenszeichen von sich gegeben hätte, als daß sie unaufhörlich die Lippen nagte und mit den Augen zwinkerte.

Im Schlosse angelangt, fand der Gutsherr den Amtsschreiber, der schon am vorigen Abend heimgekommen war und behauptete, die ganze Geschichte verschlafen zu haben, da der gnädige Herr nicht nach ihm geschickt. – »Sie kommen immer zu spät,« sagte Herr von S. verdrießlich. »War denn nicht irgend ein altes Weib im Dorfe, das Ihrer Magd die Sache erzählte? und warum weckte man Sie dann nicht?« – »Gnädiger Herr,« versetzte Kapp, »allerdings hat meine Anne Marie den Handel um eine Stunde früher erfahren als ich; aber sie wußte, daß Ihre Gnaden die Sache selbst leiteten, und dann,« fügte er mit klagender Miene hinzu, »daß ich so todmüde war.« – »Schöne Polizei!« murmelte der Gutsherr, »jede alte Schachtel im Dorf weiß Bescheid, wenn es recht geheim zugehen soll.« Dann fuhr er heftig fort: »Das müßte wahrhaftig ein dummer Teufel von Delinquenten sein, der sich packen ließe!«

Beide schwiegen eine Weile. – »Mein Fuhrmann hatte sich in der Nacht verirrt,« hob der Amtsschreiber wieder an; »über eine Stunde lang hielten wir im Walde; es war ein Mordwetter; ich dachte, der Wind werde den Wagen umreißen. Endlich, als der Regen nachließ, fuhren wir in Gottes Namen darauf los, immer in das Zellerfeld hinein, ohne eine Hand vor den Augen zu sehen. Da sagte der Kutscher: wenn wir nur nicht den Steinbrüchen zu nahe kommen! Mir war selbst bange; ich ließ halten und schlug Feuer, um wenigstens etwas Unterhaltung an meiner Pfeife zu haben. Mit einemmale hörten wir ganz nah, perpendikulär unter uns die Glocke schlagen. Ew. Gnaden mögen glauben, daß mir fatal zu Mut wurde. Ich sprang aus dem Wagen, denn seinen eigenen Beinen kann man trauen, aber denen der Pferde nicht. So stand ich, in Kot und Regen, ohne mich zu rühren, bis es Gottlob sehr bald anfing zu dämmern. Und wo hielten wir? dicht an der Heerser Tiefe und den Turm von Heerse gerade unter uns. Wären wir noch zwanzig Schritt weiter gefahren, wir wären alle Kinder des Todes gewesen.« – »Das war in der Tat kein Spaß,« versetzte der Gutsherr, halb versöhnt.

Er hatte unterdessen die mitgenommenen Papiere durchgesehen. Es waren Mahnbriefe um geliehene Gelder, die meisten von Wucherern. »Ich hätte nicht gedacht,« murmelte er, »daß die Mergels so tief drin steckten.« – »Ja, und daß es so an den Tag kommen muß,« versetzte Kapp; »das wird kein kleiner Ärger für Frau Margreth sein.« – »Ach Gott, die denkt jetzt daran nicht!« – Mit diesen Worten stand der Gutsherr auf und verließ das Zimmer, um mit Herrn Kapp die gerichtliche Leichenschau vorzunehmen. – Die Untersuchung war kurz, gewaltsamer Tod erwiesen, der vermutliche Täter entflohen, die Anzeigen gegen ihn zwar gravierend, doch ohne persönliches Geständnis nicht beweisend, seine Flucht allerdings sehr verdächtig. So mußte die gerichtliche Verhandlung ohne genügenden Erfolg geschlossen werden.

Die Juden der Umgegend hatten großen Anteil gezeigt. Das Haus der Witwe ward nie leer von Jammernden und Ratenden. Seit Menschengedenken waren nicht so viel Juden beisammen in L. gesehen worden. Durch den Mord ihres Glaubensgenossen aufs äußerste erbittert, hatten sie weder Mühe noch Geld gespart, dem Täter auf die Spur zu kommen. Man weiß sogar, daß einer derselben, gemeinhin der Wucherjoel genannt, einem seiner Kunden, der ihm mehrere Hunderte schuldete und den er für einen besonders listigen Kerl hielt, Erlaß der ganzen Summe angeboten hatte, falls er ihm zur Verhaftung des Mergel verhelfen wolle; denn der Glaube war allgemein unter den Juden, daß der Täter nur mit guter Beihülfe entwischt und wahrscheinlich noch in der Umgegend sei. Als dennoch alles nichts half und die gerichtliche Verhandlung für beendet erklärt worden war, erschien am nächsten Morgen eine Anzahl der angesehensten Israeliten im Schlosse, um dem gnädigen Herrn einen Handel anzutragen. Der Gegenstand war die Buche, unter der Aarons Stab gefunden und wo der Mord wahrscheinlich verübt worden war. – »Wollt ihr sie fällen? so mitten im vollen Laube?« fragte der Gutsherr. – »Nein, Ihro Gnaden, sie muß stehen bleiben im Winter und Sommer, so lange ein Span daran ist.« – »Aber wenn ich nun den Wald hauen lasse, so schadet es dem jungen Aufschlag.« – »Wollen wir sie doch nicht um gewöhnlichen Preis.« Sie boten 200 Taler. Der Handel ward geschlossen und allen Förstern streng eingeschärft, die Judenbuche auf keine Weise zu schädigen. Darauf sah man an einem Abende wohl gegen sechzig Juden, ihren Rabbiner an der Spitze, in das Brederholz ziehen, alle schweigend und mit gesenkten Augen. Sie blieben über eine Stunde im Walde und kehrten dann eben so ernst und feierlich zurück, durch das Dorf B. bis in das Zellerfeld, wo sie sich zerstreuten und jeder seines Weges ging. Am nächsten Morgen stand an der Buche mit dem Beil eingehauen:

אם תעמוד במקום הזה יפגע בך כאשר אתה עשית לי

Und wo war Friedrich? Ohne Zweifel fort, weit genug, um die kurzen Arme einer so schwachen Polizei nicht mehr fürchten zu dürfen. Er war bald verschollen, vergessen. Ohm Simon redete selten von ihm, und dann schlecht; die Judenfrau tröstete sich am Ende und nahm einen andern Mann. Nur die arme Margreth blieb ungetröstet.

Etwa ein halbes Jahr nachher las der Gutsherr einige eben erhaltene Briefe in Gegenwart des Amtsschreibers. – »Sonderbar, sonderbar!« sagte er. »Denken Sie sich, Kapp, der Mergel ist vielleicht unschuldig an dem Morde. So eben schreibt mir der Präsident des Gerichtes zu P.: ›Le vrai n'est pas toujours vraisemblable; das erfahre ich oft in meinem Berufe und jetzt neuerdings. Wissen Sie wohl, daß Ihr lieber Getreuer, Friedrich Mergel, den Juden mag eben so wenig erschlagen haben, als ich oder Sie? Leider fehlen die Beweise, aber die Wahrscheinlichkeit ist groß. Ein Mitglied der Schlemmingschen Bande (die wir jetzt, nebenbei gesagt, größtenteils unter Schloß und Riegel haben), Lumpenmoises genannt, hat im letzten Verhöre ausgesagt, daß ihn nichts so sehr gereue, als der Mord eines Glaubensgenossen, Aaron, den er im Walde erschlagen und doch nur sechs Groschen bei ihm gefunden habe. Leider ward das Verhör durch die Mittagsstunde unterbrochen, und während wir tafelten, hat sich der Hund von einem Juden an seinem Strumpfband erhängt. Was sagen Sie dazu? Aaron ist zwar ein verbreiteter Name u.s.w.‹« – »Was sagen Sie dazu?« wiederholte der Gutsherr; »und weshalb wäre der Esel von einem Burschen denn gelaufen?« – Der Amtsschreiber dachte nach. – »Nun, vielleicht der Holzfrevel wegen, mit denen wir ja gerade in Untersuchung waren. Heißt es nicht: der Böse läuft vor seinem eigenen Schatten? Mergels Gewissen war schmutzig genug auch ohne diesen Flecken.«

Dabei beruhigte man sich. Friedrich war hin, verschwunden und – Johannes Niemand, der arme, unbeachtete Johannes, am gleichen Tage mit ihm.

Eine schöne, lange Zeit war verflossen, achtundzwanzig Jahre, fast die Hälfte eines Menschenlebens; der Gutsherr war sehr alt und grau geworden, sein gutmütiger Gehülfe Kapp längst begraben. Menschen, Tiere und Pflanzen waren entstanden, gereift, vergangen, nur Schloß B. sah immer gleich grau und vornehm auf die Hütten herab, die wie alte hektische Leute immer fallen zu wollen schienen und immer standen. Es war am Vorabende des Weihnachtsfestes, den 24sten Dezember 1788. Tiefer Schnee lag in den Hohlwegen, wohl an zwölf Fuß hoch, und eine durchdringende Frostluft machte die Fensterscheiben in der geheizten Stube gefrieren. Mitternacht war nahe, dennoch flimmerten überall matte Lichtchen aus den Schneehügeln, und in jedem Hause lagen die Einwohner auf den Knien, um den Eintritt des heiligen Christfestes mit Gebet zu erwarten, wie dies in katholischen Ländern Sitte ist, oder wenigstens damals allgemein war. Da bewegte sich von der Breder Höhe herab eine Gestalt langsam gegen das Dorf; der Wanderer schien sehr matt oder krank; er stöhnte schwer und schleppte sich äußerst mühsam durch den Schnee.

An der Mitte des Hanges stand er still, lehnte sich auf seinen Krückenstab und starrte unverwandt auf die Lichtpunkte. Es war so still überall, so tot und kalt; man mußte an Irrlichter auf Kirchhöfen denken. Nun schlug es zwölf im Turm; der letzte Schlag verdröhnte langsam und im nächsten Hause erhob sich ein leiser Gesang, der, von Hause zu Hause schwellend, sich über das ganze Dorf zog:

Ein Kindelein so löbelich
Ist uns geboren heute,
Von einer Jungfrau säuberlich,
Des freu'n sich alle Leute;
Und wär das Kindelein nicht gebor'n,
So wären wir alle zusammen verlor'n:

Das Heil ist unser aller.
O du mein liebster Jesu Christ,
Der du als Mensch geboren bist,
Erlös uns von der Hölle!

Der Mann am Hange war in die Knie gesunken und versuchte mit zitternder Stimme einzufallen; es ward nur ein lautes Schluchzen daraus, und schwere, heiße Tropfen fielen in den Schnee. Die zweite Strophe begann; er betete leise mit; dann die dritte und vierte. Das Lied war geendigt und die Lichter in den Häusern begannen sich zu bewegen. Da richtete der Mann sich mühselig auf und schlich langsam hinab in das Dorf. An mehreren Häusern keuchte er vorüber, dann stand er vor einem still und pochte leise an.

»Was ist denn das?« sagte drinnen eine Frauenstimme; »die Türe klappert und der Wind geht doch nicht.« – Er pochte stärker: »Um Gotteswillen, laßt einen halberfrorenen Menschen ein, der aus der türkischen Sklaverei kommt!« – Geflüster in der Küche. »Geht ins Wirtshaus,« antwortete eine andere Stimme, »das fünfte Haus von hier!« – »Um Gottes Barmherzigkeit willen, laßt mich ein! ich habe kein Geld.« – Nach einigem Zögern ward die Tür geöffnet und ein Mann leuchtete mit der Lampe hinaus. – »Kommt nur herein!« sagte er dann, »Ihr werdet uns den Hals nicht abschneiden.«

In der Küche befanden sich außer dem Manne eine Frau in den mittlern Jahren, eine alte Mutter und fünf Kinder. Alle drängten sich um den Eintretenden her und musterten ihn mit scheuer Neugier. Eine armselige Figur! mit schiefem Halse, gekrümmtem Rücken, die ganze Gestalt gebrochen und kraftlos; langes, schneeweißes Haar hing um sein Gesicht, das den verzogenen Ausdruck langen Leidens trug. Die Frau ging schweigend an den Herd und legte frisches Reisig zu. – »Ein Bett können wir Euch nicht geben,« sagte sie; »aber ich will hier eine gute Streu machen; Ihr müßt Euch schon so behelfen.« – »Gott's Lohn!« versetzte der Fremde; »ich bin's wohl schlechter gewohnt.« – Der Heimgekehrte ward als Johannes Niemand erkannt, und er selbst bestätigte, daß er derselbe sei, der einst mit Friedrich Mergel entflohen.

Das Dorf war am folgenden Tage voll von den Abenteuern des so lange Verschollenen. Jeder wollte den Mann aus der Türkei sehen, und man wunderte sich beinahe, daß er noch aussehe wie andere Menschen. Das junge Volk hatte zwar keine Erinnerungen von ihm, aber die Alten fanden seine Züge noch ganz wohl heraus, so erbärmlich entstellt er auch war. »Johannes, Johannes, was seid Ihr grau geworden!« sagte eine alte Frau. »Und woher habt Ihr den schiefen Hals?« – »Vom Holz- und Wassertragen in der Sklaverei,« versetzte er. – »Und was ist aus Mergel geworden? Ihr seid doch zusammen fortgelaufen?« – »Freilich wohl; aber ich weiß nicht, wo er ist, wir sind von einander gekommen. Wenn Ihr an ihn denkt, betet für ihn,« fügte er hinzu, »er wird es wohl nötig haben.«

Man fragte ihn, warum Friedrich sich denn aus dem Staube gemacht, da er den Juden doch nicht erschlagen? – »Nicht?« sagte Johannes und horchte gespannt auf, als man ihm erzählte, was der Gutsherr geflissentlich verbreitet hatte, um den Fleck von Mergels Namen zu löschen. »Also ganz umsonst,« sagte er nachdenkend, »ganz umsonst so viel ausgestanden!« Er seufzte tief und fragte nun seinerseits nach manchem. Simon war lange tot, aber zuvor noch ganz verarmt, durch Prozesse und böse Schuldner, die er nicht gerichtlich belangen durfte, weil es, wie man sagte, zwischen ihnen keine reine Sache war. Er hatte zuletzt Bettelbrot gegessen und war in einem fremden Schuppen auf dem Stroh gestorben. Margreth hatte länger gelebt, aber in völliger Geistesdumpfheit. Die Leute im Dorf waren es bald müde geworden, ihr beizustehen, da sie alles verkommen ließ, was man ihr gab, wie es denn die Art der Menschen ist, gerade die Hülflosesten zu verlassen, solche, bei denen der Beistand nicht nachhaltig wirkt und die der Hülfe immer gleich bedürftig bleiben. Dennoch hatte sie nicht eigentlich Not gelitten; die Gutsherrschaft sorgte sehr für sie, schickte ihr täglich das Essen und ließ ihr auch ärztliche Behandlung zukommen, als ihr kümmerlicher Zustand in völlige Abzehrung übergegangen war. In ihrem Hause wohnte jetzt der Sohn des ehemaligen Schweinehirten, der an jenem unglücklichen Abende Friedrichs Uhr so sehr bewundert hatte. – »Alles hin, alles tot!« seufzte Johannes.

Am Abend, als es dunkel geworden war und der Mond schien, sah man ihn im Schnee auf dem Kirchhofe umherhumpeln; er betete bei keinem Grabe, ging auch an keines dicht hinan, aber auf einige schien er aus der Ferne starre Blicke zu heften. So fand ihn der Förster Brandis, der Sohn des Erschlagenen, den die Gutsherrschaft abgeschickt hatte, ihn ins Schloß zu holen.

Beim Eintritt in das Wohnzimmer sah er scheu umher, wie vom Licht geblendet, und dann auf den Baron, der sehr zusammengefallen in seinem Lehnstuhl saß, aber noch immer mit den hellen Augen und dem roten Käppchen auf dem Kopfe wie vor achtundzwanzig Jahren; neben ihm die gnädige Frau, auch alt, sehr alt geworden.

»Nun, Johannes,« sagte der Gutsherr, »erzähl mir einmal recht ordentlich von deinen Abenteuern. Aber,« er musterte ihn durch die Brille, »du bist ja erbärmlich mitgenommen in der Türkei!« – Johannes begann: wie Mergel ihn nachts von der Herde abgerufen und gesagt, er müsse mit ihm fort. – »Aber warum lief der dumme Junge denn? du weißt doch, daß er unschuldig war?« – Johannes sah vor sich nieder: »Ich weiß nicht recht, mich dünkt, es war wegen Holzgeschichten. Simon hatte so allerlei Geschäfte; mir sagte man nichts davon, aber ich glaube nicht, daß alles war, wie es sein sollte.« – »Was hat denn Friedrich dir gesagt?« – »Nichts, als daß wir laufen müßten, sie wären hinter uns her. So liefen wir bis Heerse; da war es noch dunkel und wir versteckten uns hinter das große Kreuz am Kirchhofe, bis es etwas heller würde, weil wir uns vor den Steinbrüchen am Zellerfelde fürchteten; und wie wir eine Weile gesessen hatten, hörten wir mit einemmale über uns schnauben und stampfen und sahen lange Feuerstrahlen in der Luft gerade über dem

Heerser Kirchturm. Wir sprangen auf und liefen, was wir konnten in Gottes Namen gerade aus, und wie es dämmerte, waren wir wirklich auf dem rechten Wege nach P.«

Johannes schien noch vor der Erinnerung zu schaudern, und der Gutsherr dachte an seinen seligen Kapp und dessen Abenteuer am Heerser Hange. – »Sonderbar!« lachte er, »so nah wart ihr einander! aber fahr fort.« – Johannes erzählte nun, wie sie glücklich durch P. und über die Grenze gekommen. Von da an hatten sie sich als wandernde Handwerksbursche durchgebettelt bis Freiburg im Breisgau. »Ich hatte meinen Brotsack bei mir,« sagte er, »und Friedrich ein Bündelchen; so glaubte man uns.« – In Freiburg hatten sie sich von den Österreichern anwerben lassen: ihn hatte man nicht gewollt, aber Friedrich bestand darauf. So kam er unter den Train. »Den Winter über blieben wir in Freiburg,« fuhr er fort, »und es ging uns ziemlich gut; mir auch, weil Friedrich mich oft erinnerte und mir half, wenn ich etwas verkehrt machte. Im Frühling mußten wir marschieren, nach Ungarn, und im Herbst ging der Krieg mit den Türken los. Ich kann nicht viel davon nachsagen, denn ich wurde gleich in der ersten Affäre gefangen und bin seitdem sechsundzwanzig Jahre in der türkischen Sklaverei gewesen!« – »Gott im Himmel! das ist doch schrecklich!« sagte Frau von S. – »Schlimm genug; die Türken halten uns Christen nicht besser als Hunde; das Schlimmste war, daß meine Kräfte unter der harten Arbeit vergingen; ich ward auch älter und sollte noch immer tun wie vor Jahren.«

Er schwieg eine Weile. »Ja,« sagte er dann, »es ging über Menschenkräfte und Menschengeduld; ich hielt es auch nicht aus. – Von da kam ich auf ein holländisches Schiff.« – »Wie kamst du denn dahin?« fragte der Gutsherr. – »Sie fischten mich auf, aus dem Bosporus,« versetzte Johannes. Der Baron sah ihn befremdet an und hob den Finger warnend auf; aber Johannes erzählte weiter. Auf dem Schiffe war es ihm nicht viel besser gegangen. »Der Skorbut riß ein; wer nicht ganz elend war, mußte über Macht arbeiten, und das Schiffstau regierte eben so streng wie die türkische Peitsche. Endlich,« schloß er, »als wir nach Holland kamen, nach Amsterdam, ließ man mich frei, weil ich unbrauchbar war, und der Kaufmann, dem das Schiff gehörte, hatte auch Mitleiden mit mir und wollte mich zu seinem Pförtner machen. Aber – « er schüttelte den Kopf – »ich bettelte mich lieber durch bis hierher.« – »Das war dumm genug,« sagte der Gutsherr. – Johannes seufzte tief: »O Herr, ich habe mein Leben zwischen Türken und Ketzern zubringen müssen, soll ich nicht wenigstens auf einem katholischen Kirchhofe liegen?« Der Gutsherr hatte seine Börse gezogen: »Da, Johannes, nun geh und komm bald wieder. Du mußt mir das alles noch ausführlicher erzählen; heute ging es etwas konfus durcheinander. Du bist wohl noch sehr müde?« – »Sehr müde,« versetzte Johannes; »und,« er deutete auf seine Stirn, »meine Gedanken sind zuweilen so kurios, ich kann nicht recht sagen, wie es so ist.« – »Ich weiß schon,« sagte der Baron, »von alter Zeit her. Jetzt geh. Hülsmeyers behalten dich wohl noch die Nacht über, morgen komm wieder.«

Herr von S. hatte das innigste Mitleiden mit dem armen Schelm; bis zum folgenden Tage war überlegt worden, wo man ihn einmieten könne; essen sollte er täglich im Schlosse, und für Kleidung fand sich auch wohl Rat. »Herr,« sagte Johannes, »ich kann auch noch wohl etwas tun; ich kann hölzerne Löffel machen, und Ihr könnt mich auch als Boten schicken.« Herr von S. schüttelte mitleidig den Kopf: »Das würde doch nicht sonderlich ausfallen.« – »O doch Herr, wenn ich erst im Gange bin – es geht nicht schnell, aber hin komme ich doch, und es wird mir auch nicht so sauer, wie man denken sollte.« – »Nun,« sagte der Baron zweifelnd, »willst du's versuchen? hier ist ein Brief nach P. Es hat keine sonderliche Eile.«

Am folgenden Tage bezog Johannes sein Kämmerchen bei einer Witwe im Dorfe. Er schnitzelte Löffel, aß auf dem Schlosse und machte Botengänge für den gnädigen Herrn. Im Ganzen ging's ihm leidlich; die Herrschaft war sehr gütig, und Herr von S. unterhielt sich oft lange mit ihm über die Türkei, den österreichischen Dienst und die See. – »Der Johannes könnte viel erzählen,« sagte er zu seiner Frau, »wenn er nicht so grundeinfältig wäre.« – »Mehr tiefsinnig als einfältig,« versetzte sie; »ich fürchte immer, er schnappt noch über.« – »Ei bewahre!« antwortete der Baron, »er war sein Lebenlang ein Simpel; simple Leute werden nie verrückt.«

Nach einiger Zeit blieb Johannes auf einem Botengange über Gebühr lange aus. Die gute Frau von S. war sehr besorgt um ihn und wollte schon Leute aussenden, als man ihn die Treppe heraufstelzen hörte. – »Du bist lange ausgeblieben, Johannes,« sagte sie; »ich dachte schon, du hättest dich im Brederholz verirrt.« – »Ich bin durch den Föhrengrund gegangen.« – »Das ist ja ein weiter Umweg; warum gingst du nicht durchs Brederholz?« – Er sah trübe zu ihr auf: »Die Leute sagten mir, der Wald sei gefällt, und jetzt seien so viele Kreuz- und Querwege darin, da fürchtete ich, nicht wieder hinauszukommen. Ich werde alt und duselig,« fügte er langsam hinzu. – »Sahst du wohl,« sagte Frau von S. nachher zu ihrem Manne, »wie wunderlich und quer er aus den Augen sah? Ich sage dir, Ernst, das nimmt noch ein schlimmes Ende.«

Indessen nahte der September heran. Die Felder waren leer, das Laub begann abzufallen und mancher Hektische fühlte die Schere an seinem Lebensfaden. Auch Johannes schien unter dem Einflusse des nahen Äquinoktiums zu leiden; die ihn in diesen Tagen sahen, sagen, er habe auffallend verstört ausgesehen und unaufhörlich leise mit sich selber geredet, was er auch sonst mitunter tat, aber selten. Endlich kam er eines Abends nicht nach Hause. Man dachte, die Herrschaft habe ihn verschickt, am zweiten auch nicht, am dritten Tage ward seine Hausfrau ängstlich. Sie ging ins Schloß und fragte nach. – »Gott bewahre,« sagte der Gutsherr, »ich weiß nichts von ihm; aber geschwind den Jäger gerufen und Försters Wilhelm! Wenn der armselige Krüppel,« setzte er bewegt hinzu, »auch nur in einen trockenen Graben gefallen ist, so kann er nicht wieder heraus. Wer weiß, ob er nicht gar eines von seinen schiefen Beinen gebrochen hat! – Nehmt die Hunde mit,« rief er den abziehenden Jägern nach, »und sucht vor allem in den Gräben; seht in die Steinbrüche!« rief er lauter.

Die Jäger kehrten nach einigen Stunden heim; sie hatten keine Spur gefunden. Herr von S. war in großer Unruhe: »Wenn ich mir denke, daß einer so liegen muß wie ein Stein, und kann sich nicht helfen! Aber er kann noch leben; drei Tage hält's ein Mensch wohl ohne Nahrung aus.« – Er machte sich selbst auf den Weg; in allen Häusern wurde nachgefragt, überall in die Hörner geblasen, gerufen, die Hunde zum Suchen angehetzt – umsonst! – Ein Kind hatte ihn gesehen, wie er am Rande des Brederholzes saß und an einem Löffel schnitzelte; »er schnitt ihn aber ganz entzwei,« sagte das kleine Mädchen. Das war vor zwei Tagen gewesen. Nachmittags fand sich wieder eine Spur: abermals ein Kind, das ihn an der andern Seite des Waldes bemerkt hatte, wo er im Gebüsch gesessen, das Gesicht auf den Knien, als ob er schliefe. Das war noch am vorigen Tage. Es schien, er hatte sich immer um das Brederholz herumgetrieben.

»Wenn nur das verdammte Buschwerk nicht so dicht wäre! da kann keine Seele hindurch,« sagte der Gutsherr. Man trieb die Hunde in den jungen Schlag; man blies und hallohte und kehrte endlich mißvergnügt heim, als man sich überzeugt, daß die Tiere den ganzen Wald abgesucht hatten. – »Laßt nicht nach! laßt nicht nach!« bat Frau von S.; »besser ein paar Schritte umsonst, als daß etwas versäumt wird.« – Der Baron war fast ebenso beängstigt wie sie. Seine Unruhe trieb ihn sogar nach Johannes' Wohnung, obwohl er sicher war, ihn dort nicht zu finden. Er ließ sich die Kammer des Verschollenen aufschließen. Da stand sein Bett noch ungemacht, wie er es verlassen hatte; dort hing sein guter Rock, den ihm die gnädige Frau aus dem alten Jagdkleide des Herrn hatte machen lassen; auf dem Tische ein Napf, sechs neue hölzerne Löffel und eine Schachtel. Der Gutsherr öffnete sie; fünf Groschen lagen darin, sauber in Papier gewikkelt, und vier silberne Westenknöpfe; der Gutsherr betrachtete sie aufmerksam. »Ein Andenken von Mergel,« murmelte er und trat hinaus, denn ihm ward ganz beengt in dem dumpfen, engen Kämmerchen. Die Nachsuchungen wurden fortgesetzt, bis man sich überzeugt hatte, Johannes sei nicht mehr in der Gegend, wenigstens nicht lebendig. So war er denn zum zweitenmal verschwunden; ob man ihn wiederfinden würde – vielleicht einmal nach Jahren seine Knochen in einem trockenen Graben? Ihn lebend wieder zu sehen, dazu war wenig Hoffnung, und jedenfalls nach achtundzwanzig Jahren gewiß nicht.

Vierzehn Tage später kehrte der junge Brandis morgens von einer Besichtigung seines Reviers durch das Brederholz heim. Es war ein für die Jahreszeit ungewöhnlich heißer Tag; die Luft zitterte, kein Vogel sang, nur die Raben krächzten langweilig aus den Ästen und hielten ihre offenen Schnäbel der Luft entgegen. Brandis war sehr ermüdet. Bald nahm er seine von der Sonne durchglühte Kappe ab, bald setzte er sie wieder auf. Es war alles gleich unerträglich, das Arbeiten durch den kniehohen Schlag sehr beschwerlich. Rings umher kein Baum außer der Judenbuche. Dahin strebte er denn auch aus allen Kräften und ließ sich todmatt auf das beschattete Moos darunter nieder. Die Kühle zog so angenehm durch seine Glieder, daß er die Augen schloß. »Schändliche Pilze!« murmelte er halb im Schlaf. Es gibt nämlich in jener Gegend eine Art sehr saftiger Pilze, die nur ein paar Tage stehen, dann einfallen und einen unerträglichen Geruch verbreiten. Brandis glaubte solche unangenehmen Nachbarn zu spüren, er wandte sich ein paarmal hin und her, mochte aber doch nicht aufstehen; sein Hund sprang unterdessen umher, kratzte am Stamm der Buche und bellte hinauf. – »Was hast du da, Bello? eine Katze?« murmelte Brandis. Er öffnete die Wimper halb und die Judenschrift fiel ihm ins Auge, sehr ausgewachsen, aber doch noch ganz kenntlich. Er schloß die Augen wieder; der Hund fuhr fort zu bellen und legte endlich seinem Herrn die kalte Schnauze ans Gesicht. – »Laß mich in Ruh! was hast du denn?« Hierbei sah Brandis, wie er so auf dem Rücken lag, in die Höhe, sprang dann mit einem Satze auf und wie besessen ins Gestrüpp hinein. Totenbleich kam er auf dem Schlosse an: in der Judenbuche hänge ein Mensch; er habe die Beine gerade über seinem Gesicht hängen sehen. – »Und du hast ihn nicht abgeschnitten, Esel?« rief der Baron. – »Herr,« keuchte Brandis, »wenn Ew. Gnaden da gewesen wären, so wüßten Sie wohl, daß der Mensch nicht mehr lebt. Ich glaubte anfangs, es seien die Pilze.« Dennoch trieb der Gutsherr zur größten Eile und zog selbst mit hinaus.

Sie waren unter der Buche angelangt. »Ich sehe nichts,« sagte Herr von S. – »Hierher müssen Sie treten, hierher, an diese Stelle!« – Wirklich, dem war so: der Gutsherr erkannte seine eigenen abgetragenen Schuhe. – »Gott, es ist Johannes! – Setzt die Leiter an! – so – nun herunter! – sacht, sacht! laßt ihn nicht fallen! – Lieber Himmel, die Würmer sind schon daran! Macht dennoch die Schlinge auf und die Halsbinde.« – Eine breite Narbe ward sichtbar; der Gutsherr fuhr zurück. – »Mein Gott!« sagte er; er beugte sich wieder über die Leiche, betrachtete die Narbe mit großer Aufmerksamkeit und schwieg eine Weile in tiefer Erschütterung. Dann wandte er sich zu den Förstern: »Es ist nicht recht, daß der Unschuldige für den Schuldigen leide; sagt es nur allen Leuten: der da« – er deutete auf den Toten – »war Friedrich Mergel.« – Die Leiche ward auf dem Schindanger verscharrt.

Dies hat sich nach allen Hauptumständen wirklich so begeben im September des Jahrs 1789. – Die hebräische Schrift an dem Baume heißt:

»Wenn du dich diesem Orte nahest, so wird es dir ergehen, wie du mir getan hast.«

DIE DICHTERIN UND IHR WEGBEREITER – LEVIN SCHÜCKING UND DIE DROSTE

Der Erstdruck der *Judenbuche* erschien in mehreren Folgen im April und Mai 1842 in Cottas ›Morgenblatt für gebildete Leser‹. Die Verbindung zu diesem renommierten Organ und Verlag hatte Levin Schücking (1814-1883) hergestellt. Er war es überhaupt, der die Droste dazu bewogen hatte, die Novelle außerhalb des geplanten Westfalenbuches zu veröffentlichen. Schücking ist zweifellos ihr wichtigster Wegbereiter, ja eine Art Impresario gewesen. Ohne sein Engagement für ihr Werk, das zu ihren Lebzeiten durch die Gedichtausgabe von 1844 gekrönt wurde, nach ihrem Tode durch Schückings dreibändige Werkausgabe von 1878/79 und sein »Lebensbild« ›Annette von Droste‹ (1860/62), wäre die Dichterin möglicherweise erst eine Entdeckung des späten 19. und des 20. Jahrhunderts geworden.

Annette lernte Schücking wenige Monate vor dem Tod seiner Mutter Catharina (2. November 1831) als sechzehnjährigen Gymnasiasten im Rüschhaus kennen. Nach dem frühen Tod der Mutter sorgte sie für ihn wie für einen Sohn, und Schücking selber redete sie als »Mütterchen« oder plattdeutsch »Möderken« an. Sie führte ihn in die von ihr scherzhaft so genannte »Heckenschriftsteller-Gesellschaft«: den Anfang 1839 gegründeten literarischen Zirkel Elise Rüdigers in Münster ein, wo er neben ihr die dominierende Rolle spielte. In dieser Zeit, vor allem bei den dienstäglichen Besuchen Schückings im Rüschhaus, vertiefte sich die Beziehung, die bis dahin von einer gewissen Skepsis gegenüber der Eitelkeit und Selbstsicherheit des angehenden Literaten geprägt war.

Schücking hat seine Dienstagsspaziergänge zum Rüschhaus in seinen ›Lebenserinnerungen‹ (erschienen 1886) plastisch beschrieben: »Einmal in jeder Woche . . ., am Dienstage, wanderte ich nach Tisch zu ihr hinaus, über Ackerkämpe, kleine Heiden und durch ein Gehölz, an dessen Ende ich oft ihre zierliche kleine Gestalt wahrnahm, wie sie ihre blonden Locken ohne Kopfbedeckung dem Spiel des Windes überließ, auf einer alten Holzbank saß und mit einem Fernrohr nach dem Kommenden ausblickte.«

In seinem »Lebensbild« Annettes von 1860 hat Schücking ihre Erscheinung facettenreich beschrieben: »Diese wie ganz durchgeistigte, leicht dahinschwebende, bis zur Unkörperlichkeit zarte Gestalt hatte etwas Fremdartiges, Elfenhaftes; sie war fast wie ein Gebilde aus einem Märchen. Die auffallend breite, hohe und ausgebildete Stirn war umgeben mit einer ungewöhnlich reichen Fülle hellblonden Haares, das zu einer Krone aufgewunden und auf dem Scheitel befestigt war. Die Nase war lang, fein und scharf geschnitten. Auffallend schön war der zierliche kleine Mund mit den beim Sprechen von Anmut umlagerten Lippen und feinen Perlenzähnen. Der ganze Kopf aber war zumeist etwas vorgebeugt, als ob es der zarten Gestalt schwer werde, ihn zu tragen, oder wegen der Gewohnheit, ihr kurzsichtiges Auge ganz dicht auf die Gegenstände zu senken. Zuweilen aber hob sie den Kopf, um ganz aufrecht den zu fixieren, der vor ihr stand; und namentlich dann, wenn sie irgendeine humoristische Bemerkung oder einen Scherz machte; dann hob sich lächelnd ihr Haupt, und wenn sie neckte, lag dabei auf ihrem Gesichte etwas von einem vergnügten Selbstbewußtsein, von einem harmlosen Übermut, der aus dem ganz außergewöhnlich großen, trotz seiner Gutmütigkeit so scharf blickenden hellblauen Auge leuchtete. Dieses Auge war jedenfalls der merkwürdigste Teil ihres Gesichtes; es war vorliegend, der Augapfel fast konisch gebildet, und man sah die Pupille durch das feine Lid schimmern, wenn sie es schloß.« An anderer Stelle nennt Schücking Annettes Augen »mächtige, durchdringende Seelenlichter, bei denen man an das Antlitz einer Sibylle denken mußte«.

Das Gefühl mütterlicher Verantwortung für den Halbwaisen verband sich auf seiten Annettes bald mit Liebe – einer unerfüllten Neigung, der wohl einzigen wirklich großen Passion in ihrem Leben. Zugleich entwickelte sich zwischen den beiden gebürtigen Westfalen – Schücking stammte aus einem alten Patriziergeschlecht – eine Künstlerfreundschaft, ja Produktionsgemeinschaft, der Annette eine Reihe ihrer bedeutendsten Dichtungen verdankt, vor allem die reiche Gedichtproduktion des Meersburger Winters 1841/42 (»Weiß der Henker, was Du für eine inspirierende Macht über mich hast . . . jedes Wort von Dir ist mir wie ein Spornstich«). Schücking hat nicht verschwiegen, daß Annette auch an seinen eigenen Prosawerken (etwa der Erzählung ›Das Stiftsfräulein‹, 1843) mitgewirkt, ja ganze Passagen allein geschrieben hat. Für das Buch

›Das malerische und romantische Westfalen‹ (1841/42) – ein Projekt, das Schücking von seinem umtriebigen Freund Ferdinand Freiligrath übernahm – steuerte Annette eine Reihe ihrer bedeutendsten Balladen bei.

Um dieses Westfalen-Projekt herum rankt sich auch ihr einaktiges Lustspiel *Perdu! oder Dichter, Verleger und Blaustrümpfe* (1840), eine Literaturkomödie, die unverkennbar und teilweise recht mokant auf die »Heckenschriftsteller-Gesellschaft« Elise Rüdigers in Münster anspielt. Den Hintergrund des Stücks bilden die Schwierigkeiten des Verlegers Langewiesche (im Stück: Speth), den saumseligen Erfolgsautor Freiligrath (Sonderrath) zum vertraglich vereinbarten Abschluß des bereits mit beträchtlichen Investitionen verbundenen ›Malerischen und romantischen Westfalen‹ zu bewegen, das am Ende schließlich von seinem Freund Schücking (Seybold) übernommen wird. Die Komik des Stücks liegt darin – ein altes Lustspielmotiv –, daß die verschiedenen Personen, Dichter und dichtende »Blaustrümpfe«, die sich sonst lieber aus dem Wege gehen, zufällig zur gleichen Zeit im Buchladen des Verlegers eintreffen.

Zu diesen mehr oder weniger deutlich identifizierbaren Personen gehört auch ein von Seybold (= Schücking) protegierter »Blaustrumpf von Stande« namens Anna von Thielen, ein ironisches und zugleich stolzes Selbstportrait der Droste. Der Verleger Speth sagt über ihre Balladen: »die Frau hat Talent genug, wenn sie sich nur an einige Ordnung gewöhnen wollte; mich dünkt, die Verse rannten gegeneinander wie scheu gewordene Pferde – und dann – so ein gewisses aristokratisches Heimweh nach der Feudalzeit . . .« Der Vorwurf der Dunkelheit, der den Gedichten der Droste – auch von Schücking – immer wieder gemacht worden ist, spiegelt sich in folgendem Dialog zwischen Verleger und Kritiker:

SPETH Ein bedeutendes Talent, wenn Sie wollen, aber es scheint ihr auch so *gar* nichts daran gelegen, ob sie verstanden wird oder nicht: mit ein paar Worten, mit einer Zeile könnte sie zuweilen das Ganze klar machen, und sie tut's nicht.

SEYBOLD *schweigt.*

SPETH Ist's nicht so?

SEYBOLD Das habe ich ihr auch schon gesagt.

SPETH Und sie tut's doch nicht! – was ist das? Eigensinn? –

ich wette, die Frau ist reich, und in glänzenden aristokratischen Verhältnissen.
SEYBOLD Das haben Sie getroffen.
SPETH Sehn Sie? – sehn Sie? – die schreibt für ihre Kaste ...

Nach dieser Szene tritt Frau von Thielen selber auf: »eine große schöne Frau, von sehr vornehmen Anstande«, die es als unter ihrer Würde erachtet, mit dem mäkelnden Verleger zu verhandeln, und ihr Manuskript wieder an sich nimmt. Das läßt an einen Brief Schückings an Louise von Gall vom 9. März 1843 denken: die Droste besitze »alle drei Hochmute, den aristokratischen, den Damen- und den Dichterhochmut«.

Schücking kommt in der Komödie keineswegs schmeichelhaft weg, schon der Zusatz im Personenverzeichnis: »Seybold, Rezensent, und nebenbei Dichter« deutet an, wie jener im Stück dargestellt wird – und wie ihn die Droste eingeschätzt hat: als einen Literaten, »der ganz exquisite Rezensionen schreibt, aber einmal die Marotte hat, nur ganz miserable Verse zu fabrizieren« (so Schücking selber in seinem Brief über *Perdu!* an Freiligrath vom 12. November 1840). Erstaunlicherweise hat Annette selbst den Münsteraner Klatsch über ihre Beziehung zu Schücking in ihr Stück eingebracht, wenn Sonderrath Seybolds Enthusiasmus über seine »literarische Freundin«, die »mehr Talent als wir beide zusammengenommen« habe, mit den Worten kommentiert: »Seybold, du bist so verliebt wie ne Nachtigall.«

Annette hat sich zu dem Lustspielversuch nicht zuletzt durch ihre Verwandten drängen lassen, die das offenbar beträchtliche komische Talent, das sie bisweilen in der Gesellschaft zeigte, literarisch umgemünzt sehen wollten. Dazu schreibt sie in einem Brief an Wilhelm Junkmann vom 26. August 1839:

Man spannt hier wieder alle Stricke an, mich zum Humoristischen zu ziehen, spricht von ›Verkennen des eigentlichen Talents‹ etc. – das ist die ewige alte Leier hier, die mich denn doch jedesmal halb verdrießlich, halb unschlüssig macht, – ich meine, der Humor steht nur wenigen, und am seltensten einer weiblichen Feder, der fast zu engen Beschränkung durch die (gesellschaftliche) Sitte wegen – und nichts kläglicher als Humor in engen Schuhen –

Die ›Verdrießlichkeit‹ Annettes rührt also einmal daher, daß sie genau weiß, daß die gesellschaftlichen Dezenzregeln die Sinnlichkeit der wahren vis comica – zumal bei Frauen – nur in »engen Schuhen« zulassen, daß sie sich als Schriftstellerin hier also gar nicht entfalten kann, zum andern daher, daß sie wohl spürt, wie wenig die ›Gesellschaft‹ ihrer Kreise ihr wahres poetisches Talent anzuerkennen vermag, wie sie es vielmehr mit den Maßen geselliger Unterhaltung mißt, zu der Annette hin und wieder durch komische ›Nummern‹ beiträgt, welche ihre tiefere poetische Eigenart indessen nicht berühren. »Es fehlt mir allerdings nicht an einer humoristischen Ader«, schreibt sie am 26. April 1840 an Schlüter, »aber sie ist meiner gewöhnlichen und natürlichsten Stimmung nicht angemessen, sondern wird nur hervorgerufen durch den lustigen Halbrausch, der uns in zahlreicher und lebhafter Gesellschaft überfällt, wenn die ganze Atmosphäre von Witzfunken sprüht . . .«

Die Liebesfreundschaft mit Schücking kulminiert in dem poetischen Schaffensrausch des ersten Meersburger Aufenthalts der Droste, als Schücking zwischen Oktober 1841 und März 1842 die Bibliothek Laßbergs verwaltete. Diese umfaßte über 11000 Bände und hatte ihren Schwerpunkt in der mittelhochdeutschen Literatur, weshalb viele Künstler und Gelehrte, welche die Vorliebe Laßbergs teilten, unter ihnen Jacob Grimm, Gustav Schwab und Ludwig Uhland, die Meersburg aufsuchten. Annette machte sich über die »Nibelungen-Steckenreiter« freilich wiederholt lustig; dieses Scherzwort spielt auf den bedeutendsten Schatz der Bibliothek: die Handschrift C des Nibelungenliedes an. Schücking hatte hier also durchaus einiges zu tun.

Annette hat in diesem Meersburger Winter über sechzig Gedichte geschrieben, »täglich wird eines fabriziert«, berichtet Schücking Freiligrath am 9. Februar 1842. Zum ersten Mal kann sie sich vom Zwang ihrer gesellschaftlichen Verpflichtungen frei machen, weithin der poetischen Muße leben. Die Kollision zwischen ihrem Dichterberuf und ihrer gesellschaftlichen Stellung kommt ihr mehr denn je zu Bewußtsein. In einem ihrer berühmtesten Gedichte, in dem sich Generationen von »Dichterschwestern« (Walter Gödden) wiedererkannt haben, bekennt sie sich zur Sehnsucht nach orgiastischer Selbstentfaltung und Selbsthingabe, welche ihr durch die konventionelle Frauenrolle, die besonders für ein adliges Fräulein geltenden Verhaltensnormen verwehrt sind. Der Gegensatz zwischen der wirklichen und der ersehnten weiblichen

Existenz wird durch den Kontrast des streng gebundenen und des gelösten Haars symbolisiert. (Welch üppiges Haar Annette hatte, wissen wir ja zumal aus der Schilderung Schückings.)

Am Turme

Ich steh' auf hohem Balkone am Turm,
Umstrichen vom schreienden Stare,
Und laß' gleich einer Mänade den Sturm
Mir wühlen im flatternden Haare;
O wilder Geselle, o toller Fant,
Ich möchte dich kräftig umschlingen,
Und, Sehne an Sehne, zwei Schritte vom Rand
Auf Tod und Leben dann ringen!

Und drunten seh' ich am Strand, so frisch
Wie spielende Doggen, die Wellen
Sich tummeln rings mit Geklaff und Gezisch,
Und glänzende Flocken schnellen.
O, springen möcht' ich hinein alsbald,
Recht in die tobende Meute,
Und jagen durch den korallenen Wald
Das Walroß, die lustige Beute!

Und drüben seh' ich ein Wimpel wehn
So keck wie eine Standarte,
Seh' auf und nieder den Kiel sich drehn
Von meiner luftigen Warte;
O, sitzen möcht' ich im kämpfenden Schiff,
Das Steuerruder ergreifen,
Und zischend über das brandende Riff
Wie eine Seemöwe streifen.

Wär ich ein Jäger auf freier Flur,
Ein Stück nur von einem Soldaten,
Wär ich ein Mann doch mindestens nur,

So würde der Himmel mir raten;
Nun muß ich sitzen so fein und klar,
Gleich einem artigen Kinde,
Und darf nur heimlich lösen mein Haar,
Und lassen es flattern im Winde!

Die Umkehrung dieser Sehnsucht nach einem anderen Ich ist die bei der Droste so häufig wiederkehrende Doppelgänger- und Spiegelbild-Erfahrung: das Grauen des wirklichen vor der Möglichkeit eines anderen Ich. Das bedeutendste poetische Zeugnis solch innerer Spaltung, der Entfremdung von sich selber, des bewußten vom unbewußten Sein ist das Gedicht *Das Spiegelbild*, das wohl eine Reminiszenz an Freiligraths Gedicht ›Die Rose‹ ist, das er am 24. März 1840 Schücking zugeschickt und das dieser Annette gleich im Rüschhaus vorgelesen hatte (sie »meint, es sei eines Deiner allerschönsten Produkte«, schreibt Schücking am 30. März 1840 an Freiligrath). In den Einleitungsstrophen erscheint »Freund Levin mit den Gespensteraugen« dem lyrischen Ich als grauenerweckender Spiegel seiner selbst:

»Ich sprach zu ihm: Dein Blick erregt mir Graun,
Ich wagt' es oft in mitternächt'gen Stunden,
Mir vor dem Spiegel selbst ins Aug' zu schaun –
Da hab' ich gleiches schaudernd wohl empfunden!
Daß ich ein Leib noch, ich vergaß es dann!
Aus ihren Höhlen wüsten Finsternissen
Sah mich die Sphinx, die eigne Seele, an,
Und sprach ihr Rätsel, höhnisch und verbissen.

So mein Gefühl bei deines Auges Glanz;
Ich meid' es scheu und bin doch sonst verwegen!
Es ist dämonisch, es ist Seele ganz,
Und, eine Seele, trittst du mir entgegen!
Du bist ein Geist, du wandelst körperlos;
O, sieh zu Boden, daß ich Frieden habe!
Dein Leib ist tot und in der Erde Schoß;
Umgehnde Seele, bleib auch du im Grabe!«

Aus der Anregung dieses sich in abstrakter Gedanklichkeit erschöpfenden Poems ist im Meersburger Winter eine der größten lyrischen Schöpfungen der Droste hervorgegangen. Wieder verbindet sich – wie in der *Judenbuche* – das Spiegelbild- mit dem Doppelgänger-Motiv. Das spiegelnde und das gespiegelte Ich sind freilich bis zur förmlichen Spaltung der Identität getrennt: ein »fremdes Dasein« blickt dem lyrischen Ich aus dem Spiegel entgegen: »du bist nicht Ich«. Die Kometen- und Lichtmetaphorik bringt das Spiegel-Ich in die Nähe der Luzifergestalt in *Des Arztes Vermächtnis* (der junge Räuber) und des vom Dämon umklammerten Friedrich in der *Judenbuche* (seine kristall- oder glasartigen Augen). Es ist das Ich mit dem Keim des Abfalls von Gott; daher die Verse: »Gnade mir Gott, wenn in der Brust / Mir schlummernd deine Seele ruhet!« und »Mich dünkt – ich würde um dich weinen!« Weinen um die verlorene Seele! Die merkwürdige Anspielung auf Ex 3,5 (Moses tritt unbeschuht vor den brennenden Dornbusch) deutet darauf hin, daß das Spiegel-Ich für das betrachtende Ich eine numinose Erscheinung ist – Mysterium tremendum und Mysterium fascinosum zugleich: das lyrische Ich fühlt sich zu den »Schauern« seines Spiegelbildes gebannt, »Und Liebe muß der Furcht sich einen«. Das eben ist die Faszination des Dämonischen.

Das Spiegelbild

Schaust du mich an aus dem Kristall,
Mit deiner Augen Nebelball,
Kometen gleich die im Verbleichen;
Mit Zügen, worin wunderlich
Zwei Seelen wie Spione sich
Umschleichen, ja, dann flüstre ich:
Phantom, du bist nicht meinesgleichen!

Bist nur entschlüpft der Träume Hut,
Zu eisen mir das warme Blut,
Die dunkle Locke mir zu blassen;
Und dennoch, dämmerndes Gesicht,
Drin seltsam spielt ein Doppellicht,
Trätest du vor, ich weiß es nicht,
Würd ich dich lieben oder hassen?

Zu deiner Stirne Herrscherthron,
Wo die Gedanken leisten Fron
Wie Knechte, würd ich schüchtern blicken;
Doch von des Auges kaltem Glast,
Voll toten Lichts, gebrochen fast,
Gespenstig, würd, ein scheuer Gast,
Weit, weit ich meinen Schemel rücken.

Und was den Mund umspielt so lind,
So weich und hülflos wie ein Kind,
Das möcht in treue Hut ich bergen;
Und wieder, wenn er höhnend spielt,
Wie von gespanntem Bogen zielt,
Wenn leis' es durch die Züge wühlt,
Dann möcht ich fliehen wie vor Schergen.

Es ist gewiß, du bist nicht Ich,
Ein fremdes Dasein, dem ich mich
Wie Moses nahe, unbeschuhet,
Voll Kräfte die mir nicht bewußt,
Voll fremden Leides, fremder Lust;
Gnade mir Gott, wenn in der Brust
Mir schlummernd deine Seele ruhet!

Und dennoch fühl ich, wie verwandt,
Zu deinen Schauern mich gebannt,
Und Liebe muß der Furcht sich einen.
Ja, trätest aus Kristalles Rund,
Phantom, du lebend auf den Grund,
Nur leise zittern würd ich, und
Mich dünkt – ich würde um dich weinen!

Drei Gedichte des Meersburger Winters hat Annette direkt an Levin Schücking gerichtet. Sie sind in der Gedichtausgabe von 1844 in der Abteilung »Gedichte vermischten Inhalts« erschienen, wobei freilich nur beim ersten Gedicht der Adressat erkennbar ist. Es bezieht sich auf ein Erlebnis mit dem Freund in dem – heute noch existierenden – »Glaserhäuschen« hoch über dem Bodensee. Dort ließen Annette und Schücking sich von einem auffallend kleinwüchsigen Wirt (dem »geschäftigen Pygmäen«) bewirten. Die nahe Burg, »wo Träume lagern langverschollener Zeit«, ist natürlich die Meersburg mit ihrer kostbaren Bibliothek. Der Vers »Seltsame Mär und zorn'ge Abenteuer« spielt auf den Beginn des Nibelungenliedes an, dessen Handschrift C Laßberg besaß; mit »dunkler Taten Reste« ist Schückings Erzählung ›Eine dunkle Tat‹ gemeint, die später unter dem Titel ›Das Stiftsfräulein‹ erschienen ist und an der Annette mitgewirkt hat. Die Liebe der alternden Dichterin zu dem jungen Schriftsteller findet in den ersten Versen der dritten Strophe ergreifenden Ausdruck; die sechste Strophe kontrastiert die Melancholikerin Annette mit dem Sanguiniker Levin: dieser sieht die Taucherente immer wieder aufkommen, jene sie immer wieder sinken.

Die Schenke am See
An Levin S.

Ist's nicht ein heitrer Ort, mein junger Freund,
Das kleine Haus, das schier vom Hange gleitet,
Wo so possierlich uns der Wirt erscheint,
So übermächtig sich die Landschaft breitet;
Wo uns ergötzt im neckischen Kontrast
Das Wurzelmännchen mit verschmitzter Miene,
Das wie ein Aal sich schlingt und kugelt fast,
Im Angesicht der stolzen Alpenbühne?

Sitz nieder. – Trauben! – und behend erscheint
Zopfwedelnd der geschäftige Pygmäe;
O sieh, wie die verletzte Beere weint
Blutige Tränen um des Reifes Nähe;
Frisch greif in die kristallne Schale, frisch,
Die saftigen Rubine glühn und locken;
Schon fühl' ich an des Herbstes reichem Tisch
Den kargen Winter nahn auf leisen Socken.

Das sind dir Hieroglyphen, junges Blut,
Und ich, ich will an deiner lieben Seite
Froh schlürfen meiner Neige letztes Gut.
Schau her, schau drüben in die Näh' und Weite;
Wie uns zur Seite sich der Felsen bäumt,
Als könnten wir mit Händen ihn ergreifen,
Wie uns zu Füßen das Gewässer schäumt,
Als könnten wir im Schwunge drüber streifen!

Hörst du das Alphorn überm blauen See?
So klar die Luft, mich dünkt ich seh' den Hirten
Heimzügeln von der duftbesäumten Höh' –
War's nicht als ob die Rinderglocken schwirrten?
Dort, wo die Schlucht in das Gestein sich drängt –
Mich dünkt ich seh den kecken Jäger schleichen;
Wenn eine Gemse an der Klippe hängt,
Gewiß, mein Auge müßte sie erreichen.

Trink aus! – die Alpen liegen stundenweit,
Nur nah die Burg, uns heimisches Gemäuer,
Wo Träume lagern langverschollner Zeit,
Seltsame Mär und zorn'ge Abenteuer.
Wohl ziemt es mir, in Räumen schwer und grau
Zu grübeln über dunkler Taten Reste;
Doch du, Levin, schaust aus dem grimmen Bau
Wie eine Schwalbe aus dem Mauerneste.

Sieh' drunten auf dem See im Abendrot
Die Taucherente hin und wieder schlüpfend;
Nun sinkt sie nieder wie des Netzes Lot,
Nun wieder aufwärts mit den Wellen hüpfend;
Seltsames Spiel, recht wie ein Lebenslauf!
Wir beide schaun gespannten Blickes nieder;
Du flüsterst lächelnd: immer kömmt sie auf –
Und ich, ich denke, immer sinkt sie wieder!

Noch einen Blick dem segensreichen Land,
Den Hügeln, Auen, üpp'gem Wellen-Rauschen,
Und heimwärts dann, wo von der Zinne Rand
Freundliche Augen unserm Pfade lauschen;
Brich auf! – da haspelt in behendem Lauf
Das Wirtlein Abschied wedelnd uns entgegen:
»– Geruh'ge Nacht – stehn's nit zu zeitig auf! –«
Das ist der lust'gen Schwaben Abendsegen.

Im zweiten Gedicht stellt Annette sich und den Freund im Bild des Dioskurenpaars dar. In der dritten Strophe erscheint sie Schücking gar als sein Doppelgänger-Spiegelbild.

*An ****

Kein Wort, und wär' es scharf wie Stahles Klinge,
Soll trennen, was in tausend Fäden Eins,
So mächtig kein Gedanke, daß er dringe
Vergällend in den Becher reinen Weins;
Das Leben ist so kurz, das Glück so selten,
So großes Kleinod, einmal sein statt gelten!

Hat das Geschick uns, wie in frevlem Witze,
Auf feindlich starre Pole gleich erhöht,
So wisse, dort, dort auf der Scheidung Spitze
Herrscht, König über Alle, der Magnet,
Nicht frägt er ob ihn Fels und Strom gefährde,
Ein Strahl fährt mitten er durchs Herz der Erde.

Blick' in mein Auge – ist es nicht das deine,
Ist nicht mein Zürnen selber deinem gleich?
Du lächelst – und dein Lächeln ist das meine,
An gleicher Lust und gleichem Sinnen reich;
Worüber alle Lippen freundlich scherzen,
Wir fühlen heil'ger es im eignen Herzen.

Pollux und Castor, – wechselnd Glühn und Bleichen,
Des Einen Licht geraubt dem Andern nur,
Und doch der allerfrömmsten Treue Zeichen.
So reiche mir die Hand, mein Dioskur!
Und mag erneuern sich die holde Mythe,
Wo überm Helm die Zwillingsflamme glühte.

An diese Strophen hat Annette in dem während des Besuchs von Levin und Louise Schücking auf der Meersburg im Mai 1844 entstandenen Gedicht *An einen Freund* unmittelbar noch einmal angeknüpft. Von diesem Gedicht hat sie merkwürdigerweise zwei Fassungen konzipiert, eine private »Ich«-Fassung und eine öffentliche, d.h. für die Publikation vorgesehene »Er«-Fassung, welche die persönlichen Bezüge verdeckt. Im folgenden wird die »Ich«-Fassung *An denselben* ⟨d.i. Levin Schücking⟩ abgedruckt. Sie drückt mit dem Unterton der Verzweiflung die inzwischen eingetretene Entfremdung zwischen Annette und dem Freund aus, den sie erschütternd »das tiefversenkte Blut in meinem Herzen« nennt. Das Auge des Freunds, das sich einst in dem ihren spiegelte, es will sich nun von ihr abwenden – ihr Gesicht scheint ihm »fremd« geworden zu sein. Nicht eine Hand nur – wie am Ende des früheren, noch von spiegelbildlicher Harmonie zwischen beiden geprägten Gedichts –, sondern beide Hände will sie nun dem von ihr Entfremdeten reichen, um ihn wiederzugewinnen.

An denselben

Zum zweiten Male will ein Wort
Sich zwischen unsre Herzen drängen,
Den felsbewachten Erzeshort
Will eines Knaben Mine sprengen.
Sieh mir ins Auge, wende nicht
Das deine nach des Fensters Borden,
Ist denn so fremd dir mein Gesicht,
Denn meine Sprache dir geworden?

Sieh freundlich mir ins Auge, schuf
Natur es gleich im Eigensinne

Nach harter Form, muß ihrem Ruf
Antworten ich mit scharfer Stimme,
Der Vogel singt wie sie gebeut,
Libelle zieht die farb'gen Ringe,
Und keine Seele hat bis heut
Sie noch gezürnt zum Schmetterlinge.

Still ließ an meiner Jahre Rand
Die Parze ihre Spindel schlüpfen,
Zu strecken meint' ich nur die Hand
Um alte Fäden anzuknüpfen,
Da fand den deinen ich so reich,
Fand ihn so vielbewegt verschlungen,
Darf es dich wundern, wenn nicht gleich
So Ungewohntes mir gelungen?

Daß manches schroff in mir und steil,
Wer könnte, ach, wie ich es wissen!
Es ward, zu meiner Seele Heil
Mein zweites zarteres Gewissen,
Es hat den Übermut gedämpft,
Der mich Giganten gleich bezwungen,
Hat glühend, wie die Reue kämpft,
Mit dem Dämone oft gerungen.

Doch du, das tiefversenkte Blut
In meinem Herzen, durftest denken,
So wolle ich mein eignes Gut,
So meine eigne Krone kränken?
O sorglos floß mein Wort und bunt
Im Glauben, daß es dich ergötze,
Daß nicht geschaffen dieser Mund
Zu einem Hauch, der dich verletze.

Sieh her, nicht Eine Hand dir nur,
Ich reiche beide dir entgegen,
Zum Leiter auf verlorne Spur,

Zum Liebespenden und zum Segen,
Nur ehre ihn, der angefacht
Das Lebenslicht an meiner Wiege,
Nimm mich wie Gott mich hat gemacht,
Und leih' mir keine fremden Züge!

Das dritte Gedicht Annettes an Schücking aus dem Winter 1841/42 kreist wiederum um die Idee des Spiegelbildes; nun ist sie es, die sich im Antlitz des Freundes spiegelt, das ihr das verjüngte Bild ihrer selbst zurückwirft. (Angesichts dieser Verquickung des Spiegelbild-Motivs mit der Person Levin Schückings darf man sich fragen, ob nicht auch das große Spiegelbild-Gedicht insgeheim auf ihn anspielt, zumal ›Die Rose‹ von Freiligrath das Motiv des Spiegels unmittelbar auf die »Gespensteraugen« Schückings bezieht.)

*An ****

O frage nicht was mich so tief bewegt;
Seh ich dein junges Blut so freudig wallen,
Warum, an deine klare Stirn gelegt,
Mir schwere Tropfen aus den Wimpern fallen.

Mich träumte einst, ich sei ein albern Kind,
Sich emsig mühend an des Tisches Borden;
Wie übermächtig die Vokabeln sind,
Die wieder Hieroglyphen mir geworden!

Und als ich dann erwacht, da weint' ich heiß,
Daß mir so klar und nüchtern jetzt zu Mute,
Daß ich so schrankenlos und überweis',
So ohne Furcht vor Schelten und vor Rute.

So, wenn ich schaue in dein Antlitz mild,
Wo tausend frische Lebenskeime walten,
Da ist es mir, als ob Natur mein Bild
Mir aus dem Zauberspiegel vorgehalten;

Und all mein Hoffen, meiner Seele Brand,
Und meiner Liebessonne dämmernd Scheinen,
Was noch entschwinden wird und was entschwand,
Das muß ich Alles dann in dir beweinen.

Anfang April verläßt Schücking die Meersburg, um eine von Freiligrath vermittelte Hofmeisterstelle beim Fürsten Wrede in Ellingen und Mondsee bei Salzburg zu übernehmen. Die Trauer über die Trennung von Schücking lähmt eine Zeit lang die in den zurückliegenden Monaten so unerhörte lyrische Produktivität Annettes. Zurückgekehrt nach Rüschhaus, resümiert sie in ihrem Brief vom 10. Oktober 1842: »Lieber Levin, unser Zusammenleben in Rüschhaus war die poetischeste und das in Meersburg gewiß die heimischeste und herzlichste Zeit unseres beiderseitigen Lebens, und die Welt kömmt mir seitdem gewaltig nüchtern vor.«

In ihren Meersburger Briefen unmittelbar nach der Trennung von Schücking drückt sich kaum mehr verhüllt ihre Liebe aus.

Meersburg den 4ten Mai 42

...

Hör Kind! – ich gehe jeden Tag den Weg nach Haltenau, setze mich auf die erste Treppe, wo ich dich zu erwarten pflegte, und sehe, ohne Lorgnette, nach dem Weg bei Vogels Garten hinüber, kömmt dann jemand, was jeden Tag ein paarmal passiert, so kann ich mir, bei meiner Blindheit, lange einbilden du wärst es, und du glaubst nicht, wie viel mir das ist – auch dein Zimmer habe ich, hier wo ich mich stundenlang in deinen Sessel setzen kann, ohne daß mich jemand stört – und den Weg zum Turm, den ich so oft abends gegangen bin – und mein eignes Zimmer mit dem Kanapee und Stuhl am Ofen – Ach Gott überall! – kurz, es wird mir sehr schwer von hier ⟨von Meersburg zurück in die Heimat⟩ zu gehn – obendrein noch 200 Stunden weiter als wir jetzt schon getrennt sind. – Solltest Du es wohl recht wissen wie lieb ich Dich habe? – ich glaube kaum. –

...

den 5ten. Guten Morgen Levin! – ich habe schon zwei Stunden wachend gelegen, und in einem fort an dich gedacht, ach, ich denke immer an dich – immer – doch Punctum davon – ich darf und will dich nicht weich stimmen – muß mir auch selbst Courage machen, und fühle wohl, daß ich mit dem ewigen Tränenweiden-Säuseln sowohl meine Bestimmung verfehlen, als auch deine Teilnahme am Ende verlieren würde, denn du bist ein hochmütiges Tier, und hast einen doch nur lieb, wenn man was Tüchtiges ist und leistet. – Schreib mir nur oft – mein Talent steigt und stirbt mit deiner Liebe – was ich werde, werde ich durch dich und um deinetwillen, sonst wäre es mir viel lieber und bequemer mir innerlich allein etwas vorzudichten. – Sobald ich diesen Brief geschlossen, geht's con furore ans Werk – ich bin wieder in der fruchtbaren Stimmung, wo die Gedanken und Bilder mir ordentlich gegen den Hirnschädel pochen und mit Gewalt ans Licht wollen ... – Mich dünkt, könnte ich dich alle Tage nur zwei Minuten sehn – o Gott, nur einen Augenblick – dann würde ich jetzt singen daß die Lachse aus dem Bodensee sprängen, und die Möwen sich mir auf die Schulter setzten! – Wir haben doch ein Götterleben hier geführt, trotz deiner periodischen Brummigkeit! ... Lieber Himmel! Warum habe ich einen so schönen Tag ohne dich genießen müssen! Ich habe immer an dich gedacht, und je schöner es war, je betrübter wurde ich, daß du nicht neben mir standest, und ich deine gute Hand fassen konnte, und zeigen dir – hierhin – dorthin. – Levin, Levin! du bist ein Schlingel, und hast mir meine Seele gestohlen – Gott gebe daß du sie gut bewahrst ...

Das hat Schücking auf seine Art auch getan – doch erotische Liebe war es wohl nicht, was ihn mit der »allerliebsten Seelenfreundin« verband, auch wenn er lange nach dem Tode Annettes in einem Brief an Elise Rüdiger 1868 »das Verhältnis zwischen Annette und mir« etwas verräterisch mit dem »zwischen Rousseau und Frau von Warrens« verglichen hat, mit der jener immerhin fünf Jahre auf ihrem Gut zusammengelebt und – obwohl sie dreizehn Jahre älter war und er sie als eine Art Mutter verehrte – nicht nur geistige Erfahrungen ausgetauscht hat. Freiligrath hat denn auch nicht nur als »Sonderrath« in Annettes *Perdu!*, sondern auch in Wirklichkeit dem Freund gegenüber manche lästerliche Bemerkung über seine Beziehung zu Annette gemacht. »Übrigens mag es gut sein«, schreibt er nach dem Abschied Schückings von Meersburg in seinem Brief vom 24. Juni 1842, »daß ihr beide getrennt wurdet. Ihr triebt Idolatrie miteinander und hattet, glaub' ich, keine Kritik mehr Eins fürs Andere. Nun steht jedes wieder auf eigenen Füßen, und wird freier und selbständiger dadurch.«

Freiligrath ist es auch gewesen, der Schücking nach dessen räumlicher Trennung von Annette eine schriftstellernde Dame »der ersten Darmstädter société« ans Herz legte: Louise von Gall, mit der Schücking denn auch alsbald korrespondierte und sich gar literarisch verlobte, ohne sie zuvor gesehen zu haben. Schon vor der ersten Begegnung zeigte sie Spuren der Eifersucht auf die Droste. In seinem Brief vom 11. Dezember 1842 beschwichtigt Schücking die Zukünftige: »Die Droste war eine Freundin meiner Mutter, und ich habe an ihr eine Mutter wiedergefunden; es gibt kein innigeres und wohltuenderes Verhältnis wie das zwischen ihr und mir, wie es kein angenehmeres Leben für mich gegeben, wenn ich bei ihr auf ihrem Waldschlößchen mich habe verwöhnen lassen . . . Sie brauchen deshalb nicht eifersüchtig zu werden . . . Die Droste wird stark in den Vierzigern sein, und sieht noch älter aus, weil sie kränklich ist: da kann man jemanden wohl sehr lieb haben, aber – eifersüchtig braucht man doch nicht darauf zu sein.«

In seinem Brief an Louise von Gall vom 21. April 1843 – erst gut einen Monat später wird er sie zum ersten Male sehen und noch im Oktober des Jahres heiraten – weist er noch einmal den »Unsinn« des Klatsches über sich und die Droste zurück, der von »Alltagsmenschen« stamme, die »kein Verhältnis zwischen einem Mann und einer Frau sich denken können, das rein freundschaftlich ist«.

Kein Zweifel, daß Annette die Heirat Schückings tief geschmerzt hat. Zwischen ihr und der Darmstädter Weltdame konnte sich kein harmonisches Verhältnis entwickeln. Gleichwohl lädt sie die Schückings während ihres zweiten Aufenthalts am Bodensee im Mai 1844 nach Meersburg ein. Der dreiwöchige Besuch ist von manchen Spannungen geprägt. Beim Abschied am 30. Mai gibt Annette Schücking zehn neue Gedichte mit, darunter die alsbald im ›Morgenblatt‹ veröffentlichten Gedichte *Das Ich der Mittelpunkt der Welt, Spätes Erwachen, Die tote Lerche* – und die folgenden, unmittelbar auf die Situation dieses Abschieds bezogenen Strophen. Die Erschütterung Annettes über die erneute Trennung von Schücking, der ihr nun nicht mehr gehört, wird aufgefangen durch ihre Selbstvergewisserung als Dichterin in ihrem notwendigen Alleinsein. Die Schlußverse weisen eigentümlich zu einem anderen großen künstlerischen Selbstvergewisserungsgedicht hinüber: zu Goethes ›Harzreise im Winter‹, die mit der Strophe beginnt: »Dem Geier gleich, / Der auf schweren Morgenwolken / Mit sanftem Fittich ruhend / Nach Beute schaut, / Schwebe mein Lied.« Der Adler als Existenzsymbol des Dichters hat eine lange – auf Pindar zurückgehende – Tradition. Freilich, um das alles andere als Harmonische, das Wilde ihrer Muse – im Kontrast mit der wehmütig-weichen Abschiedsstimmung der ersten Strophen – stärker zu betonen, ersetzt die Droste den Adler durch den Geier, wie es schon Goethe getan hat. Die Schlußverse weisen zugleich zurück auf die »dunklen Geier« am Ende des Gedichtes *Not*: der verhüllten Darstellung ihrer Lebenskrise nach der »Straube-Arnswaldt-Affaire«. Schon in diesem frühen Gedicht scheint sich die Dichterin mit den Geiern gleichzusetzen, die in »grauenvollen Höhn«, hoch über den im freundlich-blumenreichen Tal lebenden Alltagsmenschen horsten. Die Dichtung wird ihr zur wilden Katharsis, die sie »erschüttert«, aber nicht »zerdrückt« sein läßt – den Versen Tassos gemäß, die Goethe in schwerer Krise noch einmal seiner ›Marienbader Elegie‹ voransetzte: »Und wenn der Mensch in seiner Qual verstummt, / Gab mir ein Gott zu sagen, wie ich leide.«

Lebt wohl

Lebt wohl, es kann nicht anders sein!
Spannt flatternd eure Segel aus,
Laßt mich in meinem Schloß allein,
Im öden geisterhaften Haus.

Lebt wohl und nehmt mein Herz mit euch
Und meinen letzten Sonnenstrahl,
Er scheide, scheide nur sogleich,
Denn scheiden muß er doch einmal.

Laßt mich an meines Seees Bord
Mich schaukelnd mit der Wellen Strich,
Allein mit meinem Zauberwort
Dem Alpengeist und meinem Ich.

Verlassen, aber einsam nicht,
Erschüttert, aber nicht zerdrückt,
So lange noch das heil'ge Licht
Auf mich mit Liebesaugen blickt,

So lange mir der frische Wald
Aus jedem Blatt Gesänge rauscht,
Aus jeder Klippe, jedem Spalt
Befreundet mir der Elfe lauscht,

So lange noch der Arm sich frei
Und waltend mir zum Äther streckt,
Und jedes wilden Geiers Schrei
In mir die wilde Muse weckt.

Annette hat Schücking nicht wieder gesehen. Die Entfremdung wächst von Jahr zu Jahr. Ihre Äußerungen über ihn und seine Frau in den Briefen an Elise Rüdiger und Schlüter werden immer abfälliger – und ungerechter. Wenn sie ihn im Hinblick auf seine ›Gedichte‹ (1846) einen »entschiedenen Demagogen« nennt, der mit seinem Ruf nach »Völkerfreiheit« und »Preßfreiheit alle die bis zum Ekel gehörten Themas der neueren Schreier« wiederhole (an Elise Rüdiger, 30. Januar 1846), verkennt sie den bei aller Liberalität stark konservativen Grundzug Schückings, der sich selbst einmal »eine Art torystischer Gesinnung« zugeschrieben hat. Seine ›Gedichte‹ jedenfalls enthalten kaum politische Expektorationen, die das schroffe Urteil der Droste rechtfertigten. Vollends abwegig ist ihr Argwohn im gleichen Brief, mit seinem Vorschlag, gemeinsam ein Landgut am Rhein zu kaufen und dort mit seiner Familie zu leben, spekuliere Schücking schon auf ihren Tod, »weil er denkt, ich mache es nicht mehr lange!« Diesen bösen Verdacht hat der noble Vermittler ihres Werks, der niemals, weder im persönlichen noch im literarischen Bereich, etwas Unrechtes oder Unbilliges ihr gegenüber getan hat, schwerlich verdient.

Zum förmlichen Bruch und zum Abbruch der Korrespondenz kommt es, als im Frühjahr 1846 Schückings Roman ›Die Ritterbürtigen‹ erscheint, der wie kurz zuvor Immermanns ›Münchhausen‹ den westfälischen Adel satirisch aufs Korn nimmt. Selbst ein Vorfahre seiner Frau: Fabrice von Westerfeld wird in Gestalt des Freiherrn von Mainhövel zu einer Art Karikatur. Letzterer hat nichts Besseres zu tun, als sein ganzes Schloß mit absurden technischen Einrichtungen zu versehen. »Da gab es Türen, welche nach beiden Seiten hin geöffnet wurden. Ein elektromagnetischer Telegraph führte aus einem Eckzimmer des Schlosses in das entfernteste an der entgegengesetzten Seite ... Zwei durch eine Wand getrennte Bettalkoven ruhten auf einer beweglichen Scheibe; wenn abends deren einer von einer Dame, der andere von einem Herrn eingenommen und während ihres Schlafs die Maschinerie in Bewegung gesetzt worden war, so fand der Herr beim Erwachen am Morgen höchst befremdender Weise ein rotes Zimmer vor seinem Alkoven, wo er abends ein blaues gesehen, und deutliche Spuren weiblicher Anwesenheit; während die Dame sich höchlichst skandalisiert fühlen mußte, in dem Raume vor sich Beweise zu entdecken, wie ungeniert ein Herr es sich bei ihr bequem gemacht haben mußte. Die wechselseitige Verlegenheit, um einen Teil der Kleider gekommen zu sein, nicht einmal gerechnet.«

Noch einmal erhebt der Chor der Familie seine Stimme und wirft Annette vor, Schücking für seinen Roman Informationen geliefert zu haben, die er nur von einem, ›der dazugehört‹, haben konnte. Seit Voltaires ›Candide‹ reagierte man in Westfalen empfindlich auf Versuche, Land und Leute ins Lächerliche zu ziehen. Zwar mag Annette dem Freund die eine oder andere Anekdote erzählt haben – und als witzige Anekdotenerzählerin schätzte man sie ja auch in Familienkreisen –, aber Schücking, der als geborener Münsterländer und Patriziersproß zu vielen alteingesessenen Familien Zutritt hatte, war auf das Wissen der Droste gewiß nicht angewiesen. Wenn diese in ihrem Brief an Schlüter vom 15. April 1846 schreibt: »Schücking hat an mir gehandelt wie mein grausamster Todfeind«, dann ist das eine Ungerechtigkeit mehr. Schücking hat ihr derartige Unbilligkeiten, von deren ganzem Ausmaß er freilich kaum erfahren haben dürfte, nie heimgezahlt – sein lebenslanges Engagement für ihr Werk beweist es.

TENDENZLYRIK

1844 erscheinen bei Cotta die gesammelten *Gedichte* der Annette Freiin von Droste-Hülshoff – anders als die Ausgabe von 1838 mit dem vollen Namen der Autorin. Daß sie in dem bedeutenden Verlag Goethes und Schillers publiziert werden konnten, ist das größte Verdienst Schückings um das Werk der Droste zu ihren Lebzeiten. Die Ausgabe enthält neben den Gedichten und Epen der früheren Werkauswahl – außer der geistlichen Poesie, die in ihr keine Berücksichtigung fand – nahezu alles Lyrische, was die Droste zwischen 1839 und 1843 produziert hat.

Die Ausgabe ist in mehrere Abteilungen gegliedert (»Zeitbilder«, »Heidebilder«, »Fels, Wald und See«, »Gedichte vermischten Inhalts«, »Scherz und Ernst«, »Balladen« und »Größere Gedichte«, d. h. Epen). Daß die *Gedichte* ausgerechnet mit »Zeitbildern« beginnen – mit einem Genre also, das der Droste gewiß am wenigsten gemäß war –, geht auf den Vorschlag Schückings zurück, der es für opportun hielt, die Ausgabe mit diesem in der Zeit des Vormärz besonders aktuellen Gedichttypus zu eröffnen. Es handelt sich um Tendenzlyrik, die sich freilich gerade gegen die Ideen des Jungen Deutschland und des Vormärz wendet, wie schon die bloßen Titel einiger Gedichte ahnen lassen: *An die Schriftstellerinnen in Deutschland und Frankreich* (die sich weder anachronistisch-sentimentaler Mondscheinpoesie noch den anrüchigen Reizen des Großstadtlebens verschreiben sollen), *An die Weltverbesserer* (denen die Skepsis der Dichterin gilt, die gegenüber politisch-sozialen Ideallösungen auf geschichtliche Kontinuität dringt) oder *Alte und neue Kinderzucht* (welch letztere sie mit burlesker Pointe ironisiert, ohne erstere zu glorifizieren).

Freilich, so kalt der Dichterin die moderne Zivilisation erscheint (etwa im Gedicht *Vor vierzig Jahren*), sie wehrt sich auch immer wieder gegen ein Zerfließen in nostalgischen Stimmungen oder eine Verklärung der Vergangenheit. Von der spätromantischen Mittelalter-Mythisierung (von »Traum und Romantick«, zu denen der Bökendorfer Märchenkreis oder die »Nibelungen-Steckenreiter« im Umkreis ihres Schwagers Laßberg neigten) hielt sie sich fern. Ihr Konservatismus gründete eben noch im Bewußtsein der Kontinuität einer bis in die Gegenwart reichenden feudalen Tradition, der sie sich selbst als Adlige verpflichtet fühlte; jener hatte also nichts mit Nostalgie zu tun. Thomas Mann sagt in den ›Betrachtungen eines Unpolitischen‹ zu Recht, daß »jede Art Konservativismus« im Grunde im »›feudalen Prinzip‹« gründet, welches seinerseits »im Grund und Boden wurzelt« und somit »der natürliche Gegner jenes anderen, des demokratischen Prinzips, des Prinzips der Menschenrechte« ist, »welches nirgendwo wurzelt als in der ›Vernunft‹«.

So entschieden die Droste gegen die Vormärzdichtung opponierte, ihre »Zeitbilder« sind Tendenzpoesie wie jene, und sie bekennt sich ausdrücklich zu ihrem warnenden und mahnenden Dichteramt, zu ihrer Zeitbürgerschaft – wie im Gedicht *Mein Beruf*: »So rief die Zeit, so ward mein Amt / Von Gottes Gnaden mir gegeben, / So mein Beruf mir angestammt, / Im frischen Mut, im warmen Leben«. Trotz dieses Verantwortungsgefühls gegenüber der Zeit betont sie gleich in den nächsten Versen: »Ich frage nicht ob ihr mich nennt, / Nicht frönen mag ich kurzem Ruhme«. Wer auf Tageswirkung zielt, vergeht mit dem Tag, wie der Literaturbetrieb der Zeit ihr beweist; sie aber will als Unzeitgemäße vor ihrer Zeit bestehen und sich so zugleich über diese erheben:

... wenn ich dann wieder sehe, wie einer kaum den Kopf über dem Wasser hat, daß schon ein anderer hinter ihm einen Zoll höher aufduckt und ihn niederdrückt – wie Heine schon ganz verschollen, Freiligrath und Gutzkow veraltet sind ... dann scheint mir's besser die Beine auf den Sofa zu strecken, und mit halb geschlossenen Augen von Ewigkeiten zu träumen ... – so steht mein Entschluß fester als je, nie auf den Effekt zu arbeiten, keiner beliebten Manier, keinem andern Führer als der ewig wahren Natur durch die Windungen des Menschenherzens zu folgen, und unsere blasierte Zeit und ihre Zustände gänzlich mit dem Rücken anzusehen – ich mag und will *jetzt* nicht berühmt werden, aber nach hundert Jahren möcht ich gelesen werden, und vielleicht gelingt's mir, da es im Grunde ... nur das entschlossene Opfer der Gegenwart verlangt ...

Dieses Bekenntnis zur Unzeitgemäßheit, zum Ruhm erst bei den Nachgeborenen steht in Annettes Brief an Elise Rüdiger vom 24. Juli 1843.

Der aristokratische Konservatismus der Droste ist schon von ganz anders denkenden Zeitgenossen respektiert worden, weil man ihn als selbstverständlichen Ausdruck ihres Standes ansah. Mit Marx' Einleitung ›Zur Kritik der Hegelschen Rechtsphilosophie‹ zu reden: »Solange das ancien régime als vorhandene Weltordnung mit einer erst werdenden Welt kämpfte, stand auf seiner Seite ein weltgeschichtlicher Irrtum, aber kein persönlicher.« So ist ihr bis heute von der ideologischen Linken ihre rigorose Ablehnung von Liberalismus und Revolution weit weniger verübelt worden als den bürgerlichen Restaurationsautoren. Schon die erste substantielle Rezension ihrer Gedichte, und zwar der Ausgabe von 1838, die kein anderer als Friedrich Engels (im ›Telegraph für Deutschland‹, August 1840) verfaßt hat, kann sich die Hochachtung vor der Tatsache nicht versagen, daß »die Dichterin eine gläubige Katholikin« ist, was dem »Fräulein von Droste« wesentlich besser stehe als so manchem Literaten das protestantisch-pietistische Gewand. Der Sieg des Neuen werde erst gesichert sein, wenn sich auch die Frauen für den modernen Geist entflammen lassen, ihm die gleiche Inbrunst entgegenbringen wie die Droste der Religion. »Es ist eine mißliche Sache um die religiöse Freisinnigkeit der Frauen. Die George Sands, die Mistreß Shelleys sind selten; nur zu leicht zernagt der Zweifel das weibliche Gemüt und erhebt den Verstand zu einer Macht, die er bei keinem Weibe haben darf. Wenn aber die Ideen, mit denen wir Kinder des Neuen stehen und fallen, Wahrheit sind, dann ist auch die Zeit nicht mehr fern, wo das weibliche Herz ebenso warm für die Gedankenblüten des modernen Geistes schlägt, wie jetzt für den frommen Glauben der Väter – und erst dann wird der Sieg des Neuen vor der Tür sein, wenn die junge Generation es mit der Muttermilch in sich aufnimmt.«

In ihrer konzessionslos konservativen Opposition gegen politische Zeittendenzen offenbart die Droste vielfach eine Hellsicht, die man von einem späteren historischen Standpunkt aus durchaus als ›progressiv‹ bezeichnen könnte. Das zeigt etwa ihr mehrseitiges Gedicht über den Kölner Dombau, das hier als Exempel ihrer Zeitlyrik abgedruckt sei. In ihrer Ballade *Meister Gerhard von Köln* (1841) hatte sie sich durchaus noch von der romantischen Idee vom Weiterbau des Doms leiten lassen, so lange der Plan eben noch – im

Umkreis der ihr ja persönlich bekannten Brüder Boisserée – eine vom katholischen Kulturraum geprägte religiös-ästhetische Idee gewesen war. Nun aber hatten sich ganz andere ideologische Momente – preußisch-nationale – darunter gemischt, ja jene Idee überlagert.

Die Wiederaufnahme des Bauprogramms am Kölner Dom, dessen neue Grundsteinlegung durch den preußischen König 1842 stattfindet, wird in Annettes Dombaugedicht mit dem Wiederaufbau Hamburgs nach dem großen Brand im gleichen Jahr in Verbindung gebracht. Das Gedicht opponiert gegen den heraufziehenden Nationalismus, seine Verbrämung mit der Religion und seine sakrale Verklärung. (»Ich habe mich zwar durchaus nicht gegen den Dombau selbst, sondern nur gegen überhandnehmende, rein profane Richtung dabei äußern wollen«, schreibt sie am 17. Januar 1844 an Schücking.) Dem hybriden Bau, der mit dem Turmbau von Babel verglichen wird, also nichts als Gotteslästerung, »Karikatur des Heiligsten« ist, sowie dem Wiederaufbau der norddeutschen Handelsstadt werden die Idee eines unsichtbaren Doms, »wo eine gläub'ge Schar / In Demut ihre Arme hebt«, und einer unsichtbaren Stadt entgegengesetzt, wo selbstlose caritas zu Hause ist (»der Samariter Bund«). Die wahre, von Demut, Barmherzigkeit und Nächstenliebe getragene Religion tritt in Opposition zu ihrem Mißbrauch in nationalpolitischem und kommerziellem Interesse. Die Überheblichkeit Deutschlands wird durch die Frage entlarvt: »Ob eures Babels Zinnenhag / Zum Weltenvolk euch stempeln mag?« Und das Gedicht endet mit typischen Vanitas-Bildern der Droste: dem Untergang von Palmyra und dem Ende Roms. (*Vanitas vanitatum!* lautet der Titel eines Gedichts aus der Abteilung »Gedichte vermischten Inhalts«.)

Hier läßt sich eine Brücke schlagen zu dem ungekannten Antipoden der Droste: zu dem gleichfalls 1797 geborenen Heinrich Heine, von dem sie nicht sehr viel mehr gewußt hat, als daß seine Popularitätskurve 1843 im Sinken war, so wie umgekehrt er von ihr kaum Notiz genommen hat. Trotz der Kluft, die ihre Vita und Poetik trennt, begegnen Heine und die Droste sich von entgegengesetzter Seite in der Kritik am Dombauprogramm: »Sie stellt es aus ihrem kirchenkritischen Katholizismus in Frage, der nicht national sein will, und Heine aus seiner Liberalität, die europäisch denkt und eine Frontstellung zu Frankreich vermeiden will« (Wilhelm Gössmann). In ›Deutschland. Ein Wintermärchen‹ lästert Heine:

»Doch siehe! dort im Mondenschein
Den kolossalen Gesellen!
Er ragt verteufelt schwarz empor,
Das ist der Dom von Köllen.

. . .

Ihr armen Schelme vom Domverein,
Ihr wolltet mit schwachen Händen
Fortsetzen das unterbrochene Werk
Und die alte Zwingburg vollenden!

Ja, kommen wird die Zeit sogar,
Wo man, statt ihn zu vollenden,
Die inneren Räume zu einem Stall
Für Pferde wird verwenden.«

Das ist eine andere, spezifisch Heinesche Art von Vanitas-Bild!

Die Stadt und der Dom
Eine Karikatur des Heiligsten

»Der Dom! der Dom! der deutsche Dom!
Wer hilft den Kölner Dom uns baun!«
So fern und nah der Zeitenstrom
Erdonnert durch die deutschen Gaun.
Es ist ein Zug, es ist ein Schall
Wie ein gewaltger Wogenschwall.
Wer zählt der Hände Legion
In denen Opferheller glänzt?
Die Liederklänge wer, die schon
Das Echo dieses Rufs ergänzt?

Und wieder schallt's vom Elbestrand:
»Die Stadt! die Stadt! der deutsche Port!«
Und wieder zieht von Land zu Land
Ein gabespendend Klingeln fort;
Die Schiffe kommen Mast an Mast,
Goldregen schüttet der Palast,

Wem nie ein eignes Dach beschert,
Der wölbt es über fremde Not,
Wem nie geraucht der eigne Herd,
Der teilt sein schweißbenetztes Brot.

Wenn eines ganzen Volkes Kraft
Für seines Gottes Heiligtum
Die Lanze hebt so Schaft an Schaft,
Wer glühte nicht dem schönsten Ruhm?
Und wem, wem rollte nicht wie Brand
Das Blut an seiner Adern Wand,
Wenn eines ganzen Volkes Schweiß
Gleich edlem Regen niederträuft,
Bis in der Aschensteppe heiß
Viel Tausenden die Garbe reift?

Man meint, ein Volk von Heil'gen sei
Herabgestiegen über Nacht,
In ihrem Eichensarg aufs neu
Die alte deutsche Treu' erwacht.
O werte Einheit, bist du Eins –
Wer stände dann des Heilgenscheins,
Des Kranzes würdiger als du,
Gesegnete, auf deutschem Grund!
Du trügst den goldnen Schlüssel zu
Des Himmels Hort in deinem Bund.

Wohlan ihr Kämpen denn, wohlan
Du werte Kreuzesmassonei,
So gebt mir eure Zeichen dann
Und euer edles Feldgeschrei!
Da, horch! da stieß vom nächsten Schiff
Die Bootmannspfeife grellen Pfiff,
Da stiegen Flaggen ungezählt,
Kantate summte und Gedicht,
Der Demut Braun nur hat gefehlt,
Jehovas Namen hört ich nicht.

Wo deine Legion, o Herr,
Die knieend am Altare baut?
Wo, wo dein Samariter, der
In Wunden seine Träne taut?
Ach, was ich fragte und gelauscht,
Der deutsche Strom hat mir gerauscht,
Die deutsche Stadt, der deutsche Dom,
Ein Monument, ein Handelsstift,
Und drüber sah wie ein Phantom
Verlöschen ich Jehovas Schrift.

Und wer den Himmel angebellt,
Vor keiner Hölle je gebebt,
Der hat sich an den Kran gestellt
Der seines Babels Zinne hebt.
Wer nie ein menschlich Band geehrt,
Mit keinem Leid sich je beschwert,
Der flutet aus des Busens Schrein
Unsäglicher Gefühle Strom,
Am Elbestrand, am grünen Rhein,
Da holt sein Herz sich das Diplom.

Weh euch, die ihr den zorn'gen Gott
Gehöhnt an seiner Schwelle Rand,
Meineid'gen gleich in frevlem Spott
Hobt am Altare eure Hand!
Er ist der Herr, und was er will
Das schaffen Leu und Krokodill! –
So baut denn, baut den Tempel fort,
Mit ird'schem Sinn den heilgen Hag,
Daß euer bessrer Enkel dort
Für eure Seele beten mag!

Kennt ihr den Dom der unsichtbar
Mit tausend Säulen aufwärts strebt?
Er steigt wo eine gläub'ge Schar
In Demut ihre Arme hebt.
Kennt ihr die unsichtbare Stadt

Die tausend offne Häfen hat
Wo euer wertes Silber klingt?
Es ist der Samariter Bund,
Wenn Rechte sich in Rechte schlingt,
Und nichts davon der Linken kund.

O, er der Alles weiß, er kennt
Auch eurer Seele ödes Haus;
Baut Magazin und Monument,
Doch seinen Namen laßt daraus!
Er ist kein Sand der glitzernd stäubt,
Kein Dampfrad das die Schiffe treibt,
Ist keine falsche Flagge die
Sich stahl der See verlorner Sohn,
Parol' nicht die zur Felonie
Ins Lager schmuggelt den Spion!

Baut, baut, – um euer Denkmal ziehn
Doch Seufzer fromm und ungeschmückt,
Baut – neben eurem Magazin
Wird doch der Darbende erquickt.
Ob eures Babels Zinnenhag
Zum Weltenvolk euch stempeln mag?
Schaut auf Palmyrens Steppenbrand,
Wo scheu die Antilope schwebt,
Die Stadt schaut an wo, ein Gigant,
Das Collosseum sich erhebt.

Den Wurm der im Geheimen schafft,
Den kalten nackten Grabeswurm,
Ihn tötet nicht des Armes Kraft,
Noch euer toller Liedersturm.
Ein frommes, keusches Volk ist stark,
Doch Sünde zehrt des Landes Mark;
Sie hat in deiner Glorie Bahn,
O Roma, langsam dich entleibt,
Noch steht die Säule des Trajan,
Und seine Kronen sind zerstäubt!

HEIDEBILDER

Die »Zeitbilder« und damit die ganze Ausgabe von 1844 werden durch das Gedicht *Ungastlich oder nicht?* eröffnet: eine flammende Verteidigung der von Voltaire bis Heine so oft verspotteten westfälischen Heimat der Dichterin. (»O détestable Vestphalie!« rief Voltaire in einem Brief an Francesco Algarotti vom 6. Dezember 1740 aus.) »Ungastlich hat man dich genannt, / Will deinen grünsten Kranz dir rauben, / Volk mit der immer offnen Hand, / Mit deinem argwohnlosen Glauben; / O rege dich, daß nicht die Schmach / Auf deinem frommen Haupte laste / . . .« Die schönste Huldigung an Westfalen stellt freilich nicht dieses Tendenzgedicht, sondern die zweite Gruppe der Gedichtausgabe dar: die »Heidebilder«. Sie sind sämtlich in »einem Anlauf« (an Schücking, 17. Januar 1844) während Annettes ersten Meersburger Aufenthalts (1841/42) entstanden. Erst aus der großen räumlichen Distanz zur Heimat hat sich die Heide der Droste zur poetischen Landschaft verdichtet.

In seinem Buch ›Das malerische und romantische Westfalen‹, für das Annette eine Reihe von Balladen beigesteuert hat, beschreibt Levin Schücking eingehend die Natur- und Kulturlandschaft, welche den Hintergrund der Heidegedichte bildet: »Man muß auf den Heiden und öden Landstrecken Westfalens tagelang selber umhergestreift, stundenlang auf einem seiner Hünensteine sinnend gesessen und der braunen Unendlichkeit mit den Blicken nachgeschweift haben, um ganz empfinden zu können, wie eine solche Umgebung dem Gemüte eine entschiedene Richtung in seine eigene Tiefe hinein gibt. Ringsum ist nichts als die dunkle Fläche mit schwacher Farbnuancierung durch die Blüte des Heidekrauts und des Ginsters; blaue Waldfernen begrenzen den Horizont, hie und da schießt schweren Fluges eine Krähe nahe an der Erde hin, als ob sie den gelben Sandstreifen wie eine Schwalbe den Wasserspiegel streifen wolle; eine zerstreute Schafherde, hinter welcher der Hirt . . . träumend einherwandelt, dient zur Staffage; in der Entfernung ragt eine verwitterte Buche über einer Wallhecke empor und auf ihrem höchsten, dürrsten Aste ruht der Vogel der Melancholie, ein einsamer Storch . . .«

Im Unterschied zu den anderen Abteilungen der *Gedichte* 1844 stellen die »Heidebilder« einen echten Zyklus dar, wie er in der Literatur der Restaurationszeit sehr beliebt war. (Auch Nikolaus Lenau hat 1832 »Heidebilder« veröffentlicht, ohne freilich die Heide als poetische Landschaft so sinnlich zu vergegenwärtigen wie die Droste.) Die Gruppe der zwölf in Struktur und Stimmung sehr unterschiedlichen Gedichte beginnt mit dem Morgen und endet mit dem Abend. Eröffnet wird der Zyklus mit dem allegorischen Gedicht *Die Lerche*, das den Sonnenaufgang als das höfische Ritual des Levers einer Fürstin darstellt, der die Natur ihre Aufwartung macht. Es folgen das lyrische Tableau *Die Jagd* und das in sich selbst zyklisch gegliederte Gedicht *Die Vogelhütte*, eine Selbstparodie der bei strömendem Regen in ihrer Klause sitzenden und an »Heidebildern« schreibenden Dichterin. »Hier möcht ich Heidebilder schreiben, zum Exempel: / ›Die Vogelhütte‹, nein – ›der Herd‹, nein besser: / ›Der Knieende in Gottes weitem Tempel‹.« Ironischer Rckurs des lyrischen Ichs auf die Dichterin und auf die allmähliche Verfertigung der poetischen Gedanken beim Schreiben. Doch auch das heimische Publikum rückt schon ins Blickfeld: »Denk ich an die heitre Stube, an das weiche Kanapée, / Und wie mein Gedicht, das meine, dort zerlesen wird beim Tee.« Damit hatte Annette von ihrer Gedichtausgabe aus dem Jahre 1838 her ja reiche Erfahrungen! »Ich habe mich gesetzt in Gottes Namen; / Es hilft doch alles nicht, und mein Gedicht / Ist längst gelesen, und im Schloß die Damen, / Sie saßen lange zu Gericht.«

Völlig anders der Charakter des folgenden Weiher-Gedichts, eines Binnenzyklus innerhalb der »Heidebilder«. Die Weiher in der Heidelandschaft ihrer Heimat hat Annette auch in den *Westfälischen Schilderungen* beschrieben:

Fast jeder dieser Weidegründe enthält einen Wasserspiegel, von Schwertlilien umkränzt, an denen tausende kleiner Libellen wie bunte Stäbchen hängen, während die der größeren Art bis auf die Mitte des Weihers schnurren, wo sie in die Blätter der gelben Nymphäen, wie goldene Schmucknadeln in emaillierte Schalen niederfallen, und dort auf die Wasserinsekten lauern, von denen sie sich nähren.

Was sich schon in der subtilen Schilderung der »Heide nach dem Regen« in *Der Vogelherd* andeutete: nun treten Parodie und allegorisches Maskenspiel zurück, das lyrische Ich gibt seine Stimme an die Natur ab, die hier ihr bezauberndes Lied singt. Das Schilf, die Linde und die Wasserfäden selber werden jeweils zum lyrischen Ich: Die Linde etwa ist nicht der Gegenstand des Dichters, sondern der Dichter Gegenstand der Linde: »Da schaut ein Dichter von dem Uferdamm, / Den hör' ich flüstern wunderliche Weise, / Von mir und dir und der Libell' so leise«. Selbst dieses Naturgedicht, eines der betörendsten, das die Droste je geschrieben hat, entbehrt also nicht eines kleinen selbstironischen Schlenkers: der Dichter, sprich: die Dichterin bringt sich selber in das Weiherbild ein, wie ein alter Meister sein eigenes Bild perspektivisch verkürzt oder verkleinert unter die Figuren seines Gemäldes mischt. Vollends erhält dieses einzigartige Naturrollengedicht durch die »Kinder am Ufer« eine humoristische Pointe: die Kinder übertragen auf den Weiher die abergläubischen Vorstellungen, welche sie aus Märchen und Erzählungen ihrer Heimat kennen, und flüchten unter dem Vorwand, daß »die Sonne sticht«.

Der Weiher

Er liegt so still im Morgenlicht,
So friedlich, wie ein fromm Gewissen;
Wenn Weste seinen Spiegel küssen,
Des Ufers Blume fühlt es nicht;
Libellen zittern über ihn,
Blaugoldne Stäbchen und Karmin,
Und auf des Sonnenbildes Glanz
Die Wasserspinne führt den Tanz;
Schwertlilienkranz am Ufer steht
Und horcht des Schilfes Schlummerliede;
Ein lindes Säuseln kommt und geht,
Als flüstr' es: Friede! Friede! Friede! –

DAS SCHILF

Stille, er schläft, stille! stille!
Libelle, reg' die Schwingen sacht,

Daß nicht das Goldgewebe schrille,
Und, Ufergrün, halt gute Wacht,
Kein Kieselchen laß niederfallen.
Er schläft auf seinem Wolkenflaum,
Und über ihn läßt säuselnd wallen
Das Laubgewölb der alte Baum;
Hoch oben, wo die Sonne glüht,
Wieget der Vogel seine Flügel,
Und wie ein schlüpfend Fischlein zieht
Sein Schatten durch des Teiches Spiegel.
Stille, stille! er hat sich geregt,
Ein fallend Reis hat ihn bewegt,
Das grad zum Nest der Hänfling trug;
Su, Su! breit', Ast, dein grünes Tuch –
Su, Su! nun schläft er fest genug.

DIE LINDE

Ich breite über ihn mein Blätterdach
So weit ich es vom Ufer strecken mag.
Schau her, wie langaus meine Arme reichen,
Ihm mit den Fächern das Gewürm zu scheuchen,
Das hundertfarbig zittert in der Luft.
Ich hauch' ihm meines Odems besten Duft,
Und auf sein Lager laß ich niederfallen
Die Lieblichste von meinen Blüten allen;
Und eine Bank lehnt sich an meinen Stamm,
Da schaut ein Dichter von dem Uferdamm,
Den hör' ich flüstern wunderliche Weise,
Von mir und dir und der Libell' so leise,
Daß er den frommen Schläfer nicht geweckt;
Sonst wahrlich hätt' die Raupe ihn erschreckt,
Die ich geschleudert aus dem Blätterhag.
Wie grell die Sonne blitzt; schwül wird der Tag.
O könnt' ich! könnt' ich meine Wurzeln strecken
Recht mitten in das tief kristall'ne Becken,
Den Fäden gleich, die, grünlicher Asbest,

Schaun so behaglich aus dem Wassernest,
Wie mir zum Hohne, der im Sonnenbrande
Hier einsam niederlechzt vom Uferrande.

DIE WASSERFÄDEN

Neid' uns! neid' uns! laß die Zweige hangen,
Nicht weil flüssigen Kristall wir trinken,
Neben uns des Himmels Sterne blinken,
Sonne sich in unserm Netz gefangen –
Nein, des Teiches Blutsverwandte, fest
Hält er all uns an die Brust gepreßt,
Und wir bohren unsre feinen Ranken
In das Herz ihm, wie ein liebend Weib,
Dringen Adern gleich durch seinen Leib,
Dämmern auf wie seines Traums Gedanken;
Wer uns kennt, der nennt uns lieb und treu,
Und die Schmerle birgt in unsrer Hut
Und die Karpfenmutter ihre Brut;
Welle mag in unserm Schleier kosen;
Uns nur traut die holde Wasserfei,
Sie, die Schöne, lieblicher als Rosen.
Schleuß, Trifolium,* die Glocken auf,
Kurz dein Tag, doch königlich sein Lauf!

KINDER AM UFER

O sieh doch! siehst du nicht die Blumenwolke
Da drüben in dem tiefsten Weiherkolke?
O! das ist schön! hätt' ich nur einen Stecken,
Schmalzweiße Kelch' mit dunkelroten Flecken,
Und jede Glocke ist frisiert so fein

* *Trifolium*, Dreiblatt, *Menianthes Trifoliata* L. Biberklee. Eine Wasserpflanze, die nur in sehr tiefem Wasser wächst, mit schöner aber sehr vergänglicher Blüte.

Wie unser wächsern Engelchen im Schrein.
Was meinst du, schneid' ich einen Haselstab,
Und wat' ein wenig in die Furt hinab?
Pah! Frösch' und Hechte können mich nicht schrecken.
Allein, ob nicht vielleicht der Wassermann
Dort in den langen Kräutern hocken kann?
Ich geh, ich gehe schon – ich gehe nicht –
Mich dünkt, ich sah am Grunde ein Gesicht –
Komm laß uns lieber heim, die Sonne sticht!

Auch im nächsten, einem erzählenden Gedicht mit dem Titel *Der Hünenstein* spielt die Dichterin ironisch mit abergläubischen Vorstellungen. Schon sieht der Erzähler sich in der Gewalt eines Gespenstes, das aus dem Hünengrab aufsteigt, da taucht sein Lakai mit Licht und Regenschirm auf: »Noch einmal sah ich zum Gestein hinab: / Ach Gott, es war doch nur ein rohes Grab, / Das armen ausgedorrten Staub bedeckte! –«

Auf *Die Steppe* folgt mit *Die Mergelgrube* eines der ausdrucksmächtigsten Erzählgedichte der Droste, in dem sie, in Gestalt eines männlichen Erzählers, eine ihrer eigenen mineralogischen Exkursionen in die apokalyptisch anmutende Region einer Mergelgrube schildert (Mergel ist das Gemenge von Lehm und kohlensaurem Kalk, mit dem die Felder gedüngt werden) – ein Zeugnis der Vorliebe der Autorin für melancholische Landschaften, in denen die Natur zur gänzlich fremden Macht wird, zum Bild des »zerstörten Alls«, wie es in den Versen 45–56 beschworen wird: »doch die Natur / Schien mir verödet, und ein Bild erstand / Von einer Erde, mürbe, ausgebrannt; / Ich selber schien ein Funken mir, der doch / Erzittert in der toten Asche noch, / Ein Findling im zerfall'nen Weltenbau«. Hier ist schon die Vision des ausgestorbenen Weltalls im späten *Gethsemane*-Gedicht vorweggenommen. Doch selbst dieses das Ungeheure streifende Gedicht nimmt eine komische Wendung mit dem desillusionierenden Auftritt des sockenstrikkenden Hirten, dem gar der Erzähler den Wollknäuel reicht. Der Naturmensch, den man in dieser Urlandschaft erwartet, entpuppt sich als Leser von ›Bertuchs Naturgeschichte‹, der den Vorgang der Versteinerung, wie er in diesem – auch von der Droste gern benutzten – Werk geschildert wird, mit einer mythischen ›Verwandlung‹ von Tier in Stein verwechselt, an die er, aufgeklärt wie er ist, nicht glaubt. Als ihn die Erzählerin selbst am Beispiel einer gefundenen Schiefertafel von der Versteinerung überzeugen will, hält er sie für verrückt. Derart desillusionierend-ironische Pointen verbinden die »Heidebilder« der Droste merkwürdig mit der Lyrik ihres Antipoden Heinrich Heine.

Die Mergelgrube

Stoß deinen Scheit drei Spannen in den Sand,
Gesteine siehst du aus dem Schnitte ragen,
Blau, gelb, zinnoberrot, als ob zur Gant
Natur die Trödelbude aufgeschlagen.
Kein Pardelfell war je so bunt gefleckt,
Kein Rebhuhn, keine Wachtel so gescheckt,
Als das Gerölle gleißend wie vom Schliff
Sich aus der Scholle bröckelt bei dem Griff
Der Hand, dem Scharren mit des Fußes Spitze.
Wie zürnend sturt dich an der schwarze Gneus,
Spatkugeln kollern nieder, milchig weiß,
Und um den Glimmer fahren Silberblitze;
Gesprenkelte Porphyre, groß und klein,
Die Ockerdruse und der Feuerstein –
Nur wenige hat dieser Grund gezeugt,
Der sah den Strand, und *der* des Berges Kuppe;
Die zorn'ge Welle hat sie hergescheucht,
Leviathan mit seiner Riesenschuppe,
Als schäumend übern Sinai er fuhr,
Des Himmels Schleusen dreißig Tage offen,
Gebirge schmolzen ein wie Zuckerkand,
Als dann am Ararat die Arche stand,
Und eine fremde, üppige Natur,
Ein neues Leben quoll aus neuen Stoffen. –
Findlinge nennt man sie, weil von der Brust,
Der mütterlichen sie gerissen sind,
In fremde Wiege schlummernd unbewußt,
Die fremde Hand sie legt wie's Findelkind.
O welch ein Waisenhaus ist diese Heide,

Die Mohren, Blaßgesicht und rote Haut
Gleichförmig hüllet mit dem braunen Kleide!
Wie endlos ihre Zellenreihn gebaut!

Tief ins Gebröckel, in die Mergelgrube
War ich gestiegen, denn der Wind zog scharf;
Dort saß ich seitwärts in der Höhlenstube,
Und horchte träumend auf der Luft Geharf.
Es waren Klänge, wie wenn Geisterhall
Melodisch schwinde im zerstörten All;
Und dann ein Zischen, wie von Moores Klaffen,
Wenn brodelnd es in sich zusamm'gesunken;
Mir überm Haupt ein Rispeln und ein Schaffen,
Als scharre in der Asche man den Funken.
Findlinge zog ich Stück auf Stück hervor,
Und lauschte, lauschte mit berauschtem Ohr.

Vor mir, um mich der graue Mergel nur,
Was drüber sah ich nicht; doch die Natur
Schien mir verödet, und ein Bild erstand
Von einer Erde, mürbe, ausgebrannt;
Ich selber schien ein Funken mir, der doch
Erzittert in der toten Asche noch,
Ein Findling im zerfall'nen Weltenbau.
Die Wolke teilte sich, der Wind ward lau;
Mein Haupt nicht wagt' ich aus dem Hohl zu strecken,
Um nicht zu schauen der Verödung Schrecken,
Wie Neues quoll und Altes sich zersetzte –
War ich der erste Mensch oder der letzte?

Ha, auf der Schieferplatte hier Medusen –
Noch schienen ihre Strahlen sie zu zücken,
Als sie geschleudert von des Meeres Busen,
Und das Gebirge sank, sie zu zerdrücken.
Es ist gewiß, die alte Welt ist hin,
Ich Petrefakt, ein Mammutsknochen drin!
Und müde, müde sank ich an den Rand

Der staub'gen Gruft; da rieselte der Grand
Auf Haar und Kleider mir, ich ward so grau
Wie eine Leich' im Katakomben-Bau,
Und mir zu Füßen hört ich leises Knirren,
Ein Rütteln, ein Gebröckel und ein Schwirren.
Es war der Totenkäfer, der im Sarg
Soeben eine frische Leiche barg;
Ihr Fuß, ihr Flügelchen empor gestellt
Zeigt eine Wespe mir von dieser Welt.
Und anders ward mein Träumen nun gewandet,
Zu einer Mumie ward ich versandet,
Mein Linnen Staub, fahlgrau mein Angesicht,
Und auch der Skarabäus fehlte nicht.

Wie, Leichen über mir? – so eben gar
Rollt mir ein Byssusknäuel in den Schoß;
Nein, das ist Wolle, ehrlich Lämmerhaar –
Und plötzlich ließen mich die Träume los.
Ich gähnte, dehnte mich, fuhr aus dem Hohl,
Am Himmel stand der rote Sonnenball
Getrübt von Dunst, ein glüher Karniol,
Und Schafe weideten am Heidewall.
Dicht über mir sah ich den Hirten sitzen,
Er schlingt den Faden und die Nadeln blitzen,
Wie er bedächtig seinen Socken strickt.
Zu mir hinunter hat er nicht geblickt.
»Ave Maria« hebt er an zu pfeifen,
So sacht und schläfrig, wie die Lüfte streifen.
Er schaut so seelengleich die Herde an,
Daß man nicht weiß, ob Schaf er oder Mann.
Ein Räuspern dann, und langsam aus der Kehle
Schiebt den Gesang er in das Garngestrehle:

Es stehet ein Fischlein in einem tiefen See,
Danach tu ich wohl schauen, ob es kommt in die Höh;
Wandl' ich über Grunheide bis an den kühlen Rhein,
Alle meine Gedanken bei meinem Feinsliebchen sein.

Gleich wie der Mond ins Wasser schaut hinein,
Und gleich wie die Sonne im Wald gibt güldenen Schein,
Also sich verborgen bei mir die Liebe findt,
Alle meine Gedanken, sie sind bei dir, mein Kind.

Wer da hat gesagt, ich wollte wandern fort,
Der hat sein Feinsliebchen an einem andern Ort;
Trau nicht den falschen Zungen, was sie dir blasen ein,
Alle meine Gedanken, sie sind bei dir allein.

Ich war hinaufgeklommen, stand am Bord,
Dicht vor dem Schäfer, reichte ihm den Knäuel;
Er steckt' ihn an den Hut, und strickte fort,
Sein weißer Kittel zuckte wie ein Weihel.
Im Moose lag ein Buch; ich hob es auf –
»Bertuchs Naturgeschichte«; lest ihr das? –
Da zog ein Lächeln seine Lippen auf:
Der lügt mal, Herr! doch das ist just der Spaß!
Von Schlangen, Bären, die in Stein verwandelt,
Als, wie Genesis sagt, die Schleusen offen;
Wär's nicht zur Kurzweil, wär es schlecht gehandelt:
Man weiß ja doch, daß alles Vieh versoffen.
Ich reichte ihm die Schieferplatte: »schau,
Das war ein Tier.« Da zwinkert er die Brau,
Und hat mir lange pfiffig nachgelacht –
Daß ich verrückt sei, hätt' er nicht gedacht! –

In dem folgenden Gedicht *Die Krähen* wird die Natur erneut anthropomorphisiert. Die greise Krähe schildert eben die »Schlacht im Loener Bruch«, welche bereits das Thema des Epos der Droste gewesen ist, in dem die Heidelandschaft eine wichtige symbolische Rolle spielte.

Den Schluß des Zyklus bilden die vier Dämmerungs- und Nachtgedichte, an die jeder zuerst denkt, wenn von den »Heidebildern« die Rede ist: *Das Hirtenfeuer, Der Heidemann, Das Haus in der Heide* und schließlich *Der Knabe im Moor,* das im zwanzigsten Jahrhundert wohl berühmteste Gedicht der Droste. Das erste

Gedicht hat wie kein anderes die Stimmung der abendlichen Heide eingefangen. Mit der subtilen impressionistischen Wiedergabe von Farben, Dünsten, Lauten und atmosphärischen Momenten der Landschaft sowie des archaisch ritualisierten Lebens der Hirten mit ihren weithin hallenden Rufen hat Annette eine neue Form von Naturlyrik begründet. Nicht zuletzt durch die wiederholte Vermeidung des Artikels (»Unke kauert im Sumpf, / Igel im Grase duckt«) tauchen die Erscheinungen der sich verdunkelnden Landschaft in mythische Tiefe ein.

Das Hirtenfeuer

Dunkel, Dunkel im Moor,
Über der Heide Nacht,
Nur das rieselnde Rohr
Neben der Mühle wacht,
Und an des Rades Speichen
Schwellende Tropfen schleichen.

Unke kauert im Sumpf,
Igel im Grase duckt,
In dem modernden Stumpf
Schlafend die Kröte zuckt,
Und am sandigen Hange
Rollt sich fester die Schlange.

Was glimmt dort hinterm Ginster,
Und bildet lichte Scheiben?
Nun wirft es Funkenflinster,
Die löschend niederstäuben;
Nun wieder alles dunkel –
Ich hör des Stahles Picken,
Ein Knistern, ein Gefunkel –
Und auf die Flammen zücken.

Und Hirtenbuben hocken
Im Kreis' umher, sie strecken

Die Hände, Torfes Brocken
Seh ich die Lohe lecken;
Da bricht ein starker Knabe
Aus des Gestrippes Windel,
Und schleifet nach im Trabe
Ein wüst Wacholderbündel.

Er läßt's am Feuer kippen –
Hei, wie die Buben johlen,
Und mit den Fingern schnippen
Die Funken-Girandolen!
Wie ihre Zipfelmützen
Am Ohre lustig flattern,
Und wie die Nadeln spritzen,
Und wie die Äste knattern!

Die Flamme sinkt, sie hocken
Aufs Neu' umher im Kreise,
Und wieder fliegen Brocken,
Und wieder schwelt es leise;
Glührote Lichter streichen
An Haarbusch und Gesichte,
Und schier Dämonen gleichen
Die kleinen Heidewichte.

Der da, der Unbeschuhte,
Was streckt er in das Dunkel
Den Arm wie eine Rute,
Im Kreise welch' Gemunkel?
Sie spähn wie junge Geier
Von ihrer Ginsterschütte:
Ha, noch ein Hirtenfeuer,
Recht an des Dammes Mitte!

Man sieht es eben steigen
Und seine Schimmer breiten,
Den wirren Funkenreigen

Übern Wacholder gleiten;
Die Buben flüstern leise,
Sie räuspern ihre Kehlen,
Und alte Heideweise
Verzittert durch die Schmelen.

»Helo, heloe!
Heloe, loe!
Komm du auf unsre Heide,
Wo ich meine Schäflein weide,
Komm, o komm in unser Bruch
Da gibt's der Blümelein genug –
Helo, heloe!«

Die Knaben schweigen, lauschen nach dem Tann,
Und leise durch den Ginster zieht's heran:

GEGENSTROPHE

»Helo, heloe!
Ich sitze auf dem Walle,
Meine Schäflein schlafen alle,
Komm, o komm in unsern Kamp,
Da wächst das Gras wie Brahm so lang!
Helo, heloe!
Heloe, loe!«

Vor dem Hintergrund solcher Landschaftsbilder erscheint ein Menschengeschlecht, das noch in Vorstellungen einer urtümlichen Bildwelt lebt, mit seltsamen Bräuchen, unheimlichen Visionen und der Gabe des »Vorgesichts«, des »Vorkiekens« oder »Spökenkiekens«. Wie in Goethes ›Erlkönig‹ verwandeln sich die Naturerscheinungen in der Phantasie, vor allem der Kinder, in Gestalten der Vorwelt, des Mythos und Aberglaubens – das Thema der balladesken Gedichte *Der Heidemann* und *Der Knabe im Moor*. Über den Aberglauben im Münsterland findet sich in den *Westfälischen Schilderungen* eine Passage, welche genau die Angstgesichte des

Knaben im Moor beschreibt, mit der ironischen Begründung des allmählichen Aussterbens dieser abergläubischen Vorstellungen – natürlich im Zuge der Aufklärung und der modernen Zivilisation – durch das erfolgreiche Gebet für die armen Seelen:

Die häufigen Gespenster in Moor, Heide und Wald sind arme Seelen aus dem Fegefeuer, deren täglich in vielen tausend Rosenkränzen gedacht wird, und ohne Zweifel mit Nutzen, da man zu bemerken glaubt, daß die ›Sonntagsspinnerin‹ ihre blutigen Arme immer seltener aus dem Gebüsche streckt, der ›diebische Torfgräber‹ nicht halb so kläglich mehr im Moore ächzt und vollends der ›kopflose Geiger‹ seinen Sitz auf dem Waldsteige gänzlich verlassen zu haben scheint.

Der Knabe im Moor

O schaurig ist's übers Moor zu gehn,
Wenn es wimmelt vom Heiderauche,
Sich wie Phantome die Dünste drehn
Und die Ranke häkelt am Strauche,
Unter jedem Tritt ein Quellchen springt,
Wenn aus der Spalte es zischt und singt,
O schaurig ist's übers Moor zu gehn,
Wenn das Röhricht knistert im Hauche!

Fest hält die Fibel das zitternde Kind
Und rennt als ob man es jage;
Hohl über die Fläche sauset der Wind
Was raschelt drüben am Hage?
Das ist der gespenstige Gräberknecht,
Der dem Meister die besten Torfe verzecht;
Hu, hu, es bricht wie ein irres Rind!
Hinducket das Knäblein zage.

Vom Ufer starret Gestumpf hervor,
Unheimlich nicket die Föhre,
Der Knabe rennt, gespannt das Ohr,
Durch Riesenhalme wie Speere;
Und wie es rieselt und knittert darin!
Das ist die unselige Spinnerin,
Das ist die gebannte Spinnlenor',
Die den Haspel dreht im Geröhre!

Voran, voran, nur immer im Lauf,
Voran als woll' es ihn holen;
Vor seinem Fuße brodelt es auf,
Es pfeift ihm unter den Sohlen
Wie eine gespenstige Melodei;
Das ist der Geigemann ungetreu,
Das ist der diebische Fiedler Knauf,
Der den Hochzeitheller gestohlen!

Da birst das Moor, ein Seufzer geht
Hervor aus der klaffenden Höhle;
Weh, weh, da ruft die verdammte Margreth:
»Ho, ho, meine arme Seele!«
Der Knabe springt wie ein wundes Reh,
Wär' nicht Schutzengel in seiner Näh',
Seine bleichenden Knöchelchen fände spät
Ein Gräber im Moorgeschwele.

Da mählig gründet der Boden sich,
Und drüben, neben der Weide,
Die Lampe flimmert so heimatlich,
Der Knabe steht an der Scheide.
Tief atmet er auf, zum Moor zurück
Noch immer wirft er den scheuen Blick:
Ja, im Geröhre war's fürchterlich,
O schaurig war's in der Heide!

BALLADENKUNST

Der Knabe im Moor, der die »Heidebilder« abschließt, wird von der Droste nicht unter die Gruppe der achtzehn »Balladen« der *Gedichte* aufgenommen, obwohl er heute als eine der klassischen Exempel dieser Gattung in der deutschen Literatur gilt, genauer gesagt einer bestimmten Spezies der Gattung, deren Geschichte sich von der sogenannten Volksballade, der schottischen und englischen Ballade herschreibt, die von Herder erschlossen und von Goethe zumal in seinen naturmagischen Balladen adaptiert worden ist. In der Auslegung seiner ›Ballade‹ vom vertriebenen und zurückkehrenden Grafen (1821) hat Goethe von dieser Tradition her das »Geheimnisvolle« als das wesentliche Gattungsmerkmal der Ballade bestimmt. Dieses liege nicht in ihrem Inhalt, sondern in ihrer Form, zumal in der Unentschiedenheit zwischen den »drei Grundarten der Poesie«, d.h. zwischen lyrischer, epischer und dramatischer Behandlung des Stoffs. Die Ballade verkörpert für Goethe gewissermaßen den Urtypus der Poesie, »weil hier die Elemente noch nicht getrennt, sondern wie in einem lebendigen Ur-Ei zusammen sind«, aus dem sich dann durch Differenzierung die einzelnen Dichtungsarten entfalten. »Die Ballade hat etwas Mysterioses, ohne mystisch zu sein; diese letzte Eigenschaft eine Gedichts liegt im Stoff, jene in der Behandlung.« Das Mysteriose kommt also durch die verrätselnde, mystifizierende Darstellung (Auslassungen, Durchbrechung und Umkehrung der Zeitenfolge u.ä.) zustande. Sie aber ist ja gerade ein Spezifikum der Dichtungsweise der Droste, auch in der Novelle und der Verserzählung, wie wir gesehen haben. Kein Wunder also, daß die Ballade für sie eine besondere Anziehungskraft besessen hat. Wirklich ging sie in der Tendenz der Verdunklung und Verrätselung noch entschieden weiter als Goethe – zu nicht unbeträchtlicher Irritation der zeitgenössischen Leser, wie das Urteil des Verlegers Speth über die Balladen der Frau von Thielen im Lustspiel *Perdu!* zeigt.

In Goethes Poetik der Ballade gibt sich eine rationalistische Position kund, eine – in manchen Balladen als Ironie hervortretende – Distanz aufgeklärten Bewußtseins zum gestalteten Stoff als einem Produkt mehr oder weniger sinnreichen Aberglaubens. Auf der anderen Seite drückt sich in solchem ›Aberglauben‹ jedoch eine ältere, magisch-symbolische Denkform und elementarische Erfahrungsweise der Wirklichkeit aus, die unterhalb der Schwelle des Bewußtseins ihr Recht gegenüber der aufgeklärten Vernunft behauptet. Und das ist der zweite Grund für die intensive Beschäftigung der Droste mit dieser Gattung. Der verdrängte Mythos rächt sich immer wieder für seine Unterdrückung. Das Aufbegehren einer älteren, scheinbar schon außer Kraft gesetzten Daseinsordnung oder mythischen Wirklichkeit gegen eine spätere, nach ganz anderen Regeln organisierte Welt, oder überhaupt die Beschwörung eines ›Alten‹, »uraltgeschichtlich Überlieferten« (Goethe), einer verschollenen Zeit und Welt – das ist ein bevorzugter Themenbereich der Goetheschen wie der Drosteschen Ballade. Ihre spezifische Aura ist »Altertümlichkeit des Geschehens, Altertümlichkeit des Fühlens« (Max Kommerell). Gerade deshalb eignet sie sich besonders, verborgene Schichten der Seele bloßzulegen oder eine Person zu charakterisieren, die noch in einer archaisch-mythischen Vorstellungswelt lebt. Deshalb haben sowohl Goethe in ›Der Erlkönig‹ und seinen Kinderballaden (›Die wandelnde Glocke‹ und ›Der getreue Eckart‹) als auch die Droste sich gern in die mythische Denkform des Kindes hineinbegeben. Im ›Erlkönig‹ ist es gerade das Kind, das die Dämonen sieht, während der ›aufgeklärte‹ Vater den Gesichten des Kindes die ›wirkliche‹ Natur entgegensetzt. In *Der Knabe im Moor* erscheint das Spukhafte ebenfalls nur aus der Perspektive des Kindes. Obschon diese durch keine aufgeklärte Stimme relativiert wird, sind die Naturerscheinungen, auf welche es seine Gesichte projiziert, so geschildert, daß der Leser sie in ihrer bloßen Natürlichkeit wahrzunehmen vermag, und das ›Geisterhafte‹ an ihnen wird vom Erzähler durch Vergleichspartikel (»wie Phantome«, »wie eine gespenstige Melodei«) subtil relativiert – wie die Desillusionierung des Mysteriösen ja überhaupt ein ironischer Grundzug der »Heidebilder« ist. Trotz dieser verhüllt aufklärerischen Gegenperspektive zum »Aberglauben« ihrer münsterländischen Heimat rührt das Interesse der Droste an der Ballade mit ihrer Affinität zum ›Schaurigen‹, Mysteriös-Numinosen, Unheimlich-Übersinnlichen doch von der tiefen Prägung ihrer Imagination durch die okkulte Phantasiewelt des westfälischen Menschenschlags her und aus dem Widerspruchsgeist gegen eine allzu selbstsichere Rationalität, deren Einspruch zwar in die Gestaltung selbst mit einbezogen wird, jedoch so, daß das Unheimliche von ihr nicht wirklich eingeholt, sondern seine Deutung und Erklärung in der Schwebe gelassen wird. So dient die Ballade der Droste dazu, die rationalistisch-mechanistische Schulweisheit immer wieder zu irritieren. Das Geheimnisvolle wird zum Signal einer Transzendenz, die im Aberglauben ein Zerrbild findet – doch ein Zerrbild setzt die Realität dessen, was es verzeichnet, voraus, und es gilt, auf dem Boden wahrer Religiosität das Verzeichnete in das wahre Zeichen zu verwandeln, das Geisterhafte in geistlichem Sinne ›aufzuklären‹.

Ein Musterbeispiel der mysteriösen Ballade ist die im Frühjahr 1840 entstandene – schon in das *Malerische romantische Westfalen* aufgenommene – Ballade *Der Graue*. Was sich hier abspielt – ob Wahn, ob Wirklichkeit –, bleibt in typisch Drostescher Manier in der Schwebe. Das unheimliche nächtliche Erlebnis in der Burg ließe sich, wie es die aufgeklärten und belesenen Geschäftsmenschen am Schluß der Ballade ja auch tun, ganz natürlich erklären, als Alptraum oder Produkt überhitzter Phantasie, wozu dic Umstände ja auch allen Anlaß geben. Da ist der reichlich genossene Wein, da ist die späte Lektüre von Walter Scotts Ritterroman ›Ivanhoe‹ und überhaupt die abenteuerliche Situation der Übernachtung in einer zum ersten Mal wieder bewohnten alten Burg. Das unterdrückte schlechte Gewissen des »plebejen Gastes« mag da eine Rolle spielen, übernachtet er doch an einer historisch geweihten Stätte, die ihm nicht ansteht und die durch einen nach aristokratischem Ambiente verlangenden bürgerlichen Parvenü profaniert ist. Und doch beweist die Geistererscheinung ihre Macht gegenüber der saturierten Ratio, denn sie zeichnet das Opfer des nächtlichen Spuks lebenslang durch das »eisgraue Haar«.

Der Graue

Im Walde steht die kleine Burg,
Aus rohem Quaderstein gefugt,
Mit Schart' und Fensterlein, wodurch
Der Doppelhaken einst gelugt;
Am Teiche rauscht des Rohres Speer,
Die Brücke wiegt und knarrt im Sturm,

Und in des Hofes Mitte, schwer,
Plump wie ein Mörser, steht der Turm.

Da siehst du jetzt umher gestellt
Manch feuerrotes Ziegeldach,
Und wie der Stempel steigt und fällt,
So pfeift die Dampfmaschine nach;
Es knackt die Form, der Bogen schrillt,
Es dunstet Scheidewassers Näh',
Und überm grauen Wappenschild
Liest man: Moulin à papier.

Doch wie der Kessel quillt und schäumt,
Den Brüssler Kaufherrn freut es kaum,
Der hatte einmal sich geträumt
Von Land und Luft den feinsten Traum;
Das war so recht ein Fleckchen, sich
Zu retten aus der Zahlen Haft!
Nicht groß, und doch ganz adelich,
Und brauchte wenig Dienerschaft.

Doch eine Nacht nur macht' er sich
Bequem es – oder unbequem –
In seinem Schlößchen, und er strich
Nur wie ein Vogel dran seitdem.
Sah dann er zu den Fenstern auf,
Verschlossen wie die Sakristei'n,
So zog er wohl die Schultern auf,
Mit einem Seufzer, oder zwei'n.

Es war um die Septemberzeit,
Als, schürend des Kamines Brand,
Gebückt, in regenfeuchtem Kleid,
Der Hausherr in der Halle stand,
Er und die Gäste, all' im Rauch;
Van Neelen, Redel, Verney, Dahm,
Und dann der blonde Waller auch,
Der eben erst aus Smyrna kam.

Im Schlote schnob der Wind, es goß
Der Regen sprudelnd sich vom Dach,
Und wenn am Brand ein Flämmchen schoß,
Schien doppelt öde das Gemach.
Die Gäste waren all' zur Hand,
Erleichternd ihres Wirtes Müh';
Van Neelen nur am Fenster stand,
Und schimpfte auf die Landpartie.

Doch nach und nach mag's besser gehn,
Schon hat der Wind die Glut gefacht,
Den Regen läßt man draußen stehn,
Champagnerflaschen sind gebracht.
Die Leuchter hatten wenig Wert,
Es ging wie beim Studentenfest:
Sobald die Flasche ist geleert,
Wird eine Kerze drauf gepreßt.

Je mehr es fehlt, so mehr man lacht,
Der Wein ist heiß, die Kost gewählt,
Manch derbes Späßchen wird gemacht,
Und mancher feine Streich erzählt.
Zuletzt von Wein und Reden glüh,
Rückt seinen Stuhl der Herr vom Haus:
»Ich lud euch zu 'ner Landpartie,
Es ward 'ne Wasserfahrt daraus.«

»Doch da die allerschönste Fracht
Am Ende nach dem Hafen schifft,
So, meine Herren, gute Nacht!
Und nehmt vorlieb, wie es sich trifft.«
Da lachend nach den Flaschen greift
Ein jeder. – Türen auf und zu.
Und Waller, noch im Gehen, streift
Aus seinem Frack den Ivanhoe.

Es war tief in die Nacht hinein,
Und draußen heulte noch der Sturm,
Schnob zischend an dem Fensterstein
Und drillt den Glockenstrang am Turm.
In seinem Bette Waller lag,
Und las so scharf im Ivanhoe,
Daß man gedacht, bevor es Tag
Sei Englands Königreich in Ruh.

Er sah nicht, daß die Kerze tief
Sich brannte in der Flasche Rand,
Der Talg in schweren Tropfen lief,
Und drunten eine Lache stand.
Wie träumend hört' er das Geknarr
Der Fenster, vom Rouleau gedämpft,
Und wie die Türe mit Geschnarr
In ihren Angeln zuckt und kämpft.

Sehr freut er sich am Bruder Tuck,
– Die Sehne schwirrt, es rauscht der Hain –
Da plötzlich ein gewalt'ger Ruck,
Und, hui! die Scheibe klirrt hinein.
Er fuhr empor, – weg war der Traum –
Und deckte mit der Hand das Licht,
Ha! wie so wüst des Zimmers Raum!
Selbst ein romantisches Gedicht!

Der Sessel feudalistisch Gold –
Am Marmortisch die Greifenklau' –
Und überm Spiegel flatternd rollt,
Ein Banner, der Tapete Blau,
Im Zug der durch die Lücke schnaubt;
Die Ahnenbilder leben fast,
Und schütteln ihr behelmtes Haupt
Ergrimmt ob dem plebejen Gast.

Der blonde Waller machte gern
Sich selber einen kleinen Graus,
So nickt er spöttisch gen die Herrn,
Als fordert' er sie keck heraus.
Die Glocke summt – schon Eins fürwahr!
Wie eine Boa dehnt' er sich,
Und sah nach dem Pistolenpaar,
Dann rüstet er zum Schlafe sich.

Die Flasche hob er einmal noch
Und leuchtete die Wände an,
Ganz wie 'ne alte Halle doch
Aus einem Scottischen Roman!
Und – ist das Nebel oder Rauch,
Was durch der Türe Spalten quillt,
Und, wirbelnd in des Zuges Hauch,
Die dunstigen Paneele füllt?

Ein Ding – ein Ding – wie Grau in Grau,
Die Formen schwanken – sonderbar! –
Doch, ob der Blick sich schärft? den Bau
Von Gliedern nimmt er mählig wahr.
Wie überm Eisenhammer, schwer
Und schwarz, des Rauches Säule wallt;
Ein Zucken flattert drüben her,
Doch – hat es menschliche Gestalt!

Er war ein hitziger Kumpan,
Wenn Wein die Lava hat geweckt.
»Qui vive!« – und leise knackt der Hahn,
Der Waller hat den Arm gestreckt:
»Qui vive!« – 'ne Pause, – »ou je tire!«
Und aus dem Lauf die Kugel knallt;
Er hört sie schlagen an die Tür,
Und abwärts prallen mit Gewalt.

Der Schuß dröhnt am Gewölbe nach,
Und, eine schwere Nebelschicht,
Füllt Pulverbrodem das Gemach;
Er teilt sich, schwindet, das Gesicht
Steht in des Zimmers Mitte jetzt,
Ganz wie ein graues Bild von Stein,
Die Formen scharf und unverletzt,
Die Züge edel, streng und rein.

Auf grauer Locke grau Barett,
Mit grauer Hahnenfeder drauf.
Der Waller hat so sacht und nett
Sich hergelangt den zweiten Lauf.
Noch zögert er – ist es ein Bild,
Wär's zu zerschießen lächerlich;
Und wär's ein Mensch – das Blut ihm quillt
Ein Geck, der unterfinge sich –?!

Ein neuer Ruck, und wieder Knall
Und Pulverrauch – war das Gestöhn?
Er hörte keiner Kugel Prall –
Es ist vorüber! ist geschehn!
Der Waller zuckt: »verdammtes Hirn!«
Mit einmal ist er kalt wie Eis,
Der Angstschweiß tritt ihm auf die Stirn,
Er starret in den Nebelkreis.

Ein Ächzen! oder Windeshauch! –
Doch nein, der Scheibensplitter schwirrt.
O Gott, es zappelt! – nein – der Rauch
Gedrängt vom Zuge schwankt und irrt;
Es wirbelt aufwärts, woget, wallt,
Und, wie ein graues Bild von Stein,
Steht nun am Bette die Gestalt,
Da, wo der Vorhang sinkt hinein.

Und drüber knistert's, wie von Sand,
Wie Funke, der elektrisch lebt;
Nun zuckt ein Finger – nun die Hand –
Allmählig nun ein Fuß sich hebt, –
Hoch – immer höher – Waller winkt;
Dann macht er schnell gehörig Raum,
Und langsam in die Kissen sinkt
Es schwer, wie ein gefällter Baum.

»Ah, je te tiens!« er hat's gepackt,
Und schlingt die Arme wie 'nen Strick –
Ein Leichnam! todessteif und nackt!
Mit einem Ruck fährt er zurück;
Da wälzt es langsam, schwer wie Blei,
Sich gleich dem Mühlstein über ihn;
Da tat der Waller einen Schrei,
Und seine Sinne waren hin.

Am nächsten Morgen fand man kalt
Ihn im Gemache ausgestreckt;
's war eine Ohnmacht nur, und bald
Ward zum Bewußtsein er geweckt.
Nicht irre war er, nur gepreßt,
Und fragt: »ob keiner ward gestört?«
Doch alle schliefen überfest,
Nicht einer hat den Schuß gehört.

So ward es denn für Traum sogleich,
Und alles für den Alp erkannt;
Doch zog man sich aus dem Bereich,
Und trollte hurtig über Land.
Sie waren alle viel zu klug,
Und vollends zu belesen gar;
Allein der blonde Waller trug
Seit dieser Nacht eisgraues Haar.

Die mysteriöse ist freilich nicht die einzige Spezies der Ballade im Werk der Droste. Anderen Balladen fehlt die Beziehung zur Volksballade mit ihren atmosphärischen und unheimlichen magischen Wirkungen, sie weisen vielmehr zur Schillerschen »Anekdotenballade« (Carl Spitteler) mit ihrer Mischung aus historischem Stoff und moralischer Pointe hinüber. Das im folgenden abgedruckte Beispiel einer rein historischen Ballade – ebenfalls zuerst im *Malerischen und romantischen Westfalen* veröffentlicht – handelt von der Ermordung des Kölner Erzbischofs Engelbert I. (1185-1225), der 1618 heiliggesprochen wurde. Er war unter dem Stauferkaiser Friedrich II. Reichsverweser und Vormund des späteren Heinrich VII., den er 1222 zum König krönte. Drei Jahre später wurde er von Friedrich von Isenburg, einem entfernten Verwandten, ermordet, der im folgenden Jahr hingerichtet wurde. Obwohl es sich hier um einen geschichtlichen Stoff handelt, verzichtet die Droste nicht darauf, in ihrer typischen Manier einzelne Glieder in der Kausalitätskette der Handlung auszulassen und sich auf die szenische Darstellung der entscheidenden Momente derselben zu beschränken. Der Motivkomplex der historischen Mordtat wird auf das lediglich in einer Fußnote der Autorin erklärte Faktum reduziert, daß Engelbert dem Schwager Friedrichs den Besitz der Grafschaft Berg vorenthielt.

Der Tod des Erzbischofs Engelbert von Köln

I

Der Anger dampft, es kocht die Ruhr,
Im scharfen Ost die Halme pfeifen,
Da trabt es sachte durch die Flur,
Da taucht es auf wie Nebelstreifen,
Da nieder rauscht es in den Fluß,
Und stemmend gen der Wellen Guß
Es fliegt der Bug, die Hufe greifen.

Ein Schnauben noch, ein Satz, und frei
Das Roß schwingt seine nassen Flanken,
Und wieder ein, und wieder zwei,
Bis fünfundzwanzig stehn wie Schranken:

Voran, voran durch Heid und Wald,
Und wo sich wüst das Dickicht ballt,
Da brechen knisternd sie die Ranken.

Am Eichenstamm, im Überwind,
Um einen Ast den Arm geschlungen,
Der Isenburger steht und sinnt
Und naget an Erinnerungen.
Ob er vernimmt, was durchs Gezweig
Ihm Rinkerad, der Ritter bleich,
Raunt leise wie mit Vögelzungen?

»Graf,« flüstert es, »Graf haltet dicht,
Mich dünkt, als woll' es euch betören;
Bei Christi Blute, laßt uns nicht
Heim wie gepeitschte Hunde kehren!
Wer hat gefesselt eure Hand,
Den freien Stegreif euch verrannt?«
Der Isenburg scheint nicht zu hören.

»Graf,« flüstert es, »wer war der Mann,
Dem zu dem Kreuz die Rose* paßte?
Wer machte euren Schwäher dann
In seinem eignen Land zum Gaste?
Und, Graf, wer höhnte euer Recht,
Wer stempelt euch zum Pfaffenknecht?«
Der Isenburg biegt an dem Aste.

»Und wer, wer hat euch zuerkannt,
Im härnen Sünderhemd zu stehen,
Die Schandekerz' in eurer Hand,
Und alte Vetteln anzuflehen
Um Kyrie und Litanei!? – –
Da krachend bricht der Ast entzwei
Und wirbelt in des Sturmes Wehen.

* Zu (dem Kreuz) Köln die Rose (das Wappen von) Berg, dessen Besitz Engelbert dem Bruder von Isenburgs Gemalin vorenthielt.

Spricht Isenburg: »mein guter Fant,
Und meinst du denn ich sei begraben?
O laß mich nur in meiner Hand –
Doch ruhig, still, ich höre traben!«
Sie stehen lauschend, vorgebeugt;
Durch das Gezweig der Helmbusch steigt
Und flattert drüber gleich dem Raben.

II

Wie dämmerschaurig ist der Wald
An neblichten Novembertagen,
Wie wunderlich die Wildnis hallt
Von Astgestöhn und Windesklagen!
»Horch, Knabe, war das Waffenklang?«
»Nein, gnäd'ger Herr! ein Vogel sang,
Von Sturmesflügeln hergetragen.« –

Fort trabt der mächtige Prälat,
Der kühne Erzbischof von Köllen,
Er, den der Kaiser sich zum Rat
Und Reichsverweser mochte stellen,
Die ehrne Hand der Klerisei, –
Zwei Edelknaben, Reis'ger zwei,
Und noch drei Äbte als Gesellen.

Gelassen trabt er fort, im Traum
Von eines Wunderdomes Schöne,
Auf seines Rosses Hals den Zaum,
Er streicht ihm sanft die dichte Mähne,
Die Windesodem senkt und schwellt; –
Es schaudert, wenn ein Tropfen fällt
Von Ast und Laub, des Nebels Träne.

Schon schwindelnd steigt das Kirchenschiff,
Schon bilden sich die krausen Zacken –
Da, horch, ein Pfiff und hui, ein Griff,
Ein Helmbusch hier, ein Arm im Nacken!

Wie Schwarzwildrudel bricht's heran,
Die Äbte fliehn wie Spreu, und dann
Mit Reisigen sich Reis'ge packen.

Ha, schnöder Strauß! zwei gegen zehn!
Doch hat der Fürst sich losgerungen,
Er peitscht sein Tier und mit Gestöhn
Hat's übern Hohlweg sich geschwungen;
Die Gerte pfeift – »Weh, Rinkerad!« –
Vom Rosse gleitet der Prälat
Und ist ins Dickicht dann gedrungen.

»Hussa, hussa, erschlagt den Hund,
Den stolzen Hund!« und eine Meute
Fährt's in den Wald, es schließt ein Rund,
Dann vor – und rückwärts und zur Seite;
Die Zweige krachen – ha es naht –
Am Buchenstamm steht der Prälat
Wie ein gestellter Eber heute.

Er blickt verzweifelnd auf sein Schwert,
Er löst die kurze breite Klinge,
Dann prüfend untern Mantel fährt
Die Linke nach dem Panzerringe;
Und nun wohlan, er ist bereit,
Ja männlich focht der Priester heut,
Sein Streich war eine Flammenschwinge.

Das schwirrt und klingelt durch den Wald,
Die Blätter stäuben von den Eichen,
Und über Arm und Schädel bald
Blutrote Rinnen tröpfeln, schleichen;
Entwaffnet der Prälat noch ringt,
Der starke Mann, da zischend dringt
Ein falscher Dolch ihm in die Weichen.

Ruft Isenburg: »es ist genug,
Es ist zuviel!« und greift die Zügel;

Noch sah er wie ein Knecht ihn schlug,
Und riß den Wicht am Haar vom Bügel.
»Es ist zuviel, hinweg, geschwind!«
Fort sind sie, und ein Wirbelwind
Fegt ihnen nach wie Eulenflügel. – –

Des Sturmes Odem ist verrauscht,
Die Tropfen glänzen an dem Laube,
Und über Blutes Lachen lauscht
Aus hohem Loch des Spechtes Haube;
Was knistert nieder von der Höh'
Und schleppt sich wie ein krankes Reh?
Ach armer Knabe, wunde Taube!

»Mein gnädiger, mein lieber Herr,
So mußten dich die Mörder packen?
Mein frommer, o mein Heiliger!«
Das Tüchlein zerrt er sich vom Nacken,
Er drückt es auf die Wunde dort,
Und hier und drüben, immerfort,
Ach, Wund' an Wund' und blut'ge Zacken!

»Ho, holla ho!« – dann beugt er sich
Und späht, ob noch der Odem rege;
War's nicht als wenn ein Seufzer schlich,
Als wenn ein Finger sich bewege?
»Ho, holla ho!« – »Hallo, hoho!«
Schallt's wieder um, des war er froh:
»Sind unsre Reuter allewege!«

III

Zu Köln am Rheine kniet ein Weib
Am Rabensteine unterm Rade,
Und überm Rade liegt ein Leib,
An dem sich weiden Kräh' und Made;
Zerbrochen ist sein Wappenschild,

Mit Trümmern seine Burg gefüllt,
Die Seele steht bei Gottes Gnade.

Den Leib des Fürsten hüllt der Rauch
Von Ampeln und von Weihrauchschwelen –
Um seinen qualmt der Moderhauch
Und Hagel peitscht der Rippen Höhlen;
Im Dome steigt ein Trauerchor,
Und ein Tedeum stieg empor
Bei seiner Qual aus tausend Kehlen.

Und wenn das Rad der Bürger sieht,
Dann läßt er rasch sein Rößlein traben,
Doch eine bleiche Frau die kniet,
Und scheucht mit ihrem Tuch die Raben:
Um sie mied er die Schlinge nicht,
Er war ihr Held, er war ihr Licht –
Und ach, der Vater ihrer Knaben!

Die dritte wesentliche Spezies der Drosteschen Ballade ist die moralische, welche eine überlieferte oder erfundene Anekdote um eines ethischen Paradigmas willen erzählt. In dem folgenden Beispiel – im Winter 1841/42 in Meersburg entstanden – geht es um das von Cicero zitierte »Brett des Karneades«, einen vom griechischen Philosophen Karneades aufgeworfenen juristisch-moralischen Fall, den die poetische Kasuistik der Droste durch die in ihrer Ballade am Ende sich offenbarende Nemesis im Sinne des Schuld-Sühne-Gedankens löst. Ein Schiffbrüchiger stößt mit dem Recht des Stärkeren, das die Droste in der Gesellschaft ihrer Zeit immer rücksichtsloser dominieren sieht, einen Kranken – der im brutalen Kampf ums Dasein vergebens auf »Barmherzigkeit« baut – von einem rettenden Brett. Er wird von Seeräubern aus dem Meer gefischt und am Ende mit ihnen hingerichtet, da sie ihn trotz seines Appells an ihre »Barmherzigkeit« als einen der Ihren ausgeben. Als er auf dem Galgen dieselbe Aufschrift wie einst auf dem rettenden Brett entdeckt, muß er einsehen, daß sich »des Himmels Walten«, an dem er verzweifelt, in seinem Falle sehr wohl manifestiert, daß Gott auch auf krummen Linien gerade schreibt.

Die Vergeltung

I

Der Kapitän steht an der Spiere,
Das Fernrohr in gebräunter Hand,
Dem schwarzgelockten Passagiere
Hat er den Rücken zugewandt.
Nach einem Wolkenstreif in Sinnen
Die beiden wie zwei Pfeiler sehn,
Der Fremde spricht: »was braut da drinnen?«
»Der Teufel«, brummt der Kapitän.

Da hebt von morschen Balkens Trümmer
Ein Kranker seine feuchte Stirn,
Des Äthers Blau, der See Geflimmer,
Ach, alles quält sein fiebernd Hirn!
Er läßt die Blicke, schwer und düster,
Entlängs dem harten Pfühle gehn,
Die eingegrabnen Worte liest er:
»Batavia. Fünfhundertzehn.«

Die Wolke steigt, zur Mittagsstunde
Das Schiff ächzt auf der Wellen Höhn,
Gezisch, Geheul aus wüstem Grunde,
Die Bohlen weichen mit Gestöhn.
»Jesus, Marie! wir sind verloren!«
Vom Mast geschleudert der Matros',
Ein dumpfer Krach in aller Ohren,
Und langsam löst der Bau sich los.

Noch liegt der Kranke am Verdecke,
Um seinen Balken fest geklemmt,
Da kömmt die Flut, und eine Strecke
Wird er ins wüste Meer geschwemmt.
Was nicht geläng' der Kräfte Sporne,
Das leistet ihm der starre Krampf,

Und wie ein Narwal mit dem Horne
Schießt fort er durch der Wellen Dampf.

Wie lange so? er weiß es nimmer,
Dann trifft ein Strahl des Auges Ball,
Und langsam schwimmt er mit der Trümmer
Auf ödem glitzerndem Kristall.
Das Schiff! – die Mannschaft! – sie versanken.
Doch nein, dort auf der Wasserbahn,
Dort sieht den Passagier er schwanken
In einer Kiste morschem Kahn.

Armselge Lade! sie wird sinken,
Er strengt die heisre Stimme an:
»Nur grade! Freund, du drückst zur Linken!«
Und immer näher schwankt's heran,
Und immer näher treibt die Trümmer,
Wie ein verwehtes Möwennest;
»Courage!« ruft der kranke Schwimmer,
»Mich dünkt ich sehe Land im West!«

Nun rühren sich der Fähren Ende,
Er sieht des fremden Auges Blitz,
Da plötzlich fühlt er starke Hände,
Fühlt wütend sich gezerrt vom Sitz.
»Barmherzigkeit! ich kann nicht kämpfen.«
Er klammert dort, er klemmt sich hier;
Ein heisrer Schrei, den Wellen dämpfen,
Am Balken schwimmt der Passagier.

Dann hat er kräftig sich geschwungen,
Und schaukelt durch das öde Blau,
Er sieht das Land wie Dämmerungen
Enttauchen und zergehn in Grau.
Noch lange ist er so geschwommen,
Umflattert von der Möwe Schrei,
Dann hat ein Schiff ihn aufgenommen,
Viktoria! nun ist er frei!

II

Drei kurze Monde sind verronnen,
Und die Fregatte liegt am Strand,
Wo mittags sich die Robben sonnen,
Und Bursche klettern übern Rand,
Den Mädchen ist's ein Abenteuer
Es zu erschaun vom fernen Riff,
Denn noch zerstört ist nicht geheuer
Das greuliche Korsarenschiff.

Und vor der Stadt da ist ein Waten,
Ein Wühlen durch das Kiesgeschrill,
Da die verrufenen Piraten
Ein jeder sterben sehen will.
Aus Strandgebälken, morsch, zertrümmert,
Hat man den Galgen, dicht am Meer,
In wüster Eile aufgezimmert.
Dort dräut er von der Düne her!

Welch ein Getümmel an den Schranken!
»Da kömmt der Frei – der Hessel jetzt –
Da bringen sie den schwarzen Franken,
Der hat geleugnet bis zuletzt.«
»Schiffbrüchig sei er hergeschwommen«,
Höhnt eine Alte: »Ei, wie kühn!
Doch keiner sprach zu seinem Frommen,
Die ganze Bande gegen ihn.«

Der Passagier, am Galgen stehend,
Hohläugig, mit zerbrochnem Mut,
Zu jedem Räuber flüstert flehend:
»Was tat dir mein unschuldig Blut!
Barmherzigkeit! – so muß ich sterben
Durch des Gesindels Lügenwort,
O mög' die Seele euch verderben!«
Da zieht ihn schon der Scherge fort.

Er sieht die Menge wogend spalten
Er hört das Summen im Gewühl –
Nun weiß er, daß des Himmels Walten
Nur seiner Pfaffen Gaukelspiel!
Und als er in des Hohnes Stolze
Will starren nach den Ätherhöhn,
Da liest er an des Galgens Holze:
»Batavia. Fünfhundertzehn.«

Die drei hier ausgewählten Balladen entsprechen zwar weitgehend den umrissenen Idealtypen der mysteriösen, historischen und moralischen Ballade, doch vermischen sich jene Idealtypen in anderen Balladen, wo sich das Mysteriöse mit dem Historischen verbindet oder auf beides ein moralisches Paradigma projiziert wird.

Die »Balladen« sind nicht die einzigen erzählenden Gedichte der Sammlung von 1844. Abgesehen von den narrativen Momenten in den »Heidebildern«, gibt es auch in den anderen Abteilungen reine Handlungsgedichte wie *Die junge Mutter* oder *Die beschränkte Frau*, die sich im späten 19. Jahrhundert großer Beliebtheit erfreuten: bürgerliche Genrestücke, die uns in ihrer rührenden Biedermeierlichkeit heute als leicht verwelkte Blüten der Drosteschen Poesie anmuten. Ist zwischen ihnen und den Balladen die Gattungsgrenze fließend, so gilt das erst recht für die Versdichtung *Der spiritus familiaris des Roßtäuschers* (die im Spätherbst 1842 im Rüschhaus entstanden ist). Das 420 Zeilen umfassende Poem mit der ungewöhnlichen Strophenform von vier achthebigen und zwei vierhebigen Jamben wird wohl, schon aufgrund seiner Strophik, am angemessensten als Großballade – und zwar der mysteriösen Spezies – bezeichnet. Die Droste selber siedelte es zwischen Balladen und Verserzählungen an. (Ursprünglich sollte es den Schluß der Balladen-Gruppe der *Gedichte* 1844 bilden, eröffnete dort schließlich aber die Gruppe der »Größeren Gedichte«.)

Die balladeske Verrätselungstendenz, die Herauslösung von bildhaften Einzelszenen aus dem Kausalnexus des Geschehens, der weithin im dunklen bleibt, geht im Roßtäuscher-Gedicht so weit, daß die Droste es für angezeigt hielt, die Sage vom Spiritus familiaris aus den ›Deutschen Sagen‹ der Brüder Grimm ihrer Dichtung voranzustellen. Diese Sage handelt von einem Pferdehändler, der in Not geraten ist und durch den Bund mit einer dämonischen

Gesellschaft einen Spiritus familiaris, d.h. eine Art Flaschengeist, erhält. In der von der Droste ihrer Dichtung vorangestellten Grimmschen Sage heißt es: »Wer ihn aber behält, bis er stirbt, der muß mit ihm in die Hölle, darum sucht ihn der Besitzer wieder los zu werden.« Aufgrund jener Einleitung konnte die Dichtung von der logischen erzählerischen Aufbereitung des Stoffes, welche die Autorin hier noch weniger interessierte als im Falle des *Vermächtnisses*, entlastet werden.

So schaffte die Droste sich den Freiraum einer durch keine narrativen Zwänge beschränkten suggestiven Verbindung von sinnlich dichtem Detailrealismus und religiöser Allegorik – in einer bildhaft-expressiven Sprache von beispielloser Eindringlichkeit. Die Roßtäuscher-Ballade ist das sprachgewaltigste Werk der Droste, ihre unglaublichen, man möchte sagen: experimentellen Wortschöpfungen und Ausdruckskühnheiten weisen wahrhaft auf den Expressionismus voraus. »Der Horizont ein rinnend Sieb, aus dem sich Kohlenstaub entschüttelt« – die Phiole mit dem Spiritus familiaris: »seinem Leibe angetraut wie nagend Krebsgeschwür dem Kranken« – surreale imaginative Ballungen wie diese, das Absurde streifende Verschränkungen entlegenster Bildbereiche entwerfen eine fremde und verzerrte Natur- und Seelenlandschaft, die immer wieder in der abweisenden Finsternis der Unverstehbarkeit zu versinken droht.

Die vom Bösen heimgesuchte Seele wirkt wie so oft bei der Droste zurück auf die Natur, die als gefallene Schöpfung dem Menschen einen grausen Spiegel vorhält. In eben dieser entfremdeten Natur sucht der Roßtäuscher die dämonische Phiole loszuwerden:

Am Sonnenbrande schlummernd liegt der Wald in des
Aroma Wellen,
Und Harz entquillt den Nadeln wie aus Schläfers
Wimpern Tränen quellen,
Die sonnentrunkne Klippe nickt, die Vögel träumen von
Gesange,
In sich gerollt das Eichhorn liegt, umflattert von dem
Franzenhange,
An jeder Nadel weißer Rauch
Verdunstet Terpentines Hauch.

Durch das Gezweig' ein Sonnenstrahl bohrt in des
Horchers Scheitellocke,
Die aus dem dunklen Wulste glimmt wie Seegewürmes
Feuerflocke;
Er steht und lauscht, er lauscht und steht, vernimmst du
nicht ein feines Schrillen,
Ein Rieseln, wie wenn Sandgekörn auf Estrich stäubt
durch schmale Rillen?
So scharf es geht, so bohrend ein,
Wie Sensenwetzen am Gestein.

Der Täuscher richtet sich, er seufzt, dann drängend nach
des Forstes Mitte,
An eklem Pilze klirrt der Sporn und Blasen schwellen
unterm Tritte,
Hier wuchern Kress' und Binsenwust, Gewürme klebt an
jedem Halme,
Insektenwirbel wimmelt auf und nieder in des Mooses
Qualme,
Und zischend, mit geschwelltem Kamm,
Die Eidechs sucht den hohlen Stamm.

Der Wandrer bricht die Rank', er reißt und wütet in den
Brombeerhecken,
Da seitwärts durch Geröhres Speer erglänzt des Kolkes
Dintenbecken,
Ein wüster Kübel, wie getränkt mit schweflichen
Asphaltes Jauche,
Langbeinig füßelnd Larvenvolk regt sich in
Fadenschlamm und Lauche,
Und faule Spiegel, blau und grün,
Wie Regenbogen drüber ziehn.

In Mitten starrt ein dunkler Fleck, vom Riesenauge die
Pupille,
Dort steigt die Wasserlilg' empor, dem Fußtritt lauschend
durch die Stille;
Wen sie verlockt mit ihrem Schein, der hat sein letztes
Lied gesungen;
Drei Tage suchte man das Kind umsonst in Kraut und
Wasserbungen,
Wo Egel sich und Kanker jetzt
An seinen bleichen Gliedchen letzt.

Der Täuscher steht, den Arm verschränkt, und sturt
verdüstert in die Lache,
Sein Haar voll Laub und Kletten bauscht sich finster an
der Krempe Dache,
Gleich einem Senkblei scheint der Blick des Kolkes
tiefsten Grund zu messen,
Zur Seite schaut er, rückwärts dann, kein Strauch, kein
Hälmchen wird vergessen,
Greift dann behend zum Gürtelband
Und hält ein Fläschlein in der Hand.

Kaum hat das Ohr sich überzeugt, im Glase klingle das
Gerispel,
Ein Wimmeln kaum das Aug' erhascht, wie
spinnefüßelndes Gewispel,
Da, hui! pfeift's im Schwung' und, hui! fährt's an der
Lilie Krone nieder,
Das Wasser zischt, es brodelt auf, es reckt die
modergrünen Glieder,
Und rückwärts, rückwärts sonder Halt
Raschelt der Täuscher durch den Wald.

Immer wieder fällt inmitten kryptischer Schilderungen plötzlich wie ein gleißender Lichtstrahl der überscharfe Blick auf irgendein – mit allen Sinnen, geradezu naturalistisch erfaßtes, oft fast körperlich fühlbares – Detail, das freilich, herausgerissen aus nachvollziehbaren Sinnzusammenhängen, um so unwirklicher wirkt. (»In den Gehöften Taub' und Huhn auf ihrer Stange ächzend ducken, / Der Hund in seinem Schober heult und fühlt den Wurm im Hirne zucken; / . . .« – »Was liegt dort überm Weg? – ein Mensch, ein Mann in dünnem Zwillichrocke, – / Der Täuscher zuckt, doch zaudert nicht; wohl sieht des Greisen dünne Locke, / Die Glatze, leuchtend aus dem Schnee, er sieht sie im Vorüberschreiten / . . .« – »Vom offnen Tore Nägelreihn wie rostige Gebisse hangen« usw.)

Durch seine Thematik des Teufelspaktes tritt der *Spiritus familiaris* in unmittelbare Nachbarschaft zu *Des Arztes Vermächtnis* und der *Judenbuche*, in denen die Teufelsverschreibung den allegorischen Subtext bildet, während sie in der Roßtäuscher-Ballade das handlungsbestimmende Thema ist. Anders als die Verserzählung und die Novelle – im Gegensatz auch zur eingangs mitgeteilten Sage – endet die Großballade freilich mit der in den Schlußversen deutlich verheißenen Erlösung des Teufelsbündners. In seiner Sterbevision sieht er seine Schuld getilgt, »die blutgetränkten Lettern« seines Pakts gestrichen. Der *Spiritus familiaris* ist so ein Seitenstück zumal zur *Judenbuche*: hier die Darstellung einer Schuldverstrikkung, aus welcher der Verstrickte, zu keiner wirklichen Reue und Buße fähig, nicht herausfindet, dort die Darstellung des Gnadenwegs aufgrund immer wieder bekundeter Reue. Der Teufelsbund ist im Falle des Roßtäuschers freilich nicht aus Hochmut, der Ursünde der superbia, sondern aus Verzweiflung und halb wider Willen geschlossen worden; dennoch ist der magische Zwang des Bösen hier viel stärker als in der *Judenbuche*, die wiederholt die Möglichkeit der Abkehr Friedrichs von seinem verbrecherischen Weg signalisiert, während der Roßtäuscher selber den fatalen Kreislauf des Bösen zu durchbrechen und sich der verhängnisvollen Phiole zu entledigen sucht – ohne daß ihm das bis zum Moment des Sterbens gelingt. Erst im letzten Augenblick seines Lebens löst sich der Bann, weicht das Verhängnis der Gnade.

DER DROSTE VERMÄCHTNIS

Obwohl die dichterische Produktivität der Droste nach dem Abschluß des Druckmanuskripts der *Gedichte* von 1844 deutlich zurückgeht, hat sie doch vom Herbst 1843 bis zum Frühjahr 1846 in Meersburg und Rüschhaus einige ihrer reifsten Gedichte geschrieben – reif in doppelter Hinsicht, denn sie haben den Charakter eines Vermächtnisses. Das folgende Mondgedicht, im März 1844 in Meersburg entstanden, offenbart eine bei der Droste sonst eher seltene Goethe-Nähe. Wer dächte nicht an die Eingangsstrophen seines Gedichts ›An den Mond‹:

»Füllest wieder Busch und Tal
Still mit Nebelglanz,
Lösest endlich auch einmal
Meine Seele ganz;

Breitest über mein Gefild
Lindernd deinen Blick,
Wie des Freundes Auge mild
Über mein Geschick.«

Dieses Lösende, Lindernde hat die Erscheinung des Mondes auch für die Droste: »mildes Licht«, »frommes Licht« nennt sie seinen Schein, vergleicht ihn wie Goethe einem Freund – einem »späten«, der nicht wie die Sonne Leben zeugt, rauschhaftes Glück und tiefstes Leid spendet, sondern, der Dichtung gleich, »zarten Widerschein« des Lebens beschert, wie es allein dem vom Leben längst Ausgeschlossenen ansteht.

Auch ein anderes Mondgedicht scheint in der zweiten Strophe eine Spur hinterlassen zu haben: ›Mondnacht‹ von Eichendorff. Der für seine Lyrik so charakteristische Konjunktiv: »Und meine Seele spannte / Weit ihre Flügel aus, / Flog durch die stillen Lande, / Als flöge sie nach Haus« kehrt in dem Vers wieder: »Mir war, als treibe hier ein Herz zum Hafen«. Doch die Stimmung mystischer Einheit mit der Natur in der Dämmerung weicht mit dem Hereinbrechen der Nacht dem Gefühl der Schuld gegenüber dem »verlornen Leben«. Das lyrische Ich steht auf einmal wie das des *Geistlichen Jahrs* »mit seiner Schuld und seiner Pein« vor einem Gericht. Die Natur verwandelt wie so oft bei der Droste ihr Gesicht: es entfremdet sich zum Tribunal. Doch dieser negativen Erfahrung gehört nicht das letzte Wort. Der Mondaufgang bringt die ersehnte Katharsis, die der reinigenden und heilenden Wirkung des Gedichts entspricht – auch dieses Gedichts, dessen lyrisches Ich offenkundig mit dem »kranken Dichter« identisch ist.

Mondesaufgang

An des Balkones Gitter lehnte ich
Und wartete, du mildes Licht, auf dich;
Hoch über mir, gleich trübem Eiskristalle,
Zerschmolzen, schwamm des Firmamentes Halle,
Der See verschimmerte mit leisem Dehnen,
– Zerfloßne Perlen oder Wolkentränen? –
Es rieselte, es dämmerte um mich,
Ich wartete, du mildes Licht, auf dich!

Hoch stand ich, neben mir der Linden Kamm,
Tief unter mir Gezweige, Ast und Stamm,
Im Laube summte der Phalänen Reigen,
Die Feuerfliege sah ich glimmend steigen;
Und Blüten taumelten wie halb entschlafen;
Mir war, als treibe hier ein Herz zum Hafen,
Ein Herz, das übervoll von Glück und Leid,
Und Bildern seliger Vergangenheit.

Das Dunkel stieg, die Schatten drangen ein –
Wo weilst du, weilst du denn, mein milder Schein!
Sie drangen ein, wie sündige Gedanken,
Des Firmamentes Woge schien zu schwanken,
Verzittert war der Feuerfliege Funken,

Längst die Phaläne an den Grund gesunken,
Nur Bergeshäupter standen hart und nah,
Ein düstrer Richterkreis, im Düster da.

Und Zweige zischelten an meinem Fuß,
Wie Warnungsflüstern oder Todesgruß,
Ein Summen stieg im weiten Wassertale
Wie Volksgemurmel vor dem Tribunale;
Mir war, als müsse etwas Rechnung geben,
Als stehe zagend ein verlornes Leben,
Als stehe ein verkümmert Herz allein,
Einsam mit seiner Schuld und seiner Pein.

Da auf die Wellen sank ein Silberflor,
Und langsam stiegst du, frommes Licht, empor;
Der Alpen finstre Stirnen strichst du leise,
Und aus den Richtern wurden sanfte Greise,
Der Wellen Zucken ward ein lächelnd Winken,
An jedem Zweige sah ich Tropfen blinken,
Und jeder Tropfen schien ein Kämmerlein,
Drin flimmerte der Heimatlampe Schein.

O Mond, du bist mir wie ein später Freund,
Der seine Jugend dem Verarmten eint,
Um seine sterbenden Erinnerungen
Des Lebens zarten Widerschein geschlungen,
Bist keine Sonne, die entzückt und blendet,
In Feuerströmen lebt, in Blute endet –
Bist, was dem kranken Sänger sein Gedicht,
Ein fremdes, aber o ein mildes Licht!

Wenig später schrieb die Droste das folgende Gedicht, das die in ihrer früheren Lyrik seltene Erfahrung des Einsseins mit der Natur – in *Mondesaufgang* ein immer wieder bedrohter kathartischer Moment – zu einem trunkenen Gefühl steigert, das die logische Gedankenführung durch Sprachmagie außer Kraft setzt. Die Assoziation sensueller Wahrnehmungen aus der Perspektive des im

Grase liegenden Ichs mit den aus seinem Inneren aufsteigenden Bildern der scheinbar toten Vergangenheit, die doch wieder in neuem Zusammenklang zu leben beginnt, ist freilich keine dauernde, sondern nur die blitzartige Erfahrung eines mystischen Nu, in dem Seele und Natur sich austauschen, ein Augenblick, immer wieder entschwindend und immer wieder ersehnt. Wie die Droste diesen rauschhaften Augenblick in ihrem Gedicht aufleuchten läßt, ist einzigartig in der Lyrik ihrer Zeit. Die Chiffre der »trunknen Flut« gemahnt schon an Nietzsche, Rimbaud oder Gottfried Benn, und wirklich nimmt dieses Gedicht die lyrische Sprache der Jahrhundertwende fast vorweg, weist mit seiner metalogischen, assoziativen Struktur voraus auf die Lyrik der Moderne.

Im Grase

Süße Ruh', süßer Taumel im Gras
Von des Krautes Arom umhaucht,
Tiefe Flut, tief, tief trunkne Flut,
Wenn die Wolk' am Azure verraucht,
Wenn aufs müde schwimmende Haupt
Süßes Lachen gaukelt herab,
Liebe Stimme säuselt und träuft
Wie die Lindenblüt' auf ein Grab.

Wenn im Busen die Toten dann
Jede Leiche sich streckt und regt,
Leise, leise den Odem zieht,
Die geschloßne Wimper bewegt,
Tote Lieb', tote Lust, tote Zeit,
All die Schätze, im Schutt verwühlt,
Sich berühren mit schüchternem Klang,
Gleich dem Glöckchen, vom Winde umspielt.

Stunden, flücht'ger ihr als der Kuß
Eines Strahls auf den trauernden See,
Als des ziehnden Vogels Lied,
Das mir niederperlt aus der Höh',

Als des schillernden Käfers Blitz
Wenn den Sonnenpfad er durcheilt,
Als der flücht'ge Druck einer Hand,
Die zum letzten Male verweilt.

Dennoch, Himmel, immer mir nur
Dieses Eine nur: für das Lied
Jedes freien Vogels im Blau
Eine Seele, die mit ihm zieht,
Nur für jeden kärglichen Strahl
Meinen farbig schillernden Saum,
Jeder warmen Hand meinen Druck
Und für jedes Glück meinen Traum.

Nachhall der letzten Meersburger Schaffensphase ist das folgende im März 1845 entstandene Gedicht, das im Ablauf einer durchwachten Nacht das im Dunklen Gehörte, Gespürte und Erahnte, Imaginiertes und Erinnertes an den halb träumenden, halb überwachen Sinnen und Gedanken vorbeiziehen läßt: ein wahrnehmungspsychologisch fundiertes nächtliches Drama aus Sinneseindrücken und Assoziationen.

Durchwachte Nacht

Wie sank die Sonne glüh und schwer!
Und aus versengter Welle dann
Wie wirbelte der Nebel Heer,
Die sternenlose Nacht heran!
– Ich höre ferne Schritte gehn –
Die Uhr schlägt Zehn.

Noch ist nicht alles Leben eingenickt,
Der Schlafgemächer letzte Türen knarren,
Vorsichtig in der Rinne Bauch gedrückt
Schlüpft noch der Iltis an des Giebels Sparren,
Die schlummertrunkne Färse murrend nickt,
Und fern im Stalle dröhnt des Rosses Scharren,

Sein müdes Schnauben, bis, vom Mohn getränkt,
Es schlaff die regungslose Flanke senkt.

Betäubend gleitet Fliederhauch
Durch meines Fensters offnen Spalt,
Und an der Scheibe grauem Rauch
Der Zweige wimmelnd Neigen wallt.
Matt bin ich, matt wie die Natur! –
Elf schlägt die Uhr.

O wunderliches Schlummerwachen, bist
Der zartren Nerve Fluch du oder Segen? –
's ist eine Nacht vom Taue wach geküßt,
Das Dunkel fühl ich kühl wie feinen Regen
An meine Wange gleiten, das Gerüst
Des Vorhangs scheint sich schaukelnd zu bewegen,
Und dort das Wappen an der Decke Gips,
Schwimmt sachte mit dem Schlängeln des Polyps.

Wie mir das Blut im Hirne zuckt!
Am Söller geht Geknister um,
Im Pulte raschelt es und ruckt
Als drehe sich der Schlüssel um,
Und – horch! der Seiger hat gewacht,
's ist Mitternacht.

War das ein Geisterlaut? so schwach und leicht
Wie kaum berührten Glases schwirrend Klingen,
Und wieder, wie verhaltnes Weinen, steigt
Ein langer Klageton aus den Syringen,
Gedämpfter, süßer nun, wie tränenfeucht
Und selig kämpft verschämter Liebe Ringen;
O Nachtigall, das ist kein wacher Sang,
Ist nur im Traum gelöster Seele Drang.

Da kollert's nieder vom Gestein!
Des Turmes morsche Trümmer fällt,

Das Käuzlein knackt und hustet drein.
Ein jäher Windesodem schwellt
Gezweig und Kronenschmuck des Hains;
– Die Uhr schlägt Eins. –

Und drunten das Gewölke rollt und klimmt;
Gleich einer Lampe aus dem Hünenmale
Hervor des Mondes Silbergondel schwimmt,
Verzitternd auf der Gasse blauem Stahle,
An jedem Fliederblatt ein Fünkchen glimmt,
Und hell gezeichnet von dem blassen Strahle
Legt auf mein Lager sich des Fensters Bild,
Vom schwanken Laubgewimmel überhüllt.

Jetzt möcht ich schlafen, schlafen gleich,
Entschlafen unterm Mondeshauch,
Umspielt vom flüsternden Gezweig,
Im Blute Funken, Funk' im Strauch,
Und mir im Ohre Melodei;
– Die Uhr schlägt Zwei. –

Und immer heller wird der süße Klang,
Das liebe Lachen, es beginnt zu ziehen,
Gleich Bildern von Daguerre, die Deck' entlang,
Die aufwärts steigen mit des Pfeiles Fliehen;
Mir ist als seh' ich lichter Locken Hang,
Gleich Feuerwürmern seh ich Augen glühen,
Dann werden feucht sie, werden blau und lind,
Und mir zu Füßen sitzt ein schönes Kind.

Es sieht empor, so froh gespannt,
Die Seele strömend aus dem Blick,
Nun hebt es gaukelnd seine Hand,
Nun zieht es lachend sie zurück,
Und – horch! des Hahnes erster Schrei!
Die Uhr schlägt Drei.

Wie bin ich aufgeschreckt – o süßes Bild
Du bist dahin, zerflossen mit dem Dunkel!
Die unerfreulich graue Dämmrung quillt,
Verloschen ist des Flieders Taugefunkel,
Verrostet steht des Mondes Silberschild,
Im Walde gleitet ängstliches Gemunkel,
Und meine Schwalbe an des Frieses Saum
Zirpt leise, leise auf im schweren Traum.

Der Tauben Schwärme kreisen scheu,
Wie trunken, in des Hofes Rund,
Und wieder gellt des Hahnes Schrei,
Auf seiner Streue rückt der Hund,
Und langsam knarrt des Stalles Tür,
– Die Uhr schlägt Vier. –

Da flammt's im Osten auf – o Morgenglut!
Sie steigt, sie steigt, und mit dem ersten Strahle
Strömt Wald und Heide vor Gesangesflut,
Das Leben quillt aus schäumendem Pokale,
Es klirrt die Sense, flattert Falkenbrut,
Im nahen Forste schmettern Jagdsignale,
Und wie ein Gletscher, sinkt der Träume Land
Zerrinnend in des Horizontes Brand.

Zu den Grundtendenzen der späten Lyrik der Droste gehört deren Selbstvergewisserung als Dichterin. Neben den Versuchen einer moralisch-didaktischen Bestimmung ihres »Berufs« (wie in *Das Wort*, Mai 1845) steht die ganz anders geartete Sicht des Dichters als des Außenseiters einer saturierten Gesellschaft, die beim »fetten Mahle« sitzend nicht begreift, »mit welchen Qualen« der Dichter »seine Schätze muß bezahlen«, nicht erkennt, daß »nur in des schärfsten Dornes Spalten / sich seine Blume kann entfalten«. Er ist ein »Verdammter«, dessen Schätze »nichts als seine Seele« kosten: der poète maudit, der seine Kunst einer Art Teufelsverschreibung verdankt. Wir zitierten hier aus einem Gedicht vom Mai 1844, das zu den zehn lyrischen Werken gehört, die Annette dem Ehepaar Schücking bei dessen Abreise von der Meersburg mitgegeben hat.

Der Doppeltitel *Der Dichter – Dichters Glück* zeigt, daß es sich eigentlich um zwei Gedichte handelt, die um dasselbe Thema kreisen, das erste rein gedankenlyrisch, das zweite in der Übertragung in eine kryptische Bildsprache, deren existenzsymbolische Ausrichtung auf den Dichter nur aus dem Titel und dem ersten Teil des Doppelgedichts zu erschließen ist.

Bereits in *Der kranke Aar* (1838) – einem von der Droste unter dem Titel *Der weiße Aar* auch vertonten Gedicht – wird der Dichter, ohne daß in einem einzigen Vers von ihm die Rede ist, allegorisch gespiegelt in einem Adler »mit gebrochnen Schwingen«, welche Worte im Schlußvers jeder der vier Strophen wiederkehren. Dieser Schlußvers ist bezeichnenderweise eine Waise, während die drei anderen Verse jeweils dem gleichen Reim gehorchen. Zudem fallen die Worte »mit gebrochnen Schwingen« (bzw. in der dritten Strophe »brachen mir die Schwingen«) so irritierend, in harter Fügung aus dem jambischen Rhythmus der anderen Verse heraus, daß der Leser jedesmal über sie stolpert. Der Adler – »stolz und freventlich«, »keine Fessel« duldend: Bilder der superbia des schrankenlosen Genies – ist die ›Waise‹ der Natur, aus ihr als Fremdling und Außenseiter ›verbannt‹. Der hoch über der Menschenwelt schwebende, in die Sonne strebende Adler ist seit Pindar der Dichtervogel oder das Emblem des heroischen Menschen, dem wir auch bei der Droste wiederholt begegnet sind. Ihm aber sind nun durch die Übermacht einer prosaischen, der Poesie mißgünstigen Umwelt, deren Leben sich in ›behaglichem‹ Genuß, dem ›Wiederkäuen‹ des Immergleichen erschöpft, die Schwingen gebrochen worden. Und doch: »viel lieber ein Aar mit gebrochnen Schwingen« als eines der saturierten Durchschnittswesen, die ihm seine Ausnahmeexistenz mißgönnen.

Der kranke Aar

Am dürren Baum, im fetten Wiesengras
Ein Stier behaglich wiederkäut' den Fraß;
Auf niederm Ast ein wunder Adler saß,
Ein kranker Aar mit gebrochnen Schwingen.

»Steig' auf, mein Vogel, in die blaue Luft,
Ich schau dir nach aus meinem Kräuterduft.«

»Weh, weh, umsonst die Sonne ruft
Den kranken Aar mit gebrochnen Schwingen!«

»O Vogel, warst so stolz und freventlich
Und wolltest keine Fessel ewiglich!«
»Weh, weh, zu viele über mich,
Und Adler all – brachen mir die Schwingen!«

»So flattre in dein Nest, vom Aste fort,
Dein Ächzen schier die Kräuter mir verdorrt.«
»Weh, weh, kein Nest hab' ich hinfort,
Verbannter Aar mit gebrochnen Schwingen!«

»O Vogel, wärst du eine Henne doch,
Dein Nestchen hättest du, im Ofenloch.«
»Weh, weh, viel lieber ein Adler noch,
Viel lieber ein Aar mit gebrochnen Schwingen!«

Thomas Mann hat in seinem Tagebuch-Essay ›Meerfahrt mit »Don Quijote«‹ (1935) an ein Gespräch mit Hofmannsthal erinnert, der ihm gesagt habe, heute sähen alle Künstler wie »kranke Adler« aus. »Gewiß, das ist es. Die Künstler sind kranke Adler geworden durch den Verfeierlichungsprozeß, ... der das Künstlertum – im Durchschnitt – auf eine unglückselige Weise erhöht und melancholisiert, auch die Kunst selbst einsam, melancholisch, isoliert, unverstanden, zu einem ›kranken Adler‹ gemacht hat.«

Schon Franz Grillparzer hat im Zusammenhang mit seinem Trauerspiel ›Sappho‹ vom »malheur d'être poète« gesprochen. In seinem Gedicht ›Abschied von Gastein‹ vom Sommer 1818 hat er dieses Thema in drei Chiffren variiert, die jeweils die Paradoxie der poetischen Schönheit bezeichnen: der vom Blitz getroffene Baum, welcher in seiner Vernichtung »strahlend sich verklärt« – die Muschel, der »Krankheit nur und langer Schmerz« die Perle entlocken, welche den Finder entzückt – schließlich der Wasserfall, den die Klippen verschönen, während sie ihn verletzen:

»Der Dichter so; wenn auch vom Glück getragen,
  Umjubelt von des Beifalls lautem Schall,

Er ist der welke Baum, vom Blitz geschlagen,
Das arme Muscheltier, der Wasserfall.
Was ihr für Lieder haltet, es sind Klagen,
Gesprochen in ein freudenloses All;
Und Flammen, Perlen, Schmuck, die euch umschweben,
Gelöste Teile sind's von seinem Leben.«

Diese Erfahrung ist auch das Thema der Droste-Gedichte *Der Dichter – Dichters Glück* – in einer schmerzhaften Steigerung, die an einen Aphorismus aus den »Diapsalmata ad se ipsum« in Kierkegaards ›Entweder-Oder‹ gemahnt: »Was ist ein Dichter? Ein unglücklicher Mensch, der tiefe Qualen birgt in seinem Herzen, aber seine Lippen sind so gebildet, daß, derweilen Seufzen und Schreien über sie hinströmt, es tönt gleich einer schönen Musik. Es geht ihm gleich den Unglücklichen, die man im Ochsen des Phalaris langsam peinigte mit sanftem Feuer, ihr Schrei konnte nicht hindringen zum Ohre des Tyrannen, ihn zu erschrecken, für ihn tönte es gleich einer schönen Musik. Und die Menschen scharen sich um den Dichter und sprechen zu ihm: Singe bald wieder, das will heißen: möchten doch neue Leiden deine Seele martern, und möchten deine Lippen beständig gebildet sein wie bisher; denn das Schreien würde uns bloß ängstigen, aber die Musik, die ist lieblich.«

Im zweiten der beiden miteinander verbundenen Dichter-Gedichte hat die Droste auf eine bei ihr ungewöhnliche und hochmoderne Weise literarische Anspielungen so miteinander verschränkt, daß die ursprüngliche Semantik der ›angespielten‹ Textstellen aufgehoben wird. Immer wird ein zunächst positiv scheinendes Bild durch seine bedrohliche Kehrseite in Frage gestellt. Der »Strahl aus der Höhe«: der Blitz, mit dessen Hilfe Prometheus – seit der Genieästhetik des 18. Jahrhunderts der mythische Prototyp des Dichters – den Menschen das Feuer brachte, hatte zur Folge, daß er an den Kaukasus angeschmiedet wurde und ein Adler von seiner Leber fraß; der Adler – ebenfalls eine Chiffre des Dichters – verwandelt sich bei der Droste (wie in ihrem Gedicht *Lebt wohl*) in einen Geier. Der »buhlende See« mit dem in ihn versenkten Hort birgt unter seiner blendenden Oberfläche gefährliche Ungeheuer. Der »fürstliche Zecher« – Goethes König von Thule –, der den Minne-Becher in die Flut geworfen hat, wird auf einmal zum frevelhaften König aus Schillers Ballade ›Der Taucher‹, der einen Jüngling durch den ins Meer geworfenen Becher in den Tod schickt. Die zweite Strophe des Gedichts umkreist das Bild der

Distel (Kratzdistel), die einen süßen Duft verströmt und von der Volksmedizin als Heilmittel verwendet wird, in deren Fruchtboden aber die Larve der Trypeta-Fliege als Schmarotzer haust. Bilder der unheilvollen Ambivalenz des Dichtertums – die zu der Idee einer moralischen Verantwortung des Poeten, wie sie die Droste in Gedichten wie *Mein Beruf* immer wieder betont hat, in einen kaum ausgleichbaren Gegensatz geraten.

Der Dichter – Dichters Glück

I

Die ihr beim fetten Mahle lacht
Euch eure Blumen zieht in Scherben,
Und was an Gold euch zugedacht
Euch wohlbehaglich laßt vererben
Ihr starrt dem Dichter ins Gesicht,
Verwundert, daß er Rosen bricht
Von Disteln, aus dem Quell der Augen
Korall und Perle weiß zu saugen

Daß er den Blitz hernieder langt
Um seine Lampe zu entzünden
Im Wettertoben wenn Euch bangt,
Den rechten Odem weiß zu finden
Ihr starrt ihn an mit halbem Neid,
Den Geisteskrösus seiner Zeit
Und wißt es nicht, mit welchen Qualen
Er seine Schätze muß bezahlen!

Wißt nicht, daß ihn, Verdammten gleich,
Nur rinnend Feuer kann ernähren,
Nur der durchstürmten Wolke Reich
Den Lebensodem kann gewähren
Daß, wo das Haupt ihr sinnend hängt
Sich blutig ihm die Träne drängt
Nur in des schärfsten Dornes Spalten
Sich seine Blume kann entfalten

Meint ihr das Wetter zünde nicht?
Meint ihr der Sturm erschüttre nicht?
Meint ihr die Träne brenne nicht?
Meint ihr die Dornen stechen nicht?
Ja, eine Lamp' hat er entfacht,
Die nur das Mark ihm sieden macht!
Ja Perlen fischt er und Juwele
Die kosten nichts als seine Seele!

II

Locke nicht, du Strahl aus der Höh
Denn noch lebt des Prometheus Geier
Stille still, du buhlender See
Denn noch wachen die Ungeheuer
Neben deines Hortes kristallnem Schrein,
Senk die Hand mein fürstlicher Zecher
Dort drunten bleicht das morsche Gebein
Des der getaucht nach dem Becher

Und du flatternder Lodenstrauß
Du der Distel mystische Rose
Strecke nicht deine Fäden aus
Mich umschlingend so lind und lose
Flüstern oft hör ich dein Würmlein klein
Das dir heilend im Schoß mag weilen
Ach soll ich denn die Rose sein
Die zernagte, um andre zu heilen?

Am Ende ihres poetischen Schaffens ist die Droste in drei großen Gedichten auch noch einmal zur religiösen Lyrik zurückgekehrt. Im Juli oder August 1845 entstanden die beiden Gedichte »Das verlorene Paradies« und »Gethsemane«, die der theologischen Tradition gemäß Sündenfall und Kreuzestod aufeinander beziehen. Beide haben sich allerdings in den *Zwei Legenden* noch nicht ereignet, sondern sind Visionen Evas im Paradies und Jesu im Garten Gethsemane. Die Erbsünde – die der curiositas (»verbotnem Wissen«) wie der concupiscentia entstammt – ist in Evas Traum vorweggenommen. Bereits dieser (Lust-)Traum beraubt sie ihrer Reinheit, und auch auf die Natur fällt schon der Schatten des Sündenfalls: »Noch fröhlich scholl der Nachtigallen Flöte«, heißt es zu Beginn, vor Evas verhängnisvollem Traum hingegen »weint' der Nachtigall Gestöhne«. Die göttlich durchwaltete verwandelt sich in die »ächzende Kreatur«. Die Rosen, weiß und ohne Dornen (das traditionelle Bild paradiesischer Unschuld), nehmen am Ende die Farbe der Sünde an, werden zu »fleurs du mal«, und die Dornen, welche den Rosen selber noch fehlen, verletzen doch schon die Brust der ersten Sünderin.

Die unzweifelhaft bedeutendere der *Zwei Legenden* ist »Gethsemane« – eines der ungeheuerlichsten Passionsgedichte der Weltliteratur. Hier wird die Gottverlassenheit des Gekreuzigten zum Urbild aller religiösen Verzweiflung und ihrer Überwindung. Im *Geistlichen Jahr* hat die Droste ihr eigenes Innere der »öden Stätte« verglichen, »verfluchtem Grunde / Wo Salz gestreut auf Stein und Schädel bleich«. Eine verwüstete Landschaft, in der nur noch die heiligen Ruinen des Glaubens ihrer Kindheit stehengeblieben sind. Apokalyptisch zerklüftete und entfremdete Landschaften ziehen in den Gedichten und Epen der Droste immer wieder als Bilder der gefallenen Schöpfung am Auge der Dichterin vorbei. Im Gethsemane-Gedicht nun werden ein verödetes Universum (»im grauen Meer / Schwamm eine tote Sonne«, »Ein Schweigen, grausiger als Sturmes Toben, / Schwamm durch des Raumes sternenleere Gassen«) und eine erstorbene Erde (»Kein Lebenshauch auf weiter Erde mehr, / Ringsum ein Krater, ausgebrannt und leer«) zum surrealen Bild einer Welt ohne Gott, das an Jean Pauls Angsttraum von der ›Rede des toten Christus vom Weltgebäude herab, daß kein Gott sei‹ gemahnt: »Ich ging durch die Welten, ich stieg in die Sonnen und flog mit den Milchstraßen durch die Wüsten des Himmels; aber es ist kein Gott. Ich stieg herab, soweit das Sein seine Schatten wirft, und schauete in den Abgrund und rief: ›Vater, wo bist du?‹ aber ich hörte nur den ewigen Sturm, den niemand regiert, und der schimmernde Regenbogen aus Wesen stand ohne eine Sonne, die ihn schuf, über dem Abgrunde und tropfte hinunter. Und als ich aufblickte zur unermeßlichen Welt nach dem göttlichen *Auge*, starrte sie mich mit einer leeren bodenlosen *Augenhöhle* an; und die Ewigkeit lag auf dem Chaos und zernagte es und wiederkäuete sich . . .«

Wie sich diese metaphysische Schreckensvision Jean Pauls in den

Freudentränen des Erwachenden auflöst, so tritt am Ende des Gethsemane-Gedichts der Droste ein Engel zu Christus, um ihn zu stärken (ein Motiv, das aus Lk 22,43 stammt und in den bildlichen Darstellungen der Ölbergszene seit dem Spätmittelalter immer wiederkehrt). Es ist ein Engel des Trostes, nicht der Vertröstung, denn die Kreuzigung ist ja erst Vision, die Schrecken Golgothas stehen noch unerbittlich bevor.

Zwei Legenden

I
DAS VERLORNE PARADIES

Als noch das Paradies erschlossen war
Dem ersten sündelosen Menschenpaar,
Kein Gift die Schlange kannte, keinen Dorn
Der Strauch, der Leu und Tiger keinen Zorn,
Noch fröhlich scholl der Nachtigallen Flöte,
Da schlief an jedem Abend Eva ein
An einem Rosenstrauche, und der Schein
Von ihrer unschuldsvollen Wangenröte
Floß lieblich um der Blume lichten Ball,
Denn damals waren weiß die Rosen all
Und dornenlos – umnickt vom duft'gen Kranz,
Der überm Haupte führte lichten Tanz,
Ruhte das erste Weib, Gedanken sinnend,
Die Embryone schon der Gottheit Siegel
Am Haupte trugen, schon im Keime minnend
Bewegten halb erschloßne Seraphsflügel.
Sie lag, den Zweig an ihre Brust gedrückt
– Denn keine Blume wurde noch gepflückt –
Bis leise sich die Wimper niederließ
Und in ihr Träumen schlich das Paradies.
O, heilig war das Weib, wer sie gesehn,
Nicht denken hätt er können, daß sie schön,
Nur daß sie rein wie Tau und Gottes Spiegel.

Die Ros' auch lächelt selig, doch wie lange?
Hüte dich vor der Schlange!

Und nieder stieg ein Abend schwer und matt,
Kein Lüftchen bog der Palme Fächerblatt,
Am grauen Horizonte murrend stand
Die erste Donnerwolk, Erebus Rand,
Am Rosenstrauche fiel die erste Träne,
Und drüber weint' der Nachtigall Gestöhne.
War dies das Weib von gestern, dieser Leib
Verhüllt im Blätterschurz – ein reizend Weib,
Das Auge lodernd von verbotnem Wissen?
Wie scheinen heiß und hart des Mooses Kissen,
Wie Dunstes trunken ihr das Paradies,
Des Vogels Klage wie so schmerzlich süß!
Und wie so seltsam brennen ihr die Wangen! –
Fest hielt den vollen Rosenzweig sie, fest
Wie der Versinkende die Binse preßt
Oder den süßen Leib ein glüh Verlangen.
Ob sie entschlief? Wohl endlich hat die Nacht
Ihr Ruhe, bleiern schweren Schlaf gebracht;
Nicht hat des Regens Rieseln sie erweckt,
Des Donners Rollen sie nicht aufgeschreckt,
Ihr Haar nur flatterte in Windes Tosen
Und ihr am Busen zitterten die Rosen;
Wie eine Leiche lag sie, schmerzlich mild,
Zum erstenmal im Schlaf des Todes Bild,
Und als am Morgen sie die Wimper hob,
Und zuckend von der Brust die Zweige schob,
Da war all ihrer Wangen lichter Schein
Gezogen in der Blumen Rund hinein,
In glüher Sehnsucht alle aufgegangen,
Zum Kusse öffnend all den üppgen Mund,
Und Eva kniete weinend, ihre Wangen
Entfärbt, und ihre Brust von Dornen wund.

II

GETHSEMANE

Als Christus lag im Hain Gethsemane
Auf seinem Antlitz, mit geschloßnen Augen,
– Die Lüfte schienen Seufzer nur zu saugen,
Und eine Quelle murmelte ihr Weh,
Des Mondes blasse Scheibe widerscheinend –
Da war die Stunde wo ein Engel, weinend,
Von Gottes Throne ward herab gesandt,
Den bittern Leidenskelch in seiner Hand.

Und vor dem Heiland stieg das Kreuz empor,
Daran sah seinen eignen Leib er hangen,
Zerrissen, ausgespannt, wie Stricke drangen
Die Sehnen an den Gliedern ihm hervor.
Die Nägel sah er ragen, und die Krone
Auf seinem Haupte, wo an jedem Dorn
Ein Blutestropfen hing, und wie im Zorn
Murrte der Donner, mit verhaltnem Tone;
Ein Tröpfeln hört' er, und am Stamme leis
Hernieder glitt ein Wimmern, qualverloren,
Da seufzte Christus, und aus allen Poren
Drang ihm der Schweiß.

Und dunkel ward die Luft, im grauen Meer
Schwamm eine tote Sonne, kaum zu schauen
War noch des dorngekrönten Hauptes Grauen,
Im Todeskampfe schwankend hin und her.
Am Kreuzesfuße lagen drei Gestalten,
Er sah sie, grau wie Nebelwolken, liegen,
Er hörte ihres schweren Odems Fliegen,
Von Zittern rauschen ihrer Kleider Falten,
O, welches Lieben war wie seines heiß!
Er kannte sie, er hat sie wohl erkannt,
Das Menschenherz in seiner Brust gebrannt,
Und stärker quoll der Schweiß.

Die Sonnenleiche schwand, – nur schwarzer Rauch,
Und drin versunken Kreuz und Seufzerhauch –
Ein Schweigen, grausiger als Sturmes Toben,
Schwamm durch des Raumes sternenleere Gassen,
Kein Lebenshauch auf weiter Erde mehr,
Ringsum ein Krater, ausgebrannt und leer,
Und eine hohle Stimme rief von oben:
»Mein Gott, mein Gott, wie hast du mich verlassen!«
Da faßten den Erlöser Todeswehn,
Da weinte Christus, mit gebrochnem Mut,
Da ward sein Schweiß zu Blut.
Und zitternd quoll es aus des Dulders Munde:
»Herr, ist es möglich, so laß diese Stunde
An mir vorüber gehn!«

Ein Blitz durchfuhr die Nacht! – im Lichte schwamm
Das Kreuz, erstrahlend mit den Marterzeichen,
Und Millionen Hände sah er reichen
Sich angstvoll klammernd an des Kreuzes Stamm.
O Händ' und Händchen aus den fernsten Zonen!
Und um die Krone schwebten Millionen
Noch ungeborner Seelen, Funken gleichend,
Ein leiser Nebelrauch dem Grund entschleichend,
Drang aus den Gräbern der Verstorbnen Flehn.
Da hob sich Christus in der Liebe Fülle,
Und: »Vater, Vater!« rief er, »nicht mein Wille
Der deine mag geschehn!«

Still schwamm der Mond im Blau, ein Lilienstengel
Stand vor dem Heiland im betauten Grün,
Und aus dem Lilienkelche trat der Engel
Und stärkte ihn.

Das letzte große, Fragment gebliebene Gedicht der Droste – Levin Schücking hat ihm nach dem Tode der Dichterin den Titel *Die ächzende Kreatur* gegeben – ist im August 1846 entstanden. Es ist der bedeutendste Schlüssel zu ihrem Bild der Natur, die immer wieder zwei Gesichter zeigt: das von Gott geschaffene und das ihr vom Menschen aufgeprägte. Durch die Erbsünde, durch den »Gottesfluch im Menschenbilde«, wie es in einer Variante zum zweiten Vers der fünften Strophe heißt, lastet auch auf der außermenschlichen Schöpfung ein Fluch, um dessentwillen jeder sich an die eigene Brust schlagen muß: »Das ist die Schuld des Mordes / An der Erde Lieblichkeit und Huld«. Nicht allein im Menschen harrt das »schwergefangne Gottesbild« (die durch die Erbsünde verdunkelte Gottesebenbildlichkeit) der Erlösung, sondern nach dieser »ächzt« das Gottesbild auch in »aller Kreatur«. (Auf die beiden letzten Verse der fünften Strophe geht der Schückingsche Titel zu diesem Gedicht zurück.) »Ein großer Seufzer die Natur«, lautet schon ein Vers in der zweiten Strophe. Diese Vorstellung gründet in einer Stelle aus dem Römerbrief (Röm 8,18-23), die Albert Knapp 1843 in einem Aufsatz mit dem Titel ›Das ängstliche Harren der Kreatur‹ ausgelegt hat. Schlüter hatte diesen Aufsatz seinem Brief an die Droste vom 18. April 1846 beigelegt, in dem es sie um ein Gedicht über jene paulinische Idee bat: »Liebes Fräulein, ich meinte bloß den einfachen Text in St. Pauli Episteln, wonach alle Kreatur, die durch den Abfall des Menschen von Gott und sein Mißverhältnis zu ihm gleichfalls vom Menschen abfiel und zu ihm in Mißverhältnis trat, . . . wonach sag ich dieselbe unterworfen ward, jedoch auf Hoffnung hin, so heißt es denn, daß sie ringe, schmachte und großen Sehnens sich sehne nach der Offenbarung der Kinder Gottes, woran auch ihre Befreiung, Erlösung und Verklärung geknüpft ist, sowie die unsere . . .; durch uns in Verbindung mit Christo und dem hl. Geist muß sie wieder erhoben, in ihre ursprüngliche Herrlichkeit als Offenbarung der göttlichen Idea wieder eingesetzt, erlöst und befreit werden von ihren Banden, von der Trauer und dem Tode.« Schlüter schwebten Friedrich Schlegels Verse vor:

»Es geht ein allgemeines Weinen,
So weit die stillen Sterne scheinen,
Durch alle Adern der Natur;
Es ringt und seufzt nach der Verklärung,
Entgegenschmachtend der Gewährung,
In Liebesangst die Kreatur.«

Die Droste hat die Aufgabe sehr ernst genommen, sich mit ihr förmlich gequält, wie die nicht zum Abschluß gekommene und kein klares Bild ergebende Überarbeitung der ursprünglichen, offenbar in einem Zuge niedergeschriebenen Fassung des Gedichts zeigt (die wir im folgenden abdrucken). Wie persönlich die Droste das Thema berührte, zeigen die autobiographischen Anspielungen – die »selbstgewählte Einsamkeit«, der »kleine Gartensaal«: ein Repräsentationsraum im Rüschhaus neben dem »Italienischen Zimmer«, der »ferne See«: natürlich der Bodensee – und die Tatsache, daß sie für die Neufassung die Ich-Form wählte. Sie selber ist »Gottes hartgeprüftes Kind«, das da in der typischen Haltung des homo melancholicus, wie sie auf Dürers ›Melencolia I‹ dargestellt ist, mit schwerem Haupt einsam sinnend und sitzend, über den »dumpfen Bann« grübelt, der auf der Natur liegt. Schlüter konnte über die vorliegende Fassung des Gedichts kaum glücklich sein, stellt es doch ausschließlich den negativen Aspekt der Römerbrief-Passage dar – den auf der Natur lastenden Fluch –, aber nicht das Moment der »Erlösung und Verklärung«, die restitutio in integrum, d.h. die Wiederherstellung der ursprünglichen Herrlichkeit der Natur, deren »Antizipation« Schlüters Brief an die Droste zufolge gerade in der Macht der Kunst liegt. Eine solche Antizipation wird Jahrzehnte später der »Karfreitagszauber« in Richard Wagners ›Parsifal‹ sein: die mystisch-symbolische Vorwegnahme der eschatologischen Herrlichkeit der Schöpfung; für einen wunderbaren Augenblick erlangt nach den Worten von Gurnemanz in Wagners »Bühnenweihfestspiel« die »entsündigte Natur« ihren »Unschuldstag« zurück, der sie mit dem Menschen wieder versöhnt. Für eine derart affirmative Darstellung der verklärten Natur, wie sie wohl für die Schlußstrophe des abgebrochenen Gedichts vorgesehen war, fehlte der Droste – in ihrer von tiefer Traurigkeit umschatteten Religiosität – die Inspiration.

⟨Die ächzende Kreatur⟩

An einem Tag wo feucht der Wind,
Wo grau verhängt der Sonnenstrahl,
Saß Gottes hartgeprüftes Kind
Allein am kleinen Gartensaal,
Ihr ward die Brust so voll und enge,
Ihr war das Haupt so dumpf und schwer,
Selbst um den Geist zog das Gedränge
Der Adern blut'ge Schleier her.

Sie sah am fernen Sees Bord
Der Liebsten leichte Schemen gehn
Und konnte nicht ein grüßend Wort,
Gedanken kaum hinüber wehn,
Gefährten Wind und Vogel nur
In selbstgewählter Einsamkeit,
Ein großer Seufzer die Natur
Und schier zerflossen Raum und Zeit.

Sie sann und saß, und saß und sann,
An ihrem Arm die Grille sang
Vom fernen Felde nun und dann
Ein schwach vernommner Sensenklang,
Die kleine Mauerwespe flog
Ihr ängstlich am Gesicht, bis fest
Zur Seite das Gewand sie zog
Und offen ward des Tierleins Nest.

Und am Gestein ein Käfer lief
So scheu und rasch wie auf der Flucht,
Bald in das Moos sein Häuptlein tief,
Bald bergend in der Ritze Bucht.
Der Hänfling flatterte vorbei
Nach Futter spähend, das Insekt
Hat zuckend bei des Vogels Schrei
In ihren Ärmel sich versteckt.

Da ward ihr klar, wie nicht allein
Das schwergefangne Gottesbild
Im Menschen, wie's in dumpfer Pein
Im bangen Wurm, im scheuen Wild,
Im durst'gen Halme auf der Flur,
Das mit vergilbten Blättern lechzt,
In aller, aller Kreatur
Nach oben um Erlösung ächzt.

Wie mit dem Fluch, so sich erwarb
Der Erde Fürst im Paradies,
Er sein gesegnet Reich verdarb,
Und seine Diener büßen ließ,
Wie durch die reinen Adern trieb
Er Tod und Moder, Mord und Zorn
Und nur die Schuld allein ihm blieb
Und des Gewissens roher Dorn.

Der schläft mit uns und der erwacht
Mit uns an jedem jungen Tag,
Ritzt unsre Träume in der Nacht
Und blutet über Tage nach.
O schwere Pein, nie unterjocht
Von tollster Lust, von keckstem Stolze
Wenn leise, leis es nagt und pocht
Und bohrt wie Mad' im kranken Holze

Wer ist so rein, daß nicht bewußt
Ein Bild ihm in der Seele Grund,
Daß er muß schlagen an die Brust
Und fühlen sich verzagt und wund,
So hart wer, daß ihn nie erreicht
Ein Wort, das er nicht mag vernehmen,
Wo ihm das Blut zur Stirne steigt
In heißem, bangem, tiefem Schämen.

Und dennoch gibt es eine Last,
Die keiner fühlt und jeder trägt,
So dunkel wie die Sünde fast
Und auch im gleichen Schoß gehegt,
Er trägt sie wie den Druck der Luft
Gefühlt vom kranken Leibe nur,
Bewußtlos wie den Fels die Kluft
Trägt er den Mord an der Natur.

Das ist die Schuld des Mordes an
Der Erde Lieblichkeit und Huld,
An des Getieres dumpfem Bann
Ist es die tiefe, schwere Schuld,
Und an dem Grimm, der es beseelt,
Und an der List, die es befleckt,
Und an dem Schmerze, der es quält,
Und an dem Moder, der es deckt.

Das Fragment gebliebene Gedicht, das letzte, das die Droste im Rüschhaus geschrieben hat, sollte ihr Vermächtnis sein. Mitte September 1846 tritt die schwer Kranke ihre letzte Reise nach Meersburg an. Dort, wo sie fünf Jahre zuvor in einem förmlichen Schaffensrausch Gedicht um Gedicht geschrieben hatte, verstummt die an ständigem Husten, Übelkeit und Überreizung der Nerven leidende, von den politischen Wirren der Zeit verstörte Dichterin fast vollkommen, jedes Schreiben bringt sie ihren eigenen Worten zufolge nach kurzer Zeit »einer Ohnmacht nahe«. Am 7. August 1847 schreibt sie an Elise Rüdiger: »Ich bin . . . meinem Schöpfer sehr dankbar, daß er mir durch das beständige Gefühl der Gefahr eine vollkommene Befreundung mit dem Tode, sowie, durch eben dieses Gefühl, eine doppelt innige und bewußte Freude an allen, auch den kleinsten Lebensfreuden, die mir noch zuteil werden, gegeben hat . . .«

Die letzten Lebensmonate der Droste sind getrübt durch die tiefe Sorge, mit der sie die revolutionären Vorgänge in Paris, Belgien und Deutschland erfüllen. Im März 1848 kommt es im Paderbornischen und im Sauerland zu so heftigen Unruhen, daß die Familien von Haxthausen und Droste-Hülshoff sich mit dem Gedanken einer Ansiedlung in Amerika tragen. Die revolutionären Wellen schlagen bis ans Ufer des Bodensees. Am 10. März kommt es zu einer lautstarken Demonstration in Meersburg, welche die Droste in Angst versetzt. Im Tagebuch Jenny von Laßbergs ist am 15. März zu lesen: »Nette und ich packen Schmuck, Münzen, Papiere« ein; »große Besorgnis in Konstanz, viele packen ein, Beamte flüchten, Furcht, selbst der Liberalen.« Am 10. April gelangen Nachrichten über die Flucht der Familie von Bocholtz-Asseburg und anderer verwandter Familien aus ihren Schlössern im Paderbornischen nach Meersburg. Die Droste ist jeden Tag darauf gefaßt, fliehen zu müssen. Am 24. Mai stirbt sie nach wiederholtem Blutsturz an Herzversagen. Zwei Tage später wird sie auf dem Meersburger Friedhof beigesetzt. Auf dem in Münster gedruckten Totenzettel steht folgender Nachruf:

»Es hat dem Herrn über Leben und Tod nach seinem unerforschlichen Ratschluß gefallen, am 24. Mai 1848 Anna Elisabeth Freiin von Droste zu Hülshoff im 52. Jahre ihres Alters zu sich abzurufen. Ihr Tod war die Folge langjähriger mit großer Geduld ertragener Leiden, denen ein Herzschlag auf dem Schlosse Meersburg, wo sie sich zum Besuch ihrer Schwester befand, unerwartet ein Ende machte. Sie war stets eine liebvolle gehorsame Tochter und treue Schwester, und ihre Anhänglichkeit für die Ihrigen kannte keine Grenzen; aber sie war auch voll Erbarmen und Mitleid gegen ihre leidenden Nebenmenschen, die ihr Herz alle mit gleicher Liebe umfaßte. Von Gott mit großen Talenten und namentlich mit der schönen Gabe der Dichtkunst ausgestattet, war ihr Streben stets dahin gerichtet, die Gaben nur zu seiner Ehre zu gebrauchen. Deshalb durchdringt auch der Hauch der Gottesfurcht alle ihre Schriften, und es ist kein Wort in ihnen enthalten, welches Ärgernis geben konnte. Hoffen wir deshalb, daß der Herr der Welten an jenem großen Tage zu ihr sprechen werde: ›Weil du über wenigem getreu gewesen bist, so will ich dich über vieles setzen, gehe ein in die Freude deines Herrn.‹ Doch wer ist rein vor dem Angesichte Gottes! Darum laßt uns die Pflicht der Liebe erfüllen und der Verstorbenen in unserm Gebete eingedenk sein.«

»Letzte Worte« hat Annette nicht hinterlassen. Das Gedicht dieses Titels, in dem sie die Hinterbliebenen von den Sternen grüßt – es steht in allen Droste-Ausgaben und den meisten Lyrik-Anthologien – sind aller Wahrscheinlichkeit nach eine Fälschung, möglicherweise von ihrer literarisch ambitionierten Nichte Elisabeth, die mit den sentimental-ewigkeitsfrohen Strophen (»Denn wo ich weile, dort ist Frieden, / Dort leuchtet mir ein ew'ger Tag«) erst 1872 herausrückte. Sie wären der schwermütigen Dichterin am Ende ihres Lebens schwerlich aus der Feder geflossen.

Annette hat auf der Meersburg außer einigen Varianten zum zweiten Teil des *Geistlichen Jahrs* und reinen Gelegenheitsversen nur noch ein einziges vom Tagesanlaß ablösbares Gedicht geschrieben, dessen Strophen als letzte Worte unser Buch beschließen sollen. Bei den fast interpunktionslosen Strophen handelt es sich um ein titelloses Widmungsgedicht an Bertha Arndts. Die Verse sind eine Liebeserklärung an den zum »trauten Freund« vermenschlichten Bodensee, mit dem die Dichterin die glücklichste Zeit ihres Lebens verbindet, der in Klage und Jubel wiederum die Doppelgesichtigkeit der Natur offenbart, aus dessen Tiefe ihr die Gestalten der Erinnerung und – noch einmal – »meiner Toten Schatten« aufsteigen. Auch der Mond, der »späte Freund« des Gedichts *Mondesaufgang*, wird im »Widerschein« des Wasserspiegels beschworen. Der Spiegel ist das Kardinalsymbol der Dichtung Annettes, ja für sie das Sinnbild der Dichtung selber. Und so verwandeln sich am Ende ihres poetischen Schaffens alle Gestalten der Gegenwart wie der Vergangenheit, abgelöst von ihrer Körperlichkeit, zu Schattenbildern im Spiegel des Sees – wie die Dichterin selber sich innerlich längst vom Leben gelöst hat, um allmählich ins Reich der Schatten hinüberzugleiten.

Auf hohem Felsen lieg ich hier
Der Krankheit Nebel über mir
Und unter mir der tiefe See
Mit seiner nächt'gen Klage Weh
Mit seinem Jubel seiner Lust
Wenn buntgeschmückte Wimpel fliegen
Mit seinem Dräun aus hohler Brust
Wenn Sturm und Welle sich bekriegen

Mir ist er gar ein trauter Freund
Der mit mir lächelt mit mir weint
Ist wenn er grünlich golden ruht
Mir eine sanfte Zauberflut
Aus deren tiefen klaren Grund
Gestalten meines Lebens steigen
Geliebte Augen, süßer Mund
Sich lächelnd winkend zu mir neigen

Wie hab ich gar so manche Nacht
Des Mondes Widerschein bewacht
Die bleiche Bahn auf dunklem Grün
Wo meiner Toten Schatten ziehn

Wie manchen Tag den lichten Hang
Bewegt von hüpfend leichten Schritten
Auf dem mit leisem Geistergang
Meiner Lebend'gen Bilder glitten

Und als *dein* Bild vorüber schwand
Da streckte ich nach Dir die Hand
Und weh ward's in der Seele mir
Daß du nicht weißt wie nah sie dir
So nimm denn meine Lieder hin
Sie sind aus tiefer Brust erklungen
Nimm sie mit alter Liebe Sinn
Und denk ich hab sie Dir gesungen.

BIBLIOGRAPHISCHE NACHBEMERKUNG

Das vorliegende »Lesebuch« stellt eine Mischung aus biographischer Studie, Interpretation und kommentierender Auswahl exemplarischer Werke von Annette von Droste-Hülshoff dar. Es wendet sich, mit ihrer Mutter Therese zu reden, nicht an den »Gelehrten Stand«, sondern an die »gebildete Bürgerwelt«. Deshalb wurde auf einen wissenschaftlichen Anmerkungsteil verzichtet, obwohl der Verfasser und Herausgeber sich natürlich der neueren Droste-Forschung und -Edition in vielfacher Hinsicht verpflichtet weiß. Das sei hier wenigstens an wichtigen Beispielen nachgewiesen.

Alle Zitate und vollständig abgedruckten Texte von Annette von Droste-Hülshoff stützen sich auf die *Historisch-kritische Ausgabe* ihrer Werke und Briefe, hrsg. v. Winfried Woesler. Tübingen 1978 ff. Dabei wurden die Orthographie sowie hin und wieder – zumal bei den nachgelassenen Werken – auch die Interpunktion behutsam modernisiert. (Das letztere verstößt zwar gegen die Dogmatik der heutigen strengen Editionsphilologie, es ist aber nicht einzusehen, warum dem nichtprofessionellen Leser das Verständnis der Texte einer Autorin, die sich nach eigenem Bekunden in der Zeichensetzung sehr unsicher fühlte, unnötig erschwert werden sollte.) Selbstverständlich wurden auch die profunden Kommentare der Historisch-kritischen Ausgabe dankbar benutzt. Zu Rate gezogen wurden ferner Text und Kommentar der *Sämtlichen Werke*. Hrsg. v. Bodo Plachta und Winfried Woesler. 2 Bde. Frankfurt a.M. 1994 sowie die *Werke in einem Band*. Hrsg. v. Clemens Heselhaus. 3. Aufl. München u. Wien 1986.

Vom edierten Text der Historisch-kritischen Ausgabe wurde nur im Gedicht *Die ächzende Kreatur* (»An einem Tag wo feucht der Wind«) unter Berücksichtigung des Lesartenapparats geringfügig abgewichen, ferner wurde – wie in den meisten Ausgaben – die Jahresangabe am Schluß der *Judenbuche* abgeändert. Im Erstdruck heißt es nämlich: »Dies hat sich nach allen Hauptumständen wirklich so begeben im September des Jahrs 1788«. Dieses Datum steht in Widerspruch zu der Angabe, daß Friedrich Mergel erst »am Vorabende des Weihnachtsfestes, den 24sten Dezember 1788« in seine Heimat zurückgekehrt ist, achtundzwanzig Jahre nach dem Judenmord im Oktober 1760. Tatsache ist, daß der Selbstmord Friedrichs im September nach dem Weihnachtsfest 1788 stattfindet. Es kann sich nur um den September 1789 handeln. Wie es zu der falschen Angabe 1788 gekommen ist, läßt sich nicht mehr klären. Trotz der nicht unplausiblen Erklärung jenes Datums von der Entstehungsgeschichte der Erzählung her – im Kommentarband der Historisch-kritischen Ausgabe Bd. V,2. Tübingen 1984, S. 246-248 – darf es sich eine Leseausgabe wohl erlauben, ein offensichtliches und störendes Versehen zu bereinigen.

Maßgebend für alle Datierungen sind die akribischen Chroniken und Dokumentationen von Walter Gödden: *Tag für Tag im Leben der Annette von Droste-Hülshoff*. Daten – Texte – Dokumente. Paderborn 1996 und: *Annette von Droste-Hülshoff. Leben und Werk*. Eine Dichterchronik. Bern 1994.

Eine mustergültige Einführung in das Werk der Droste mit konzentrierten Interpretationen und einer präzise resümierenden Sichtung der Forschung bietet Ronald Schneider: *Annette von Droste-Hülshoff*. 2. Auflage. Stuttgart u. Weimar 1995. In dieser knappen Einführung sind Einsichten aufgenommen und fortgeführt, die Schneider bereits in seiner Dissertation *Realismus und Restauration. Untersuchungen zu Poetik und epischem Werk der Annette von Droste-Hülshoff*. Kronberg/Ts. 1976 entfaltet hat. Schneider hat besonders eindrucksvoll die verschiedenen Bedeutungsschichten im Werk der Droste, dessen religiöse Transparenz und perspektivische Brechungen sowie die Janusgesichtigkeit ihres Naturbilds analysiert. Ein geschliffenes modernes Portrait der Autorin bietet auch Ulrich Gaier in *Annette und das Geld. Die Droste, die Schriftstellerei, das Fürstenhäuschen*. Konstanz 1993.

Das Bild der Droste hat sich aufgrund der immer differenzierteren Forschung in den letzten Jahrzehnten so wesentlich gewandelt, daß die meiste vor den späten sechziger Jahren verfaßte Literatur heute antiquiert wirkt. Von den älteren Monographien bleibt jedoch die in vorliegendem Buch verschiedentlich zitierte Dissertation von Emil Staiger: *Annette von Droste-Hülshoff* (1933). 3. Auflage. Frauenfeld 1967 – ein Meisterwerk wissenschaftlicher Essayistik – immer noch anregend, wenn auch ihre Orientierung an der klassisch-romantischen Ästhetik oft zu fragwürdigen Urteilen führt, zumal was die geistliche Lyrik betrifft.

Grundlegend für das neue Droste-Bild ist Friedrich Sengles Literaturgeschichte der *Biedermeierzeit* (3 Bde. Stuttgart 1971/1972/1980, hier besonders der Droste-Essay im dritten Band, S. 592-639). Sengles Verdienst ist es, die Wiederanknüpfung der Restaurationsautoren an vorklassische, zumal barocke Dichtungsformen rhetorisch-allegorischer Prägung nachgewiesen zu haben. Auf diesen Einsichten fußt auch die Dissertation des Sengle-Schülers Günter Häntzschel: *Tradition und Originalität. Allegorische Darstellung im Werk Annette von Droste-Hülshoffs*. Stuttgart 1968. Daß erst die Berücksichtigung vorklassischer Traditionen zu einem angemessenen Verständnis der geistlichen Lyrik der Droste führt, demonstriert Stefan Bernings Buch *Sinnbildsprache. Zur Bildstruktur des Geistlichen Jahrs der Annette von Droste-Hülshoff*. Tübingen 1975, die bedeutendste Analyse des lyrischen Stils der Autorin, die bisher vorliegt. Lange galt das Werk der Droste lediglich als erratischer Block in der Literatur ihrer Zeit. Demgegenüber sieht die neuere Forschung ihr Werk sehr viel stärker in seinen Traditions- und Zeitbezügen. Grundlegend in dieser Hinsicht ist namentlich die Monographie von Bernd Kortländer: *Annette von Droste-Hülshoff und die deutsche Literatur. Kenntnis – Beurteilung – Beeinflussung*. Münster 1979. Einleuchtende Verbindungslinien zwischen der Droste und Heinrich Heine – die beide 1797 geboren sind – zieht Wilhelm Gössmann in seinem Buch *Annette von Droste-Hülshoff. Ich und Spiegelbild*. Düsseldorf 1985. – Eine scharfsinnige Analyse des Stils und der kommunikativen ›Taktik‹ der Briefschreiberin Annette – nicht zuletzt im Blick auf die adlige Konversationskultur – bietet Walter Gödden in seiner Studie *Die andere Annette. Annette von Droste-Hülshoff als Briefschreiberin*. Paderborn 1991.

Eine moderne Biographie der Droste auf der Basis der jüngsten Forschung ist ein dringendes Desiderat. Doch ist das Buch von Clemens Heselhaus: *Annette von Droste-Hülshoff. Werk und Leben*. Düsseldorf 1971 immer noch hilfreich, wenn es etwa um das aristokratische Ambiente des Dilettantismus und seine Bedeutung für die Droste sowie viele biographische Einzelbezüge geht. In der Reihe »rowohlts monographien« hat Herbert Kraft eine literatursoziologisch ambitionierte Kurzbiographie vorgelegt: *Annette von Droste-Hülshoff*. Reinbek bei Hamburg 1994, welche Peter Berglars feinsinnig geschriebene und die Autorin bewegend porträtierende Studie von 1967 aus der Rowohlt-Reihe verdrängt hat.

Die Wirkungsgeschichte der Droste – von ihrer Verkennung zu Lebzeiten bis zu ihrer Entdeckung im Kulturkampf – ist detailliert aufbereitet in den beiden von Winfried Woesler herausgegebenen Bänden *Modellfall der Rezeptionsforschung. Droste-Rezeption im 19. Jahrhundert*. Frankfurt a.M. 1980. Die Sympathie zeitgenössischer Schriftstellerinnen für die Droste dokumentiert Walter Gödden: *Dichterschwestern. Prosa zeitgenössischer Autorinnen über Annette von Droste-Hülshoff*. Paderborn 1993.

Vorstehend sind nur einige der wichtigsten Droste-Monographien und -dokumentationen zusammengestellt, die das vorliegende Buch inspiriert haben. Auf die Würdigung von Studien zu Einzelwerken muß hier verzichtet werden, doch sei wenigstens für die *Judenbuche* auf das Dokumentarbändchen von Walter Huge in der Reihe »Erläuterungen und Dokumente« aus Reclams Universalbibliothek Stuttgart 1979 verwiesen, ferner auf Heinrich Henels Analyse der Novelle als Kriminalerzählung: *Annette von Droste-Hülshoff. Erzählstil und Wirklichkeit.* In: Festschrift für Bernhard Blume. Göttingen 1967 sowie auf die verschiedenen Interpretationen von Heinz Rölleke, zuletzt in: Interpretationen [ohne Hrsg.]. Erzählungen und Novellen des 19. Jahrhunderts. Bd. II. Stuttgart (Reclams Universalbibliothek) 1990.

Die allgemeine Literatur, die für das vorliegende Buch von Bedeutung war, kann hier natürlich nicht in allen Fällen nachgewiesen werden, doch sei sie wenigstens exemplarisch für einige wesentliche Einzelthemen angeführt. Das Kapitel »Adliges Landleben« stützt sich vom Titel her auf Otto Brunners Standardwerk *Adeliges Landleben und europäischer Geist.* Salzburg 1949, dessen wichtigste Quelle eben des Freiherrn von Hochberg *Adeliches Land- und Feld-Leben* ist, das zur Lieblingslektüre von Annettes Vater gehörte. Grundlegend für das Verständnis der »Balladenkunst« sind neben der Spezialliteratur Max Kommerells *Gedanken über Gedichte.* 2. Aufl. Frankfurt a.M. 1956, für die Selbstthematisierung und Selbstchiffrierung des Dichters im Geiste der Genieästhetik (Prometheus, Adler als Dichtervogel usw.) vgl. Jochen Schmidt: *Die Geschichte des Geniegedankens in der deutschen Literatur, Philosophie und Politik 1750-1945.* Bd. I. Darmstadt 1985, für die Topik der »Ideallandschaft« und des »Buchs der Natur« (bezüglich der Verserzählung *Des Arztes Vermächtnis* und des *Geistlichen Jahrs*) siehe Ernst Robert Curtius: *Europäische Literatur und lateinisches Mittelalter.* Bern 1948 u.ö. Für die Melancholiethematik unentbehrlich ist das Opus summum von Raymond Klibansky, Erwin Panofsky und Fritz Saxl: *Saturn und Melancholie.* Studien zur Geschichte der Naturphilosophie und Medizin, der Religion und der Kunst. Dt. Ausg. Frankfurt a.M. 1990. Die Theologie der Verzweiflung ist eindringlich dargestellt bei Josef Pieper: *Über die Hoffnung.* München 1949 u.ö. Dem Problem der »ächzenden Kreatur« und der Bedeutung dieses Theologumenons im 19. Jahrhundert hat Wilhelm Kühlmann eine weitgespannte, auch auf die Droste Bezug nehmende geistesgeschichtliche Studie gewidmet: *Das Ende der ›Verklärung‹. Bibeltopik und prädarwinistische Naturreflexion in der Literatur des 19. Jahrhunderts.* In: Jahrbuch der deutschen Schiller-Gesellschaft 1986.